戦士の賦

土方歳三の生と死　下

三好　徹

集英社文庫

目次

戦士の賦

土方歳三の生と死　下

高台寺党

1

土方歳三《ひじかたとしぞう》は原田左之助《はらださのすけ》に、服部《はっとり》の働きぶりを聞いた。

「おれと新井《あらい》で事が足りたせいもあるが、まア、何もしなかったといっていい。もっとも服部だけではなかった。おれの隊のなかでもうろうろするだけのものもいた」

「誰だ？」

「伊東《いとう》の一派さ」

と原田はいった。ようやく、歳三の真意を悟ったらしい。

高札《こうさつ》は、長州人《ちょうしゅうじん》たちを密告したものに褒美を出す、と書いてある。つまり、反長州である。その撤去をはかるものは、長州に対する同情者とみていい。伊東派は、その同調者の捕縛にきわめて不熱心だったのだ。すでに、かれらの気持は、新選組《しんせんぐみ》を去っているとみてよい。

じっさい、伊東甲子太郎《きねたろう》は九月の下旬になって、近藤勇《こんどういさみ》と歳三に、

「折り入って相談したいことがござる。時間と場所はお任せする故、都合していただきたい」

といった。

「伊東君、一人でか」

「篠原《しのはら》君を、できることなら同道したい、と思うが……」

「よかろう。醒ケ井《さめがい》のわたしの休息所で、二十六日の夕刻」

と近藤はいった。

伊東は満足そうだった。二人だけになると、歳三は、

「いよいよ正体をあらわしてきたな。脱退をいい出すのだろうが、まさか認めはしまいね？」

「認めようと思っている」

と近藤はいった。

「どうして？」

「上様《うえさま》は徳川《とくがわ》宗家をおつぎになったが、将軍職はいまもって拒んでおられる。つまりは、天下人がいない状態が続いているということだ。これでは、いかなる威権も存在しないにひとしい。伊東のいうことを抑えたって、無駄だろう」

「それとこれとは別さ。局中法度は、将軍家には関係ない。おれたち同志の定めなのだ」

「理窟はそうだが……」

近藤は、それ以上多くをいわなかった。

さて、当日である。

伊東は篠原泰之進《たいのしん》を連れてやってきた。

近藤も歳三以外には誰も呼ばなかった。それが伊東らには意外だったらしい。腹心のものを同席させると考えていたようだった。ことに、篠原は、刺客を伏せているのではないか、と疑い、きょろきょろした。

伊東はやはり肚《はら》がすわっている。

「篠原君、落ち着きなさい」

と声をかけてから、近藤に時間をさいてもらった礼をいった。

「伊東君、礼には及ばんよ。わたしは局長で、きみは参謀だ。遠慮なく何でもいいたまえ。酒を用意させてあるから、飲みながら話すことにしよう」

「酒は結構です。新選組にとっても、わたしにとっても、大切な一件です」

「何かね？」

「新選組のこれからの活動のために、志を同じくするものと分離したい」

と伊東は静かにいった。

「分離？」

「いかにも」

うなずく伊東に歳三が声をかけた。

「伊東君、脱退が許されぬことは知っているだろうね」

「土方さん。ぼくは、脱退とはいっていない」

「同じことだ」

歳三の口調は険しくなった。

伊東と口をきくと、ごくふつうの話題であっても、なぜか歳三は日ごろの冷静さを失ってくる。

（おれとしたことが）

と思うのだが、ムシが好かぬというのか、感情が波立ってくるのを、どうすることもできなかった。

伊東の方も、それを見抜いているらしい。歳三が激すれば激するほど、逆にいっそう冷静さをますようだった。

「土方さん、分離は何もぼくの私的な都合で考えたのではない。いま天下の動きは、一にかかって薩摩《さつま》の向背にかかっている。薩摩がもしも長州と結びつくようなことがあれば、形勢は予断を許さぬものとなりましょう。故に、ぼくらはひとまず新選組から分離し、かれらと親交を結び、もってその内情をさぐって、新選組の活動に役立とうというのです」

「たわけたことを」

と歳三は吐き棄《す》てるようにいった。そんな子供だましにひとしい口実をぬけぬけというこの男は、いったいどういうつもりであろう。

伊東はこんどは、近藤にいった。

「近藤先生もご記憶だと思うが、江戸ではじめてお目にかかったさい、新選組は、一会津《あいづ》のための集まりではない。皇国のためのものであって、決して会津に仕えるわけではない、と申されましたな」

近藤はうなずいた。たしかに、そのような趣旨のことをいった覚えがある。

「でしたら、おわかりでしょう。ぼくや志を同じくする隊士が分離しようとするのは、皇国のためという一点において、まさしく新選組の拠《よ》って立つところと一致しているのです」

「なるほど」

近藤は感心したようにいった。

「おわかりいただけますか」

「伊東君、いわんとするところは、よくわかった。わたしは、必ずしも分離を認めないわけではない。そういうことであれば考えてもいいが、いますぐは困る」

「どうしてです？」

「伊東君と志を同じくするものは、どれほどの人数かね？」

「十数名はいるでしょう」

「ほぼ組一つに相当する。十番隊が九番隊になってしまうわけで、それでは新選組としては困るのだ。しかも、きみの同志には、九番隊組長の鈴木《すずき》君をはじめとして、監察や伍《ご》長《ちょう》をつとめているものが多い。それが一度に分離されては、新選組の活動に支障をきたす。私的な都合ではないというが、身勝手すぎはしないかね？」

「では、折りをみて、ということですか」

「そうだ」

「分離はいますぐでなければ、よいというのですな？」

「その通り」

「いつなら認めるのです？」

「土方君に東帰してもらい、補充ができたあとならば認めよう」

「結構です」

と伊東は、ほっとしたようにいった。

歳三は、口を「へ」の字に結んだままだった。

伊東と篠原は、喜んで帰って行った。近藤の約束を取りつけたことで満足したらしい。

「歳《とし》、どうした？」

「あんたの狙いはわかっている。伊東といっしょに誰かを送りこみ、逆に薩摩の動きをさぐらせようというのだろう？」

「わかっているなら、反対することもなかったろうに」

「誰を送りこんでも役には立つまい。ここで斬っておくべきだったな。それに、伊東の方も、一味のものを隊内にとどめておくに決っている。そいつらも、こちらの動きを細大もらさず伊東へ知らせるだろうが、数の多いぶんだけ、やつらの方が有利だ」

「それを防ぐのが副長の仕事さ」

近藤は、にやりと笑った。

その二日後だった。

歳三が執務していると、若い隊士の馬越三郎《まごしさぶろう》が、周囲をはばかるように入ってきていった。

「副長のお耳に入れたいことがあります」

「何かね？」

「武田《たけだ》さんのことですが……」

「観柳斎《かんりゆうさい》がどうかしたのか」

問いかえしながら、歳三は、およその用件は察していた。

馬越は阿波《あわ》の出身で、まだ二十歳にみたない若者である。いや、美少年といっていい。武田は、この馬越の美しさにすっかり参ってしまい、衆道《しゆどう》の契りを結びたがっていた。しかし、馬越の方にその気はなかった。

歳三の耳にも、馬越が迷惑がっているという話が入っている。歳三には、衆道を好む性癖はない。

（観柳斎のやつ、諦めればいいのに）

と思っている程度である。

おそらく、馬越は、武田のしつこさに耐えきれなくなったのであろう、と歳三は見当をつけたのだ。

「じつは、さきほど、局長のご用で誓願寺《せいがんじ》へ参ったのですが、その帰りに薩摩屋敷の裏門から、武田さんが出てくるところを見たのです」

と馬越がいった。

歳三は、はっとした。

武田は、近藤に同行して、芸州《げいしゅう》まで行った男である。隊内では、軍学師範でもあるのだ。口のうまい男で、近藤には、

「われわれ一同は局長の臣下同然のものであります」

などと、平気でへつらいの言葉をいい、永倉《ながくら》あたりから、斬られそうになったこともあった。しかし、文久《ぶんきゅう》三年の第一次編成の加盟だから、何といっても最古参の一人である。現に、五番隊の組長をつとめているのだ。

そういう幹部が、薩摩に通じているとは、まったく思いもかけぬことだった。馬越が偶然に見つけたからいいようなもので、それがなければ、気がつかなかったであろう。歳三は、伊東一味の動きに注意を奪われて、武田が薩摩の間者《かんじゃ》となっていたことを、完全に見落していたのだ。

「馬越君、いまの話はきみの胸にしまっておきたまえ」

と命じ、すぐさま近藤に諮《はか》った。

近藤も驚いた。

「武田は伊東の一味だったのか」

「それはまだわからないが、伊東がいっしょに芸州へ行ったさいに、取りこんだのかもしれない。始末する前に、確かめねばなるまい」

と歳三はいった。

それから約二十日間、島田《しまだ》が丹念に調べたが、武田と伊東が結びついている気配はなかった。武田は単独で薩摩に売りこんだようである。

（これも二心《にしん》殿のせいか）

と歳三は心の中で、まだ見たことのない慶喜《よしのぶ》のことを思った。人心が徳川を去り、薩《さつ》長《ちょう》へとうとうと流れはじめているのも、八月の慶喜の愚行のせいだといわねばならない。

2

十月なかば、近藤は局長室に伊東と篠原を呼んだ。

歳三は故意に同席しなかった。自分のいない方が、事がなめらかに運ぶだろう、と考えたのである。

近藤は、伊東らに、

「諸君らは、皇国のために薩摩の内情をさぐって新選組の活動に役立てたいと申しておったが、その一件については、会津藩の重役方にも申し上げておいた。会津藩としても、薩摩の動きを気にしておられる故、まことに殊勝であるというお話だった」

「では、分離は会津藩においても、お認めになったわけですな」

と伊東はいった。

「その通りだ。しかし、新選組にいたものが分離したからといって薩摩の連中が諸君らをにわかに近づけるとは思えない。それとも、すでに薩摩に接近する工作に着手しているのかどうかをご懸念になっていた」

「それはまだです。また、分離後にすぐに接近しうるとも考えられない。やはり、何がしかの時日が必要でしょう」

「では、武田君が薩摩屋敷にこのところひそかに出入りしているのは、諸君らとは何らつながりのないことなのか」

近藤の言葉に、伊東と篠原は顔を見合わせた。そういう武田の行動は、このとき初めて知ったようだった。

近藤は腕を組んだ。

「やはり武田君の単独行動だったか。どうも心外きわまることだ」

「局長、何かの間違いではないですか」

と篠原がいった。

「いや、間違いではない。もし諸君らの意をうけて薩摩に働きかけているならばまだしも、かかる身勝手な振舞いは許されない。そうであろう？」

と近藤は問いかけた。

「いかにも」

篠原もそういわざるをえない。

「長年の同志ではあるが、ここは公私を峻別《しゅんべつ》しなければなるまい。どうしたらよいか、参謀たる伊東君の意見を聞いておきたい」

と近藤はいった。

伊東は少考していった。

「たしかに身勝手なやり方ですが、薩摩屋敷に出入りしていたというだけできびしい処分をするのは、どうかと思われます。いまは仲たがいしているにしても、薩摩と会津とはかつては同盟の間柄だったのですから。武田君にしても、その当時からのつきあいのあった藩士をたずねただけなのかもしれない。当人の言い分も聞いてみるべきでしょう」

「うむ」

「土方副長は承知のことなのでしょうな」

「もちろんだ。副長は、即刻斬首を命ずるべしといっている。しかし、平隊士ならいざ知らず、武田君は五番隊の組長だ。たしかに当人に問いただしもせずに斬首というのも、ちとどうかなという気がしているのだ」

「武田君の申し開きが立たぬとしても、せめて切腹を命ずるのが武士の情けでしょう」

と伊東はいった。

「いましばらく考えてみよう。いずれにせよ諸君らとはつながりがないとわかって、やや安堵《あんど》した」

近藤はそういって伊東らを去らせた。

翌日、五番隊は非番の日であった。いわば公休日で、隊士たちは、行く先を前もって届けておけば、外出を許される。休息所を持っている幹部は、外泊し、翌朝までに帰隊すればよい。

この日、近藤は、斎藤一《さいとうはじめ》と篠原を伏見《ふしみ》奉行所へ公務出張させた。

二人が仕事を終えて本営に戻るために、竹田《たけだ》街道の銭取《ぜにとり》にさしかかったのは、あたりが暗くなったころだった。一、二間《けん》の距離になって、ようやく人が識別できるかどうかというほどである。

前方から急ぎ足で歩いてきた武士が、ぎょッとしたように、二人の前で立ちどまった。

二人とも、この時代の夕暮れどきの危険さはよく心得ている。相手の動きに応じて、本能的に足をとめた。

「うぬッ」

と唸《うな》るように声を出したのは、二人の前に立ちどまった武田だった。

「武田君か。どこへ行く？」

と斎藤が声をかけた。

街道は、二人が並んで立てば、行手を完全にさえぎるほどの道幅である。

「何をいまさら！」

叫ぶなり、武田は抜刀して斬りかかってきた。

「血迷うな！」

と斎藤は身をかわした。

武田はそれに勢いを得たのか、篠原を横なぎに斬りはらった。

篠原はからくもかわして後へ飛び退《しさ》った。

武田は、ちょうど二人に前後を扼《やく》された形になった。そのことが、武田の心をいっそうかき乱したらしい。

「武田君」

と呼びかける篠原に、なおも斬りつけた。

篠原はかろうじて抜き合わせた。武田は決死の形相である。ほとんど体当りせんばかりに突進した。

篠原は、はじめは、相手をなだめようという気持をもっていたらしいが、そうなってはもはや余裕はない。武田に斬り立てられながらも、

「斎藤君」

と叫んだ。

それより早く、斎藤が飛鳥《ひちょう》のように飛びこんで武田に突きを入れた。

「うッ！」

と声にもならぬ声を発して、武田はのけぞり、斎藤が間髪を入れずに刀を引くや否や、こんどは前のめりに倒れた。

「危ないところだったな」

と斎藤は刀の血糊《ちのり》をぬぐっていった。

篠原は、倒れている武田を一瞥《いちべつ》した。

「いったい、どういうことだろう？」

と斎藤は首をかしげた。篠原は、

「わからん」

「問答無用とばかりに斬りつけてきたが、何か心当りはあるのかね？」

「ない」

と篠原はいった。

「わけを聞こうにも、先刻の様子では、どうにもならなかった。帰ったら、局長に報告せねばなるまいが、どうも困ったことになったな」

と斎藤は沈んだ声を出した。

「困ったというと？」

「局中法度では、私闘を禁じられている。こちらから武田君に喧嘩《けんか》を売ったわけではないが、そのように見られかねない」

「何か身に覚えがあるのか」

「この前、武田君が馬越君に対してあまりにも押しつけがましい素振りをするので、見かねて注意した。ところが、武田君は何を考え違いしたのか、おれが馬越君に気があるように解釈したらしくて、いずれ決着をつけよう、などといっていたんだ」

「そういうことなら心配することはない。きみは、乱心した武田君を抑えようとして、やむを得ずに斬り果たしたまでのことだ。武田君がいま時分どこへ行くところだったのか、ぼくには見当がつかないが、ただいまの一件については、ぼくが証言する」

「それはありがたい。だが、武田君は、どこへ行くところだったのか……」

「薩摩藩の伏見屋敷ではないかな」

「何だって！」

「きみは聞いていなかったのか」

「何を？」

「武田君は、薩摩藩に通じていた、という噂《うわさ》があるのだ」

「まさか！」

「局長は、当人の申し分を聞いてみるとはいっていたが、武田君の方で、先手をうって逃げこむつもりだったのかもしれん」

篠原は、斎藤の様子をうかがった。

「信じられんな」

と斎藤は首を振った。

「ともあれ、ぼくはここに残るから、きみは戻って報告した方がいい。斬り棄てたまま放っておくわけにはいくまい」

「それはそうだ。では、頼む」

斎藤は、篠原に後事を託して、屯営に戻った。

報告をうけた歳三は、すぐに監察の山崎《やまざき》、吉村《よしむら》を派遣した。

山崎らが死体を調べてみると、武田のふところから百両近い金が出てきた。篠原のいったように、武田は脱走しようとしていたらしい。

とはいえ、証拠はなかった。で、近藤は、斎藤と篠原に、謹慎三日を言い渡した。

3

徳川宗家を継いだ慶喜に将軍宣下《せんげ》があったのは、慶応《けいおう》二年十二月五日である。慶喜は、正二位《しょうにい》権大納言《ごんのだいなごん》に叙され、奨学淳和両院別当、右近衛大将《うこんえのだいしょう》、右馬寮御監《うめりょうのごげん》を兼ねた。このほか、源氏長者という肩書きもつくが、これは官職位階ではない。武家の棟梁《とうりょう》という意味で使われている。

恒例により、慶喜が御礼のために参内するのだが、その予定日の十二月十三日の前日、孝明帝《こうめいてい》は高熱を発し、十六日に至って、疱瘡《とうそう》の徴候があらわれた。

慶喜にとっての不幸は、朝廷内においてもっとも幕府に理解のあった帝《みかど》を、将軍になって二旬後に病魔に奪いとられたことであった。慶喜個人にというよりも、徳川家にとっても、といってもいいかもしれない。

大葬は、山陵奉行戸田大和守《とだやまとのかみ》の係りによってとり行われた。

年があけると、慶喜は、征長軍の解兵を朝廷に奏請した。征長は、前年八月に中止になっていたものの、形の上では、朝命による征長はまだ生きている。また、諸大名のなかには、幕府は、京都の政局が一段落したら、再び兵を動かすのではないか、とみるものがいたのだ。

会津藩は、慶喜のこの処置に大いに不服だった。松平容保《まつだいらかたもり》は、重臣を集めて協議し、

「かくなる上は、官を辞して帰国する」

といった。

守護職に去られては、京都の治安は保てない。むろん、それだけではなかった。幕府方

において、最強の兵を有しているのは会津藩であった。その会津藩が帰国してしまえば、

幕府に武力はないにひとしい。

慶喜はうろたえ、板倉伊賀守《いたくらいがのかみ》、松平越中守《えっちゅうのかみ》を送って容保をなだめたが、容保は一月十

七日から登城を拒否し、帰国の準備をはじめた。

慶喜は二月十八日に親書をつかわして、その出仕をうながしたが、容保の帰国の意思は

固かった。

やむなく、慶喜は、

「現職のまま、暫時の賜暇《しか》をあたえよう」

といった。

守護職の辞任は認めないが、容保が休暇をとって任地をしばらく離れるのはよい、というわけである。

三月十一日、容保は、慶喜の顔を立てて、再び登城したが、なお帰国の意思は変らなかった。

徳川政権そのものの維持は望んでいるが、二心殿といわれている慶喜がいる限りは、長くはないと判断したのであろう。四月九日には、二条《にじょう》関白、賀陽宮《かやのみや》を通じて、帰国について朝廷の許可を申請した。完全に、慶喜を無視した形である。

朝廷は、許可を与えなかった。関白も宮も、容保を大いに頼りにしていたのである。

幕府にとって、会津藩の向背は、その命運にかかわることだった。しかし、容保を罷免したり処分したりもできないのである。ただ、容保が帰国を強行した場合のことを考えておかなければならない。

前に、新選組を幕臣とすることに反対だった板倉伊賀守が、こんどは発議の中心になって、近藤らを直参《じきさん》に取り立てる案を推し進めた。

反対するものはいなかった。

このころ、京都では、再び浪士たちの横行が目立つようになっていた。三条大橋《さんじょうおおはし》に、慶喜の家臣である渋沢成一郎《しぶさわせいいちろう》の罪状を挙げて、

「改心せずんば天誅《てんちゅう》を加うべし」

と大書した貼り紙が出たり、佐幕派の公卿《くぎょう》に脅迫状が舞いこんだりしていた。

そういう不逞《ふてい》の輩《やから》を制圧する実力を備えているのは、新選組あるのみといっていい。幕臣のなかには、心の中で、

(多摩《たま》の郷士づれが直参とは！)

と侮ったものもいたろうが、会津が当てにできないとなれば、新選組を任用するしか、ほかに道はなかった。

六月十日、板倉は近藤以下の幹部たちを、二条城に召致し、直参取り立ての沙汰を言い渡した。

近藤は、大番組《おおばんぐみ》頭取で元高三百俵、役料月五十両。歳三は、大番組頭《がしら》で元高七十俵、役料として五人扶持《ぶち》。以下、沖田《おきた》、永倉、井上《いのうえ》、原田、山崎、尾形《おがた》が大番組。

伊東らは、三月十日に分離していた。

伊東らにとっては、孝明帝の急死は、分離の口実となった。大葬後、帝陵を守るものが必要である、と主張し、山陵奉行に願い出た。帝は前将軍の義兄にあたるわけであり、幕府に対しても理解のあった方である。その御陵を警衛したいというのだから、分離の名目は立派に立つ。本心は、脱退であろうとも、拒むことはできない。

山陵奉行は、御陵衛士《ごりょうえじ》なる役を新しく設けた。隊長は伊東で、ほかに十四名が加盟した。

十五名はひとまず五条大橋に近い長円寺《ちょうえんじ》に入り、六月に、東山《ひがしやま》の高台寺《こうだいじ》に移った。

この十五名のなかに、斎藤が入っている。ほかに、近藤らの古い同志である藤堂平助《とうどうへいすけ》も

加わった。

この間に、歳三は約一カ月ほど江戸へ赴いて、新規隊士の徴募にあたった。伊東らに加わったのは十五名だが、隊内には、まだ伊東派も居残っている。いずれ伊東のもとへ行くことは目に見えているのだ。それを想定すれば、一人でも多くの腕ききを集めて、京都へ連れて帰らねばならない。

歳三は、小石川《こいしかわ》の試衛館《しえいかん》に宿泊して、集まってくる志望者を面接し、さらには実技を試した。

志望者は決して少なくはなかったが、歳三の目からみると、新選組の隊士として使えそうなものは、十人に一人、あるかないかという程度だった。

（これではどうにもならぬ）

と歳三は頭をかかえてしまった。

もし乱闘になれば、相手を斬るどころか、逆に一撃で倒されてしまうような腕前のものばかりなのである。

江戸の剣術道場の修行者の数もめっきり減っていた。かつては、各藩の若者たちが剣をみがくために江戸へ出てきたものだが、いまでは、すっかり国もとへ引き揚げている。そして、入れ代りに出てくるものは、ほとんどいないのだ。

それに、落ち着いて剣術修行のできる時世でもなかった。

徴募がはかばかしく進まないこともあって、歳三は多摩へ行くことを思い立った。日野《ひの》宿《じゅく》には、兄たちや、姉のぶが嫁いだ佐藤彦五郎《さとうひこごろう》らがいる。文久三年に江戸を発《た》つ前に会ったきりだった。

歳三は、日野にはあまりいい思い出はない。若いころは奉公に出されたし、主家をしくじって戻ってからは、家伝の薬を売って歩いた。

そのころにつくった、

願ふことあるかも知らす火取虫
年々に折られて梅のすかた哉《かな》

といった句は、いまでも覚えている。鬱勃たる志を抱いていたが、どうなるという当てもなかったのだ。

京を発つ前に、直参に取り立てるという内示をうけていたが、歳三は、そのことについては、近藤ほどには感動していない。近藤は三年前にその話のあったときは、自分は江戸撃剣師匠でじゅうぶんだ、といっていたのだが、こんどは態度をかえていた。前回の、与《よ》力《りき》と同格という、きわめて曖昧な身分だった扱いに比べると、今回は、れっきとした旗本であり、幕府の扱いに大きな違いが生じている。それが近藤を満足させたのであろうが、歳三は、ありていにいえば、

(どうでもいいや)

と思っているのだ。

江戸は何といっても平穏である。

長州兵が京都へ攻めてきたときや池田屋《いけだや》の乱闘のあとは、硝煙がただよい、死体があちらこちらに散乱していた。あるいは、三条河原に暗殺されたものの首が転がっていたりする光景は、日常茶飯事だった。

その、えもいわれぬ血の臭いは、江戸にはない。

また、人が戦いの場に立たされたとき、身分だの格だのはまったく通用しないことを、歳三は骨身に沁《し》みるように味わってきた。生きるか死ぬか、倒すか倒されるか、その分かれ目は、日ごろきたえた技であり、恐怖にたじろがぬ勇気であった。

が、江戸ではそうではない。歳三は到着してすぐに、江戸城へ行ったが、入ることが許されなかった。新選組副長は、大番組頭の内示をうけているとはいえ、発令前は、一介の浪士でしかなかった。

(いったい何のために、京で命をかけた日々を過してきたのか)

と歳三は思った。

江戸で泰平をむさぼっている連中や、その頂点に立つあの二心殿のため、というのでは、あまりにも切ないことである。

4

歳三は、日野へは行かずに、京都へ戻った。行けば、日帰りというわけにはいかない。どうしても一泊することになる。丸まる二日はかかることになり、その余裕がなかったのだ。

それに、

（行けば見納めになるかもしれない）

という思いがあった。

何となく、そんな気がしてならなかった。

それだけではない。行けば、郷里の若者たちは、新選組へ入りたいというだろう。義兄の佐藤彦五郎らも、そのことを歳三に頼みこむに違いない。

そうなったら、歳三はことわれない。若者たちを京都へ連れて行くことになる。

連れて行けばどうなるかは、目に見えていた。

新将軍は、反幕派との戦いを何とか回避しようとして、主戦派の会津藩をなだめたりすかしたりしている。兵庫開港をはじめとする政治上の難問も、得意とする弁舌とかけひきによって解決する気でいる。それができれば、幕府の威権も回復しうると信じているのだ。

歳三は、そうはいくまい、と思っている。長州はいまや公然と薩摩と提携し、幕府を倒そうとしている。政治の力やかけひきによって、その動きをとめることは、もはやできないのだ。

戦いになる。というよりも、行きつくところは、武力による解決しかない、といっていい。

その渦の中に、郷里の若者たちを投げこみたくはなかった。

近藤は、帰京してきた歳三から、多摩へ行かなかったことを聞くと、

「どうして行かなかったんだ。彦《ひこ》さんはじめ、みんなが喜んでくれただろうに惜しいことをした。手紙では消息を知らせているが、お前の口から聞けば、きっと満足してくれただろう」

「そうは思ったが、忙しくて、とうとう行けなかった。それに京のことも気がかりでな」

と歳三は答えた。

「気がかり？　別にさほどのことはない。上様と会津公とのお仲も、このところ前よりは良くなってきたからな」

そういうことをいっているのではない、と歳三はいいたかったが、あえて口に出さなかった。

「伊東らはどうしている？」

「斎藤君から知らせがきている。伊東は、摂津《せっつ》と改名し、九州へ旅行し、隊士を集めようとしたが、失敗したようだ。数名は加わったらしいが、取るに足らん」

と近藤はいった。

斎藤は、武田を斬ったときの振舞いで、篠原の信用を得たのだ。武田に、薩摩への通諜《ちょうつう》がばれて、斬首になりそうだという情報をもらしたのは、じつは歳三であった。もちろん歳三がじかに武田に教えたわけではない。それとなく本人の耳に入るように、隊士の一人を使ったのだ。

武田が脱走をはかるであろうことは、予測できた。問題はどこへ行くかである。京都の薩摩藩邸へは逃げこむまい、と歳三は判断した。

薩摩がそこまで武田をかばういわれはない。たんに武田を利用して、新選組の内情を探ろうとしただけで、利用する値打ちがなくなれば、見向きもしないだろう。かりに、武田を迎えるとしても、京ではなく、伏見か大坂《おおさか》ということになる。

武田が東海道《とうかいどう》を下る、とは考えられなかった。東国には、武田は縁もゆかりもない。

斎藤には、伏見へ出張を命ずる前に、いいふくめてあった。篠原を同行させたのは、斎藤を、伊東派とともに行動させるためであった。斎藤の剣技は、定評がある。伊東も欲しがるはずだった。

すべては、歳三の策のとおりに運んでいた。

「で、薩摩の動きについては?」

と歳三は聞いた。

「伊東らの賄いはすべて大久保《おおくぼ》がやっているらしい」

「長州と手を握っている確証はつかめたのか」

「いや、土佐《とさ》と手を握ろうとしているらしいぞ。先日も、江戸からきた土佐の乾《いぬい》退助《たいすけ》という、容堂《ようどう》公お気に入りの男が、西郷《さいごう》と話し合ったそうだ」

「何と！」

歳三は唸った。

土佐藩は、外様《とざま》大名だが、公武合体派の雄藩である。容堂は、藩士たちからご隠居様とか老公とか呼ばれているが、事実上の藩主であり、徳川家に対しては、日ごろから恩義があると公言しているのだ。

まさかその土佐が薩摩と手を握るとは、歳三には考えられなかった。

もしそれが実現すれば、幕府に対抗する雄藩連合が成立することになる。

薩摩兵も精強であるが、土佐兵もそれに劣らない。薩土《さつど》、そして薩長と、薩摩を中軸とした連合勢力は、天下を制するに足るであろう。

「局長」

と歳三はあらたまっていった。

「何だ？」

「西郷を斬ろう」

と歳三は、静かな口調でいった。

近藤は、鋭く歳三を見た。

「本気のようだな？」

「もちろんだ」

「なぜ西郷を斬らねばならぬ？」

「おれは、長州人に対しては、ある意味で感心しているのだ。あの連中は、はじめから尊《そん》王《のう》倒幕をとなえて動いてきた。そのことのために、多くの長州人が死んでいる。つまりは命がけで戦ってきた」

「うむ」

近藤はうなずいた。新選組に斬られた浪士のうち、もっとも多いのは長州系のものだったろう。

「しかるに、薩摩はどうだ？　やつらは、蛤御門《はまぐりごもん》の戦いのときにこそ死んでいるが、あの戦いでは、会津も桑名《くわな》も戦死者を出しているから、やつらだけが特別だったわけではなかった。しかし、それ以外で、長州人のように犬ころのように死んだものがいるかね？　おれたちが市中を巡察しているときだって、薩摩ことばを喋《しゃべ》るやつには、手を出さなかった。会津と同盟しているという理由からだった。いつぞや、伏見奉行所が坂本《さかもと》を捕え損じたのも、薩摩藩士と名乗られたために、ついひるんだからだ。薩摩というのは、狡《ずる》いんだよ。もっともらしい顔をして、つねに有利な方につく。そして、いったん形勢非となれば、平気で裏切るんだ。おれは、そういうやつを許せない。新選組の隊旗には、誠の一字を染め上げている。やつらには、誠がない」

と歳三は一気に喋った。

薩摩の策謀の中心は、西郷である。その西郷を斬ってしまえば、薩摩は巨大な無力集団になってしまうだろう。

「歳、それはならんぞ」

と近藤は強くいった。

「なぜだ？」

「お前のいうことはわかるし、同感するところもある。だが、新選組は、もはや浪士組ではない」

「おれたちが直参になるからか」

「そうだ。理由もないのに西郷を斬れば、おれやお前が非難されるだけではすまぬ。幕府が天下の指弾をうけることになる。おれやお前が腹を切るだけではすまんぞ」

と近藤は荘重にいった。

「わかったよ」

「本当にわかってくれたんだろうな？」

近藤は念を押した。

歳三はうなずいた。が、その決意は変らなかった。

隊士を使う気はなかった。一人で西郷を斬る決心だった。歳三は、まだ会ったことはないが、西郷の人相については、聞いている。背は五尺八寸ほどの巨漢で、巨《おお》きな目をもち、豚のように肥えているらしい。祇園《ぎおん》に女がいるらしいが、その女も大女だという噂である。

歳三は、祇園から帰る途中を狙うことにした。遊びに護衛のものは連れて行くまい、と思った。問題は、むしろ歳三に暇のないことであった。

歳三は、ほかの幹部たちのように休息所をもっていない。ひとつには、京の女が何となく肌に合わないせいもあるが、押し寄せる隊務のために、屯営を一晩でもあけることができないからだった。

歳三は近藤に、

「おれも休息所をもとうと思う」

と話した。

「どういう風の吹き回しだ？　気に入った女でもできたのか」

「野暮なことをいいなさんな」

と歳三は笑った。

六月下旬に、歳三は近藤の休息所の近くに一軒をかまえた。女は、祇園の芸妓《げいぎ》で白雪《しらゆき》と名乗っていたものを住まわせた。本名は志乃《しの》という。新選組の宴席に何度か出ており、口数の少ない、ひかえめな妓《おんな》だった。

志乃は、歳三から所望されたとき、嘘《うそ》と思ったらしい。が、本当だとわかると、小きざみに肩をふるわせ、

「夢のようです」

と呟《つぶや》いた。

歳三は、しばしば志乃のもとへ行った。沖田は、

「驚きましたね。土方さんがこうなることは、絶対にないと思っていた。人というのは、わからぬものですね」

とひやかすようにいった。

「総司《そうじ》は、前におれの発句《ほっく》集を読んで、笑っていたことがあったじゃないか」

「あの句ですか」

と沖田は肩をすくめた。

しれば迷ひしなければ迷はぬ恋の道

という句である。字数が合わないので消したのだが、沖田には読まれてしまい、

「中の句は、しなければ、ではなくて、しらねば、じゃないんですか」

といわれたことがあったのだ。

大政奉還

1

　歳三は志乃のもとへ三日とは間を置かずに通った。といっても、朝まで過すということはなかった。新選組の幹部たちは、当番の夜でない限り、届けを出しておけば外泊を許されているが、歳三の場合は、何か事が起きたときのことを考えると、一晩じゅう本営を留守にしておくわけにはいかない。それでも、歳三が休息所をもってしばしばそこへ行きはじめたことは、沖田だけではなく、永倉や原田らにも、奇異の感を与えたようであった。

　この二人は、江戸にいたころの歳三の日常をよく知っている。歳三には、たえず女がいた。それも一人の女とだけというのではなく、芸妓《げいぎ》、小唄の女師匠、仲居、富商に囲われた女などと、同時期に何人かと交わりをもったのだ。ときには、刃傷《にんじょう》沙汰になったこともあった。女を囲っていた富商がごろつき浪人をやとって、歳三を襲わせたのだ。歳三は、見た目には、優男《やさおとこ》である。腕の一本もへし折ってやろうというつもりだったらしいが、むろん歳三の敵ではなかった。女は富商に追い出されて、また吉原《よしわら》に戻ったが、歳三はそれを知っても、平然としていた。近藤の妻女のつねが、歳三を何となくうとんじていたのも、そのためだったろう。

遠慮のない原田などは、

「歳さんよ、あんたは女には惚《ほ》れられるが、自分の方から惚れるようなことはしないらしいな」

といったことがあった。それだけに、歳三が志乃に家をもたせ、泊ることはないにしてもしばしば足を運びはじめたことに驚いたのだ。井上源三郎《げんざぶろう》あたりも、

「歳さんが女に惚れたというのは、めでたいことだ」

などといった。

歳三としては、志乃を気に入ったことは確かだったが、惚れたわけではなかった。

沖田は歳三の句について、「しなければ迷はぬ恋の道」を「しなければ」ではなくて「しらねば」が正しいのではないか、といった。歳三は面倒なのであえて説明しなかったが、「しなければ」がやはり正しいのである。

上《かみ》の句が「しれば迷ひ」とあるので、「しなければ」は「しらなければ」の意味にとりやすい。

そうではなくて「恋（すること）をしなければ」なのである。

恋というものを知ると、男は煩悩の虜《とりこ》になってしまう。それが恋の道というものである。だからいっそのこと恋をしなければ、煩悩地獄へ落ちこむこともない。つまり、歳三は、

おれは恋なんかするものか、といいたかったのだ。

「しらねば」では、そういう決意はうたいこまれていない。恋を知らなければ迷うこともないのは、至極あたりまえのことである。おもしろくも何ともない句になってしまう。だから「しなければ」を常法に従って直すとすれば「せねば迷はぬ」となる。

そうなると、上の句は「しれば迷ひ」ではなくて「すれば迷ひ」がいいかもしれないが、「しれば」と「すれば」では、意味が違ってくる。

恋をすれば迷うというのは、奥行きがなく平凡である。それに比べれば、恋を知れば迷うの方が、ふっくらした情感がある。真実《まこと》の恋を知ったものの切なさがある。だから歳三としては「しれば」でなければならなかったのだ。ただ「しなければ」を「せねば」にしなかったのは、「せねば」が文語体だったからである。「せねば」を用いるなら、上の句も「しらば」でなければならない。

しらば迷ひせねば迷はぬ恋の道

これがいいかもしれないのだが、上の句が字余りである。

歳三は、字余りにはこだわらなかったが、句作の法ではよくないとされている。それで歳三は、「しなければ」を消して、たわむれに、

しれば迷ひしらねば迷ふ法の道

という句をつくった。これも字余りである。で、ついでに、

人の世のものとは見へぬ桜の花

と詠んだ。「桜の花」を「桜はな」とすれば、字余りにはならずにすむ。あるいは「桜かな」でもいい。だが、故意に「の」を入れた。承知の上で、あえて常法にさからってみたのだ。

そうやって、折り折りに詠んだ句を、歳三は江戸を出発する前に四十句を選んで清書し、表に、「豊玉発句集《ほうぎょくほっくしゅう》」と認《したた》めて残してきた。だが、それもいまとなっては、懐かしい思い出である。

京都へきてからの日々は、風流の道には程遠いものであった。恋などしなければ迷うこともなかろうと自分にいい聞かせる必要もなかった。斬るか斬られるか、生きるか死ぬか、ことに初期においては、それ以外に道のない日々の連続だった。いまでは、多少の余裕もできて、お手当もじゅうぶんに下されている。文久三年のころの、江戸を発《た》つときに着ていた袷《あわせ》を、単衣《ひとえ》が買えなくて初夏になっても着用したままだったことを思うと、まるで夢のようである。

皮肉なことに、こうして豊かになるにつれて、幕府の命運に翳《かげ》りがさしこみはじめたのだ。

そうなったのは、すべてあの「二心殿」や背信の薩摩のせいだ、とは歳三も考えてはいない。目に見えぬ大きなうねりが人びとを押し流して行くのであろう。

歳三は、そのうねりに無抵抗に身を任せたくはなかった。狂瀾《きようらん》を既倒に廻《かえ》すことはできぬといって、手を拱《こまね》いているのは、男子たるものの態度ではない。大きなうねりを変えるのは難しいとしても、武士たるものの意地を見せるべきであった。

「二心殿」と西郷に共通するものは、背信の徒ということだった。

しかし、歳三の立場からすれば、「二心殿」を斬るわけにはいかなかった。

近藤は、西郷を斬れば幕府が天下の指弾をうけるからといって反対しているが、天下の指弾を恐れているうちに肝心の幕府が倒れてしまったら、何にもならないではないか、と歳三はいいたかった。

休息所《ほうばい》をもち、志乃を置いたのは、西郷を斬るための布石だった。歳三は、志乃に祇園時代の朋輩から、西郷の動静を探り出すようにいった。

探ってどうするのか、とは志乃は問いかえさなかった。

薩摩藩邸は、御所《ごしよ》の北がわ、相国寺《しようこくじ》に接した二本松《にほんまつ》にあって、西郷はそこに起居していた。大久保は、石薬師町《いしやくしちよう》東入ル《ひがしい》に私邸をもっていたが、西郷は終始、藩邸を本拠にして策動した。西郷はそこから、二条新地《にじようしんち》や三本木《さんぼんぎ》の花街へ出てくる。そして帰るときは、地図でいえば、北へ向かうことになるが、三条を境界として、北がわの警備は見廻《みまわり》組の受持ちになっている。

一方、志乃の家は醒ケ井《さめがい》である。だから、歳三が、西郷を斬るためには、西郷が祇園を出る前に知らせてもらい、途中のどこかで待ち伏せをするしかなかった。そのためには、西郷が二条新地や三本木に出てきた夕刻に、そのことを知らねばならない。

新選組の隊士や町方の助けをかりるならば、そんなことを調べるのはいともたやすいことだったが、志乃一人では、容易ではなかった。

しかし、歳三は辛抱強く待った。

志乃は昼すぎから、昔の朋輩や贔屓《ひいき》にしてくれた料亭などへ遊びに行ったり、踊りの稽古に行く。そして、薩摩藩の西郷の座敷があるかどうかをそれとなく聞くのだ。歳三は、

「たんに薩摩のお座敷というだけなら、知らせなくともよいぞ。たしかに西郷が出るというときだけ、知らせをよこせ」

といった。

(機会は一度だ。二度とはない)

と歳三は考えている。

2

歳三が休息所をもったころ、薩摩藩邸にひそんでいた長州の品川弥二郎《しながわやじろう》、山県狂介《やまがたきようすけ》

（のち有朋《ありとも》）はひそかに脱出して山口へ帰った。二人は島津《しまづ》久光《ひさみつ》に引見を許され、そのあととで西郷らと話し合って、挙兵討幕の方針で一致していた。

しかし、西郷は、品川らの出発のあとに、土佐の後藤《ごとう》象二郎《しょうじろう》と会い、盟約を結んだ。坂本竜馬《りょうま》の「船中八策《せんちゅうはっさく》」をもとにした政権構想に合意したのである。天下の大政を議定する全権は朝廷にあり、そして、二院制度や、将軍は辞職して列侯の一つとなる、などと定めているが、武力による幕府打倒は一言も出てこない。いいかえれば、品川らに約束した武力討幕路線とは、あきらかに反するものだった。

西郷は、品川らには、近いうちに薩摩の正式代表として山口へ行くことを約束していたのだが、いっこうに京都を動こうとしなかった。

後藤は、西郷と会ったのち、土佐へ帰って行った。藩論をまとめて兵を率いてくる、というのである。

西郷は、後藤と会う一カ月前に乾（のち板垣《いたがき》）退助と会って、挙兵の密約をかわしていた。

土佐は、武断派の乾と、文治派の後藤とが互いに連絡をとらずに、政局の鍵を握っている薩摩を取りこもうとしてバラバラに行動していた。本来ならば、どちらが本当に土佐を代表しているのか、あるいは、土佐の実権者である山内《やまうち》容堂をどちらがつかんでいるのか、確認した上で、こうした交渉をするのが筋なのだが、西郷は何くわぬ顔で、乾、後藤に折衝し、約束をつかい分けた。

乾との約束を守るならば、平和的に政権を移行しようとする後藤との約束は、反古《ほご》にされるわけであり、後藤との約束を守るならば、乾との約束はもとより品川らへの約束も無視することになる。

要するに、西郷は両天秤《てんびん》をかけていたのである。いいかえると、土佐も長州も手玉にとられていたのだ。

もっとも、後藤は後藤で、西郷を手玉にとったつもりだった。彼は、西郷が品川らに武力討幕を約束していたとは知らない。だから、西郷は、「船中八策」による自分の筋書きにのってくるものと信じこんでいた。

後藤は、藩論をまとめて兵を率いて再び上京する、と西郷に約束したのだが、はじめからそれを実行する気はなかった。山内容堂は公武合体論者であり、徳川に恩顧を感じている人物なのである。後藤に兵を与えて上京させるはずのないことは、じゅうぶんに予測できたことなのだ。

容堂は、後藤の建策を採用した。

将軍をして大政を朝廷に奉還させる。その上で、新しく設けられる議政局の議長に徳川慶喜を推す、という路線である。これが実現すると、大権は朝廷にあるといっても、新しい政体（政府）の長《おさ》（首相）は徳川ということになり、徳川は朝廷を背後に天下に号令を下すことができるし、薩摩も長州も、それに従うしかないことになる。そうなったら、新政体を実現するにあたって、もっとも尽力した土佐は、副首相格となり、政治の主導権を握ることになる。

この方針に反対したのは、乾退助だった。彼は、面と向かって討幕を説き、

「いたずらに土佐にあって日を過しておりますと、いまに薩長の門前に馬をつなぐようなことになります」

と、きびしいことをいった。

しかし、容堂は乾の進言を退けた。そして、後藤に二通の建白書を持たせて上京させた。一通は容堂本人のもので、もう一通は、家臣四名の連署である。

後藤は九月四日に入京した。


歳三が志乃から、西郷の女に関してくわしいことを聞いたのは、八月のなかばだった。名は、お末《すえ》といい、噂《うわさ》どおり五尺六寸はあろうかという大女だという。もともとは、祇園の「井筒《いづつ》」の仲居だった。

「どこに住まわしているのか、わかるか」

「薩摩屋敷のなかに入れて、身のまわりの世話をさせているとか」

「市内ではないのか」

「はい」

歳三はがっかりした。市内の妾宅《しょうたく》ならば、そこへ行く途中でも帰りでも狙うことができるが、屋敷内ではどうにもならなかった。

「三本木あたりには、出てくることはないのか」

「暑いうちは、動くのがおっくうなほど太っている由にて、さっぱり出てこないそうでございます」

「致し方ない。気長に探れ」

と歳三はいった。

薩摩藩はこのころ一千名の兵を京都に常駐させていた。

しかし、武力で幕府を討つには、これでは不足である。さらに、一千名を国許《くにもと》から上京させるように西郷は手配していたが、一方、いっこうに山口へやってこない西郷を詰問するために、再び品川らが上京し、西郷と会談を続けた。

西郷は、武力討幕の決意は少しも変っていない、といった。

「それなら、どういうふうに兵力を用いるのか、前もって作戦を立てておられるでしょうな」

と品川はたずねた。

「むろん、考えてあります。まず、兵を三つに分け、第一をもって御所内にくりこみ、第二をもって会津藩邸を攻め、第三をもって、堀川《ほりかわ》の幕府駐屯所を焼打ちします」

と西郷は答えた。

「堀川屯所？　新選組のことですな？」

「その通り」

と西郷はうなずいた。

そんな会話がかわされていたことを、新選組は知らなかったが、九月七日になって、一千名の薩兵が上京してきたことは、もちろんわかっている。歳三は近藤に、

「芋の動きは、どうもキナくさい。城中で何か耳に入ってこないかね？」

と聞いた。

「いや、いまの城中での話は、もっぱら土佐の後藤の動きだ。何か秘策をもっているらしいというので、誰もが注意を払っている。おれも近いうちに、永井《ながい》殿に後藤を引き合わせていただくことになっている」

「何を企《たくら》んでいるのだ？」

「わからん」

と近藤は腕を組んだ。

「何とかつきとめることはできないものか」

「つきとめてどうする？」

と近藤は聞いた。

歳三は無言だった。

（場合によっては斬る）

と心の中では考えている。薩摩藩邸の西郷は、昼間は二条城へ赴いたり、公卿《くぎょう》の間を回

ったりするが、日暮れと共に一歩も外へ出ようとしなかった。それでは、歳三としても手の出しようがなかった。

それなら、後藤を斬ることによって、西郷の動きをうながすことができるかもしれない、と思ったのだ。

「それより、このところ、さっぱり出ないではないか」

と近藤がいった。

歳三は、八月のなかばに志乃のところへ行って以来、公用以外には本営を離れたことがなかった。西郷について何かつかめば、志乃から知らせてくるはずだった。

「忙しくてね」

と歳三はぶっきらぼうにいった。

近藤は、隊務はすべて歳三に一任して、もっぱら二条城に出仕している。どうやら、政治の渦中にあって、隊務どころではないらしい。歳三は、それを皮肉ったわけではなかったが、近藤にはこたえたらしく、

「おい、たまには可愛《かわい》がってやるものだ」

といった。

そこへ隊士が入ってきて、志乃の使いがきたことを告げた。

歳三は、

「通せ」

といったが、思い直して、通用口へ行った。志乃の身辺を世話している女中のきよである。

「何だ？」

「お越し下さいますように、旦那様へ申し上げるように仰せつかりまして」

「わかったと申しておけ」

きよは頭を下げて帰って行った。すぐに歳三は、その夜の当番を調べた。一番隊と六番隊だった。一番隊は沖田が組長で、六番隊は井上である。沖田はこのころ、かなり体力が衰えて、横になっていることが多かった。この年の夏はひじょうな暑さが続いた。それでなくても、盆地の京都の暑さは、病人にこたえるのである。

歳三は井上のところへ行き、

「源《げん》さん、今夜は出かけるから頼みます」

「いいとも」

「もしかすると、帰りは明日になるかもしれない」

と歳三はいった。これまでは外出しても、夜中には必ず戻っていた。井上もそれを承知である。

「歳さん、遠慮なくゆっくりしてくることだよ。この暑いさなか、ずいぶんと休みをとらなかったじゃないか」

といたわるようにいった。

「あれやこれやと忙しかったからね」

「あんたは働きすぎだよ。何もかも一人でやれるものじゃない」

「わかっているよ」

歳三は苦笑して部屋を出た。

3

歳三は、副長室の中を整理してから、こんどは沖田の寝ている部屋へ行った。沖田は、庭に面した廊下に腰を下ろして、ぼんやりと空を眺めていた。はだけた胸のあたりの肉が薄くなっている。

「あ、土方さん」

と沖田は襟もとをかき合わせた。

「総司、調子はどうだ？」

「今夜は当番ですから、詰所に出ます」

「無理しなくてもいい。何もなければ源さんに任せて、お前はここで休んでいろよ。まだまだ働いてもらわねばならんことは、このさき山ほどあるだろうからな」

「はア」

と答えたものの、沖田に前ほどの元気はなかった。この年の四月二十六日、沖田はおあいを失っていた。労咳《ろうがい》が重くなり、ついに帰らぬ人となったのである。沖田は三日三晩、

寝ずに看病した。近藤は、

「病は医師に任せるものだ。総司がついていたところで、どうなるものでもない。病人のことを忘れさせるためにも、総司に何か仕事をさせた方がいい」

と歳三にいったが、歳三は、あえて沖田の好きなようにさせた。仕事をさせたところで失敗する恐れがあるとみたのだ。

近藤には話していなかったが、かつて沖田に女と別れろといったとき、沖田は、

「命にかけても」

といったのだ。

女を斬ってしまおうと思った歳三も、沖田の女を想《おも》う気持に負けた。

沖田自身もすでに病に蝕《むしば》まれているのである。そんな無理をすれば身体《からだ》に悪いことはわかっていたが、歳三は沖田の一途《いちず》な気持を尊重した。

近藤をはじめ、試衛館の一門は剣によってここまでのし上がってきた。剣によって生きたものは、いずれ剣によって死ぬだろう。そういう時代なのである。しかし、一人くらい、違う死に方をするものがあってもいいではないか、と歳三は思うようになったのだ。

「総司、お光《みつ》さんにちゃんと便りを出しているか」

「近いうちに書くつもりでいます」

「お前はその調子で、一日のばしにのばしている。今夜、必ず書けよ。おれはこの前江戸へ戻ったときに、忙しくてお目にかかれなかった。あとでおれが江戸へ戻ったことを聞い

て、気を悪くされているかもしれん。よろしくお詫《わ》びしておいてくれ」

「はア」

「気のない返事をするやつだな。いいか、本当に書けよ。お前のことをもっとも案じているのはお光さんなんだからな」

歳三はきびしい口調でいい、立ち上がった。

「お出かけですか」

「久しぶりにくつろいでこようと思っている」

そういって、歳三は部屋を出た。

近藤はすでに出ている。歳三は、愛刀の和泉守兼定《いずみのかみかねさだ》の目釘《めくぎ》をあらためた。

志乃のところへ着いたのは、六ツ半（午後七時）少し前だった。

「お帰りなさいませ」

志乃は何やら嬉《うれ》しげである。

「うむ」

「行水をお使いになりまするか」

「そうしよう」

歳三は身体を洗い、下帯から襦袢《じゅばん》まですべて新しいものにかえた。

すでに膳部の用意がととのっている。歳三は盃《さかずき》をうけてから、

「何か吉報が入ったか」

「二条新地の吉田屋《よしだや》で薩州様と土州《どしゅう》様の重役方がお集まりだそうでございます」

「そうか」

歳三は盃を置いた。二条新地は鴨川《かもがわ》の東岸にある。その北側に会津藩邸があり、その前の大橋を渡って西岸に出て北へ進むと今出川《いまでがわ》に出る。薩摩藩は、相国寺畔の藩邸とは別に、今出川にも近ごろ別邸を新築していた。

二条新地での土州側との会合を終えて、帰路につくとすると、すぐに二条大橋を渡って西岸へ出るか、川沿いに会津藩邸の前に出て今出川へ入るか、あるいは相国寺畔に行くかである。

二条大橋はどちら側でも人通りは多い。そこで襲うわけにはいかない。待ち伏せるならば、大橋を渡る前でないと、見失ってしまう恐れがある。といって、渡る前に襲っても成功は難しい。

西郷が相国寺畔の薩摩藩邸に起居していることはわかっている。

だが、夜遅くなれば、今出川の別邸に入るかもしれない。いかに護衛つきとはいえ、夜道は危険であることを計算しているであろう。

「志乃、これへ参れ」

歳三は声をかけた。

志乃は、はっとしたように歳三を見た。歳三は志乃を引き寄せた。志乃はかすかにあらがい、

「きよが……」

と声をひそめた。

「かまわん」

歳三はその場に志乃を押し倒し、裾を割った。志乃は声を抑えようとして喘《あえ》いでいる。

歳三はその口を吸い、ほっそりした肩をなでた。

「旦那様」

志乃はうわごとのように呟《つぶや》き、硬くしていた身体から力を抜いた。奥の部屋には用意ができていることは承知だったが、歳三はその場で志乃を抱いた。志乃はかすかに声をあげた。

歳三は志乃から離れると、手ばやく鎖帷子《くさりかたびら》を身につけた。志乃は、恐ろしいものを見るように見ている。

「出かけるぞ」

志乃はものもいえずにおろおろしている。

「手文庫に百両入っている。何かのときには使え」

「お待ち下さいませ」

志乃がふるえる声でいった。

「もうよい。世話になったな」

「いいえ、わたくしはいやでございます」

「下らぬことを申すな。お前の好きなようにしてよいといっているのだ」

「そんな……」

志乃はうつぶし、声を殺して泣いた。

歳三は外へ出た。

西郷はおそらく会津藩邸の前から橋を渡る道をとるだろう、と思った。

両藩は不仲になっているが、会津藩邸の前には警備の歩哨《ほしよう》が立っており、その方が安全なのである。

歳三は、橋の中ほどに立った。

欄干に寄りかかって川面《かわも》を眺め、時を過した。

やがて、数人の武士が現われた。中心に位置するのは、夜目にもはっきりとわかる巨漢である。

歳三は手ばやく覆面し、西岸の柳のかげに身をひそめた。

武士たちが橋を渡り切る寸前、歳三は立ちはだかった。

「どけ！」

先頭の男が叫んだ。

「西郷先生か」

と歳三は低くいった。

「はい、西郷でごわす」

巨漢は丁重に答えた。

「参る」

歳三は一歩前へ出た。

「とうッ！」

いきなり、先頭の男が突進してきた。

歳三はからくもかわした。想像以上の猛烈な太刀筋《たち》である。歳三はたたらを踏む男に一刀を浴びせ、数歩先の巨漢に必殺の突きを入れた。

横から飛び出した男が、その切先を身をもって受けとめた。

歳三はすばやく剣を引いた。が、男はその剣に身体をもたせかけるようにして倒れこんだ。

「このッ！」

もう一人の男が踏みこんでくるなり、味方の男ごと斬りさげた。

その太刀が歳三の左肩にあたった。全身がしびれるような力である。が、鎖帷子のせいで刀身がハネた。

歳三は飛びすさった。まさか、味方ごと斬ってくるとは考えていなかったのだ。

左手にしびれがある。

「おはん、何やつじゃ？」

と西郷がいった。

歳三は正眼《せいがん》に構えた。

二人を倒したが、巨漢のほかに、まだ二人残っている。

「先生、ここはおいが……」

「半次郎《はんじろう》どん、斬らんでもよか」

そうか、こいつが人斬り半次郎か、と歳三は思った。中村《なかむら》半次郎（のち桐野利秋《きりのとしあき》）という、西郷の護衛である。示現《じげん》流の名手であることは、ひろく知られていた。

「こい」

歳三は叫んだ。

こちらから斬りこむよりも、こうなれば相討ちを覚悟で剣を交えるしかない。

中村はじりじりと間合いをつめてきた。歳三は思わず、

（やられるな）

と直感した。

そのときである。バタバタと足音が聞こえて、歳三の背後に一人の男が現われた。

中村が足をとめた。

「そこで何をしているんです?」

おだやかな声だった。

（総司だ）

と歳三は、はっとした。

「新選組の沖田総司といいます。何の遺恨があってか知りませんが、双方とも剣を引いていただきたい」

「何をいうか」

中村はいきり立った。

「半次郎どん、引きなされ」

西郷は悠揚迫らずといった口調でいった。

4

西郷の制止に中村は不服そうであった。

「先生、こいつら、同じ穴の貉《むじな》でごわす。ここは、おいが……」

「相手になるというわけですか」

と沖田が落ち着いた声でいった。

「半次郎どん、もうよか」

西郷は中村を威圧するようにとめ、

「新選組の沖田さんの仲裁とあれば、ここはお任せしもっそ。では、ご免」

といって、悠揚たる歩調で立ち去った。

歳三は、血糊《ちのり》をぬぐって、刀を鞘《さや》におさめた。

「行きましょう」

と沖田がうながした。

「うむ」

歳三は黙りこんだまま、醒ケ井の志乃の家へ戻った。

志乃は狂喜した。

沖田は、志乃に、

「湯をわかして下さい」

といい、石田散薬《いしださんやく》をとかして、歳三の肩にすりこんだ。骨は砕けていないようだったが、腫れて紫色になっている。左腕は肩までしか上がらない。

「かなりひどいですね。大丈夫ですか」

「心配するほどのことはない。それより、お前、どうしてあの場にきた？」

「どうしてですかね」

沖田は微笑している。

「総司が現われなければ……」

「西郷を討ちとっていましたか」

「それはわからん。しかし、西郷を仆《たお》せたとしても、おれも無事にはすまなかったろうな。正直にいって、あの剣法には驚かされた。まさか、自分の味方ごとに打ち込んでくるとは思わなかった。虚をつかれたよ」

「示現流というのは、わかりませんね」

「いや、きわめて単純明快なのだ。江戸の諸流は、千葉《ちば》にしろ斎藤にしろ、型から入っている。中村の剣には、そういう型がない。というよりも、型にこだわらない。それに、これまでの剣は、身を護《まも》ることから出発した。だが、示現流には身を護るという技はまったくない。相手を仆すことしか考えない。相討ちであっても、相手に届けばよい、という剣法だ。だから、味方ごと斬ろうとした」

「そういう剣は、美しくありませんよ」

「お前のいう通りさ。しかし、それが薩摩なのだ」

と歳三はいった。

「それじゃ、土方さんは、わたしが中村と立ち合ったら、負けたと思いますか」

「道場での立合いなら、百本ともお前が取るさ。あるいは、尋常の果し合いでも勝つだろう。しかし、乱闘となったらわからない」

「すると、今夜はわたしも命拾いをしたわけですか」

と沖田は苦笑していった。

「それはおれの方さ。だが、どうして、おれが西郷を斬ろうとしていた、とお前にわかったんだ？」

「西郷を斬るつもりだったとはわかっていませんよ。ただ、今夜の土方さんは、いつもの土方副長らしくなかった。江戸の姉のことをいったときに、土方さんは、姉の気持を知っていたんだな、と悟りましたよ」

「総司、つまらぬことをいうものではないぞ」

歳三は、ややうろたえぎみにいった。

沖田総司の姉の光は、天保《てんぽう》四年の生れで、総司よりも九歳年上である。また歳三よりも二歳年上であるが、嘉永《かえい》四年八月にいったん近藤周助《しゅうすけ》の養女となり、井上家から沖田家へ入籍した林太郎《りんたろう》のもとへ嫁してきた。はじめから、林太郎を婿養子にするのと同じことだったが、井上家の申し入れで、そういう形式をとった。

光は、本当は歳三といっしょになりたかったのではないか、と弟の総司は推察していた。しかし、このとき歳三はまだ十六歳だった。もとより、光はそういう自分の内に秘めた思いを誰にも洩《も》らしはしなかった。だが、総司の方は、月に一度、自分に会いにくる光を見ていて、子供心に姉の歳三への思いを見抜いていた。

そのころの歳三は、師匠の周助に叱られてばかりいた。歳三の剣は型にはまらないところがあった。周助がそれを直すと、そのときは直された通りにするが、しばらくたつと、また元通りになる。歳三が、天然理心《てんねんりしん》流の有力な後援者である佐藤彦五郎の義弟でなかったならば、とうに破門となっていただろう。

周助が門弟のなかでもっとも熱心に稽古をつけたのは、宮川勝太《みやがわかつた》と総司だった。勝太が周助の養子となって勇《いさみ》と改名したのは、十六歳のときである。歳三は十五歳、光は十七歳。その翌年に、光は結婚したのだが、周助は、歳三にほとんど稽古をつけなくなっていた。

歳三は、道場の片隅に正座して、勇や総司が教わるのを見ているだけである。そして、周助が奥に入ってから、ようやく稽古に入るが、通いの門弟たちは帰ってしまうので、相手をつとめてくれるのは、勇か総司かである。

そういうところへ光がくると、歳三は、

「お光さんがお見えだ。このあたりでやめようや」

といった。

「やめることはありませんよ」

「おれがお前に負かされるところを、女に見られたくないのさ」

といって歳三は稽古を切り上げた。

光と林太郎の縁談がまとまり、光が周助の養女となったときに、短い期間だったが、近藤家で暮したことがある。

夏の夕暮れどきだった。光が庭に打ち水をしているところへ、歳三が外から戻ってきた。

「手伝いましょうか」

と歳三が声をかけた。

「ありがとうございます。でも、もう終りますから」

と光は辞退した。

「そうですか。それでは」

歳三はそのまま部屋に入った。

部屋には総司がいる。

「何だ。いたのか」

歳三はそういって、ごろりと横になった。

総司は、光の打ち水の音に耳を傾けた。歳三が戻ってくるまでの音とは違い、乱れているように感じられた。

やがて打ち水は終り、光は母屋《おもや》へ引き揚げた。

「土方さん」

と総司は思い切って声をかけた。

「何だ？」

「いま何を考えているんです？」

「おれがかい？」

「ええ」

「日野へ帰ろうかと思案していたんだ」

と歳三はいった。

総司は、どきりとした。姉のひそかな思いを知っていたのか、と思った。日野へ帰ってしまえば、このさき光とは顔を合わすこともなくなる。

「なア、総司、おれの剣は見込みがないらしい。といって、日野へ戻って、薬の行商をして歩くのも好きじゃない」

と歳三はいった。

要するに、たったそれだけのことだった。そのあと、総司が姉夫婦のもとへたまに遊びに行ったとき、光は、

「皆さん、お変りありませんか」

と聞くだけで、歳三の名を口にすることはなかった。しかし、総司は、皆さんというのは、じつは歳三のことをいっているのではないかと考えていた。

歳三の方は、総司が道場に戻って、それとなく光の様子を伝えても、さして関心を示さなかった。

嘉永七年、光は、長子芳次郎《よしじろう》を生んだ。

周助は、祝いの品を勇に持参させ、歳三に随行を命じた。

その役を、歳三がいやがったふうはなかった。

光の思いは歳三にはわかっていなかったのだ、と総司は思った。だが、文久三年、福地《ふくち》源一郎《げんいちろう》から聞いた浪士新徴《しんちょう》の話に試衛館一同が参加すると決ったとき、歳三は、

「おれたちはいいが、林太郎さんは何も行くことはないと思うな」

と総司に洩らしたことがある。

「どうしてです？」

「考えてもみろよ。一人五十両の仕度金がたった十両足らずになってしまったんだ。おれたちや、新八、左之助らは、みんな独りものだからいいが、妻子のあるものが命がけで京まで行くことはあるまい」

「先生だって妻子持ちですよ」

「あごは別さ。おれたち門弟に対して大将としての務めがある」

「義兄《あに》上も江戸にとどまっていても、仕方がないからでしょう」

「万一のことがあったら、お光さんがかわいそうじゃねエか」

と歳三は怒ったようにいったのだった。総司は、

（おや？）

と思い、歳三を見つめた。歳三は目をそらし、

「江戸にいたってしょうがないのは、おれたちさ」

といった。

5

「土方さん、江戸を出る前に、姉が道場へきて、わたしのことをよろしく頼む、と先生や土方さんにいったときのことを覚えていますか」

と沖田がいった。

「総司、もうよせ。たしかに、おれはお光さんの気持を知っていた。だが、あのころ、おれはまだ近藤道場の半端者だった。それにひきかえ、沖田家は白河《しらかわ》藩の立派なお武家だ。わかっていたって、どうにもならなかったじゃないか」

「そうとは限りませんよ」

「あるいは、な。しかしだからこそ、総司がいるにもかかわらず、養子を迎えて、家督相続を急いだのさ」

　と歳三はいった。

　沖田ははっとしたようだった。歳三はうなずいてみせた。

「あのころ、源三郎さんは不思議がっていた。総司がいるのに、どうして林太郎を迎えるのかわからない。総司に対してすまない、ともいっていた」

　林太郎は、井上家の三人兄弟の末ッ子である。

「だが、おれには、わかっていた。そして、その方が、お光さんのためにもよかったんだ」

　沖田は無言である。

「そんなことより、今夜の一件は、誰にもいうなよ」

「ええ、わかっています。しかし、土方さんは西郷を斬ることを諦めてはいないんでしょうね？」

「もちろんだ。とはいえ、薩摩も警護をきびしくするだろうから、当分は近寄れまい。だから別の手を考えなければなるまい」

「別の手？」

「そうだ。こうなったら、総司にだけはいっておこう。別の手というのは、土佐の後藤だよ」

「どうするのです？」

「後藤は何か秘策を持って上京してきたらしい。城中でも、もっぱらそのことが取り沙汰されているようだが、何か建白するらしいことしかわかっていない。土佐は、藩論としては公武合体だが、例の坂本のようなやつもいる。それに、後藤が今夜、西郷と会っているところをみると、油断はできぬ。後藤は、西郷を手玉にとるつもりかもしれんが、落ち着く先は、その逆だろう。それなら、西郷の手玉となる前に……」

と歳三は斬るしぐさをした。

その翌日、というのは、九月二十日のことだが、近藤は永井の宿舎で、後藤と会った。

後藤は如才がない。

「お名前は、高知にも響いておりますぞ。このたびの上京にさいし、わが藩内にも、新選組の襲撃あるやも知れず、よろしく二大隊の兵をつけるべし、などと申すものもござったが、容堂様のお言葉で、その案は退けられましたな」

「新選組は何も人斬りの集まりではござらぬ」

「さようか。だが、象二郎は、生れつきその長いものが大の嫌いでしてな。まずは、それをおはずし願いたい。そうでなければ、くつろいでのお話はできぬ」

といって、後藤は大笑いした。

「これは気がつかずに、失礼仕《つかまつ》った」

近藤は、虎徹《こてつ》を遠ざけた。

このとき、後藤は、上京の目的については語ろうとはしなかったが、

「近いうちに、再度お目にかかって、とくとお話しいたそう。このたびのことについては、近藤殿にもご了解を得たいと思っております」

といった。

「いつがよろしゅうござる？」

「さよう。二、三日のうちに」

と後藤は答えた。

二日後、近藤は、後藤あてに手紙を送り、約束の実行を迫った。

後藤から返書が届いた。約束は覚えているが、今日明日は公務多忙で都合がつかぬ故、二十六日に自分の方から近藤宅へ出向いて行く、というのである。

近藤は、その手紙を歳三に見せ、

「考えていたより話のわかる男だ。お前もいっしょに聞いたらどうだ？」

といった。

「どんなやつだ？」

「でっぷり肥えているが、眼光鋭く、声は大きい。なかなかの面構《つら》えだ」

「本当にくるのか」

「くるさ」

「おれはやめておこう」

「なぜだ？」

「別に深いわけがあってのことではない」

と歳三はいった。

近藤の醒ケ井の家に後藤が訪ねてくるならば、それに乗じて襲撃することができる。だが、帰路に襲うのでは、いかにも拙い。斬るならば、近藤の家に着く前である。近藤といっしょに会うのであれば、本営を出るときから近藤と行を共にしなければならない。それでは、襲撃することはできない。

「歳、何を考えている？」

と近藤が鋭くいった。

歳三は苦笑した。ある意味では、兄弟以上だった。互いに、相手の胸中にあるものがピンとくるのである。隠したところで無駄であろう。

「後藤を斬ってはならんぞ」

と近藤がいった。

「そうかね」

「永井殿も、後藤はなかなかの傑物だ、と認めておられた。じっさいに会ってみて、その通りだ、と思った」

「おれはね、みんながたぶらかされているんだ、と思うよ」

「たぶらかされている？」

「そうとも。後藤は、というよりも、土佐の狙いは、薩摩に代って京都政界の中枢を占めようというのさ。何やら建白するというが、要するに、その狙いを果たすためだろう」

「それは考え過ぎというものだ。また、よしんばそうであっても、徳川家に恩顧を感じている旨を日ごろから公言されている山内侯が、中央に乗り出されてくるのは、決して悪いことではない。そんなことが、わからんのか」

と近藤は叱りつけるようにいった。

歳三は、それ以上は抗弁しなかった。土佐に幕府を支えようという気持があるなら、薩摩の上京させた一千名の兵力に対抗して、後藤に相当の兵力を同行させるべきなのである。

薩摩にせよ会津にせよ、政局の中枢に位置を占めていられるのは、その実力の故である。あるいは、長州が処分案をハネつけることができたのも、その軍事力によってである。後藤がいかなる名案をたずさえてきたとしても、土佐の強兵が遠くにあるのでは、その言に耳を傾けるものはいない。それどころか、場合によっては、薩摩と長州の公然たる連合に名目を与えるにすぎない結果となりかねない。

だが、近藤に斬るなといわれては、歳三としても後藤に手を出すわけにはいかなかった。

約束の二十六日がきた。

近藤は朝からそわそわしている。後藤の来訪は夕刻ということになっているが、昼すぎに近藤は、本営から引き揚げて、醒ケ井へ帰った。

「いいな。必ずこいよ」

近藤は歳三に念を押した。

「わかっている」

歳三はうなずき、日が暮れる前に本営を出た。

6

着いてみると、近藤の家はひっそりとしている。

(おかしいな)

と歳三は首をかしげた。

近藤から聞いた話では、後藤は二名の従者を連れてくることになっている。こちらは、近藤と歳三の両名だが、合わせて五名が会食し、さらには妓《おんな》も何名か呼んでいるはずだった。

まだ、後藤らは到着していないにしても、その準備で下働きのものたちが裏口から出入りしているはずだった。

歳三は玄関から入って行った。

奥座敷へ行くと、近藤が頬杖《ほおづえ》をついてぼんやりとしている。

「後藤は？」

歳三が聞くと、近藤は膝元にあった手紙を渡した。

後藤の手紙であった。かねての約定《やくじょう》通りに今夕参上するつもりだったが、じつは前日に嵐山《あらしやま》へ遊びに行き、夜風に吹かれて眠ったせいか、風邪《かぜ》をひいて今朝来発熱しているので残念ながら行けない。数日間の猶予を頂ければ、必ず参上するにつき、どうかお許しを頂きたい、というのである。

「で、どうした？」

「病気とあれば、致し方あるまい。いま、返事を書いて、使いのものに、用意してあったみやげ物とともに渡して帰ってもらったところだ」

「そうか」

歳三は、思わず笑ってしまった。

「何がおかしい？」

「後藤は仮病さ」

「まさか」

「はじめの約束をのばすときに、公務多忙で都合がつかぬ、といってきた。その忙しい男が嵐山まで出かけて遊んでいるのは、どういうことかね？　つまり、会いたくないということだ」

「うむ」

（あんたは人がいい）

と歳三はいいたかったが、それは口に出さず、

「こうなったからには、是が非でも、後藤にここへきてもらわねばなるまい」

「わかっている」

と近藤はいった。

結果からいうと、後藤と近藤の会見は、十月一日に実現したが、場所は、後藤の宿舎だった。近藤は独りで行き、土佐側は、寺村《てらむら》左膳《さぜん》が同席した。寺村は土佐藩重役の一人で、建白書に名をつらねた一人である。

後藤は、この席で、建白書の内容については近藤に教えなかった。名目上はいまもって残っている長州処分について、幕府の考え方が時代にそぐわないものであることを指摘し、

「長州に反省恭順を執拗《しつよう》に求めるよりも、諸外国の大患が眼前に迫っていることを思い、佐幕だの尊王だのといわずに、大同団結すべきではござらぬか」

と説いた。

近藤は、ほとんど反論しなかった。

十月三日、後藤は福岡藤次《ふくおかとうじ》とともに、老中筆頭の板倉をたずねて、建白書を呈出した。建白書は、山内容堂の本文と、後藤らの連名した別紙とに分かれているが、眼目は別紙にあった。

それは八項目の改革案であるが、その第一項において、

「天下の大政を議定する全権は朝廷にあり。すなわち、わが皇国の制度、法則、一切万機、

必ず京師《けいし》の議政所より出《い》ずべし」

とある。

これまで、政治の全権を握ってきたのは幕府であった。その上に朝廷がある、とはいっても、朝廷の意向が問題になりはじめたのはここ数年のことにすぎない。それを思えば、全権が朝廷にある、としたこの建白は画期的なものだった。だが、建白は、朝廷が全能であるとはいっていない。すべては、京に置く議政所に任せよ、といい、第二項において、

「議政所上下を分かち、議事官は、上公卿より下陪臣《ばいしん》庶民に至るまで、公明純良の士を選挙すべし」

という。

要するに公卿から一般庶民まで、政治に参加させようというのであり、第一項よりもむしろこの項目の方が革命的であった。

後藤らが心配していたのは、

「こんなものは受け取れぬ」

と板倉に拒否されることだった。建白は、容堂から慶喜にあてたことになっているが、それを受け取るか否かは、老中の権限に属する。徳川政権は、そういう制度になっているのだ。

板倉は、あっさり受け取った。

彼は、建白の趣旨については、永井からおよそのことを聞かされていた。永井は、後藤

に頼まれて動いた。

板倉は、

（こういう建白を上様《うえさま》が採用になるはずがない）

と固く信じていた。

慶喜は、翌四日に、この建白書を読み、まず松平春嶽《しゅんがく》に手紙を送って、その意見を聞いた。

春嶽の手紙は、

「王政復古と申す儀は、近来の通議にて、尤《もっと》ものように相聞こえ候得《そうらえ》ども、数百年前の旧制にて、ご体裁の処もいっこうに相心得申さず」

として、建白そのものについては、

「ご採用相成り候ても、然《しか》るべき儀とは申し上げ難く候」

というのである。

春嶽は、大政奉還を基本的には認めていたが、そのあとの政府の形態については、不安を抱いた。

議政所なるものがどういうしろものなのか、その構成員を選挙するというが、前例のないそのような仕組みが、はたして何の混乱もなしにできるものか、疑問に思ったのだ。

もっとも、彼は、明確に反対である、とはいっていない。手紙の末尾の方で、断固たる定見があって意見をいったわけではない、とことわっている。

慶喜は、この建白を採用する決心をした。

このままでは、反徳川の勢力は強くなる一方である。放っておけば、徳川政権は野垂れ死にしてしまうであろう。何といっても、武力が衰えつつあるのだ。

それなら、ここで政権を朝廷に返上した方が賢明である。朝廷といっても、実体は、世間知らずの無能で金にきたない公卿たちの集まりにすぎない。政権を返上してもらったところで、何もできはしない。

そうなったらどうするか。

薩摩に対して、一切を任せるというだろうか。つまり、薩摩が幕府を開くか。

(それはない)

と慶喜は確信した。

それでは、天下が蜂の巣をつついたようになる。また、薩摩と同盟している長州が承知するはずもなかろう。

結局は、有力諸藩による連合政権ということになる。その場合、徳川家は下野《げや》するか、連合政権の首座として加わるかである。

(ここは下野してもいい)

と慶喜は判断した。

日本がもっとも頭を悩ましているのは、諸外国との交渉である。下手《へた》をすると、清《しん》国の二の舞いになる恐れがある。そういうお荷物を連合政権に押しつけ、こんどは批判する側に回れるのだ。

（そうなったらおもしろい）

と慶喜は思い、板倉と永井を召して、

「容堂の案を受け入れようと思う」

といった。

板倉は、あっけにとられた。永井の方は、さほど驚かずに、

「よくぞご決心を」

と平伏した。

板倉はうろたえ、自分たち二名はともかく、他のものは承知しないであろう、といった。

「心配ない。予に任せよ」

と慶喜はいい、十二日に二条城に在京の家臣を召集した。徳川家の家来ということだったから、会津らの諸大名は呼ばれなかった。

慶喜は、まず用意した一文を読み、

「われらの見込みは、これよりほかになし」

といい切った。

あとは得意の弁舌である。そして最後に、

「誰でもよい。存じあらば、遠慮なく申せ」

といった。

家臣たちは、互いにひそひそ話をしていたが、主人である慶喜に開き直られると、発言するものはいなかった。

もともと、老中、若年寄、大目付《おおめつけ》以外は、将軍に対して、じかにものをいうことは許されなかった。急に、意見があるならいってみろ、といわれたところで、発言できるはずもなかった。

まして、多くの家臣たちの集まっている場所である。慶喜はそのへんも計算ずみであったろう。なおも言葉をつぎ、

「近ごろでは、ひそかに策謀を企てて幕府を討たんとする徒輩ありと聞くが、この決心はかれらを恐れてのものではない。かかる徒輩がいかほどありといえども、高《たか》の知れたるものである。その気なれば、討つのは雑作もないことである。ただ、あえて討たずにいるのは、帝都を騒がしたくないからである」

といい、最後には、

「諸侯ともども朝廷を奉戴して、外患にあたる所存である」

ともいった。

政権を返上はするが、武力はととのえておくし、朝命によっては、諸侯の先頭に立つ、ともいうのだ。

「異論なきや」

と慶喜が声を張ったときも、一同は平伏するばかりであった。

この席に、近藤は出席したが、歳三にはその資格が与えられなかった。

近藤が本営に戻ったのは、真夜中に近いころである。

すぐに、幹部が召集され、近藤が説明した。しかし、

「上様は政権返上をご決心遊ばされた」

という近藤の言葉をそくざに理解したものは、歳三を除いて、一人もいなかった。もしかすると、近藤自身でさえ、さほど深刻に受けとめていなかったかもしれないのである。

油小路

1

歳三は、幹部たちが自室に引き揚げるのを待って、近藤にいった。

「大変なことになったな。このさい、おれは、江戸へ発《た》つよ」

「江戸へ行く？」

と近藤は眉をひそめた。

「そうとも」

「何のために？」

「決っているじゃないか。新しく隊士を集めてくるのだ」

「早まるなよ。上様《うえさま》のご沙汰のあと、ご老中も一同のものに仰せられたが、政権を返上遊ばされたからといって、すぐさま変ることはないんだ。これまで通り、ご奉公相つとめるように、ともいっておられた。われわれの仕事についていえば、市中取締りその他、従前同様に勤めることになる。隊士は不足ぎみだが、といって、江戸へわざわざ集めに行くほどのことはない」

「そうは思わんな」

「なぜだ？」

「必ず戦《いく》さになる」

と歳三はきっぱりといった。

「どこと？」

「芋と、芋と組むやつらさ。あえていうなら、薩長連合軍と戦さになる」

「おかしなことをいうなよ。薩長は、今出川の分営を入れても一千名足らずだ。それにひきかえ、会津、桑名を含め、大坂城の兵力を加えれば、こちらは一万近い軍勢だ。戦さになるはずがあるまい」

「起こりうるはずのないことが、これからはつぎつぎに起こるよ。現に、政権返上という、誰もが考えなかったことが起きたじゃないか」

と歳三はいった。

近藤は沈黙した。まさしく、その通りだったのだ。

歳三の見るところでは、慶喜の政権返上は朝廷に受け入れられるであろう。そうなったら、誰が政治の実務をとるのか。

朝廷、というのは、一言でいえば無能な公卿《くぎょう》の集まりだが、かれらにはその能力はない。となれば、有力大名たちの合議ということになるが、薩摩がそれを黙って見ているはずがない。おそらくは、徳川に代って政権を手中におさめるべく画策するであろう。

徳川将軍に代る島津将軍ということになれば、天下は蜂の巣をついたようになる。だが、話し合いで政権交代が行われることはありえない。徳川が実力をもって豊臣《とよとみ》の天下を奪ったように、最後は武力によって決することになる。

「これまで通りに相つとめよ」

などという老中は、呆《あき》れるほどに無知無能なのだ。足下の地面が割れているのに、気がついていないようなものである。

「あえていうが、ここは、おれの好きなようにやらしてもらいたい。どれくらい集まるかわからんが、十一月初めまでには、必ず戻ってくる」

と歳三はいった。

「わかった。で、誰を連れて行く？」

「できることなら、総司を同道したいが……」

近藤は、歳三の意図を見抜いたようだった。沖田の病状は、このところ再び悪化しはじめていた。江戸へ連れて行けば、おそらくそのまま留《とど》まるようになるだろう。

「よかろう。で、いつ発つ？」

「あす早朝に発つ」

近藤は無言でうなずいた。

歳三は自分の部屋に戻ると、すぐに沖田を呼んだ。

「いま局長と相談して、おれは江戸へ行くことになった。ついては、いっしょにきてもらいたい。局長もお前を連れて行くように、といっていた」

「それはまた急ですね」

と沖田は目を丸くしていった。

「いいな。出発は早朝になるから、そのつもりで仕度をしておけよ」

「土方さん、待って下さい」

「何だ？」

「わたしは江戸へは行きませんよ」

「総司、これは公用だぞ」

「わかっていますよ。ですが、おことわりします」

「おれを困らせる気か」

「江戸へ何のために行くのです？」

「隊士を新しく募集するのだ」

「つまりは、戦さのためでしょう。さっきお城から戻ってきた先生の話を聞いて、わたしは、これは必ず戦さになる、と思いましたよ。むろん、土方さんにもそれがわかった。だから人を集めに行くわけです。そして、ついでにわたしを江戸に残しておこうという魂胆なんだ」

「総司、そこまでわかっているなら、局長の命令に従えよ。いいか、局長は、理心流の道《どう》統《とう》をお前に継がせて残したいのだ。近ごろでは周平を養子にしたことを後悔しているんだ。口には出さんが、おれにはわかっている」

「気取り屋に思われるかもしれませんが、沖田総司は戦さを前に江戸へ逃げた、と人にいわれたくないんです。それに、死ぬなら、先生や土方さんといっしょがいい」

「莫迦《ばか》！」

歳三はどなった。同時に、何としたことか涙がこぼれてきた。

それを見て、沖田は人なつこい微笑をうかべた。

歳三は諦めた。

だが、一人では江戸表《おもて》で用が足りない。歳三は近藤と諮《はか》って、井上源三郎を同道し、早駕籠《はやかご》で翌朝出発した。

江戸で募集に応じたものは約三十名だったが、歳三はそのなかから二十名を選び、十月二十一日に出発した。

宿を重ねて京都へ着いたのは、十一月三日である。すでに夕刻になっていた。

歳三は、新徴《しんちょう》の二十名の世話を大石鍬次郎《おおいしくわじろう》に任せ、島田を自室に呼んだ。

「局長は？」

「まだお城です」

「よし、おれが不在の間、何が起きたか、ざっと話してくれ」

と歳三はいった。

十月十四日、慶喜は大政奉還上表を朝廷に呈出した。

十五日、朝廷は慶喜を召して、奉還勅許のご沙汰書を渡した。

二十二日、朝廷は、しばらく政務をみるようにという決定を伝えたが、慶喜は二十四日に征夷大将軍《せいいたいしょうぐん》の辞表を呈出した。これに対して朝廷は、二十六日に諸侯の上京まで待つように、それまでは従来通りと心得るべし、と指示した。


だが、こうした雲の上の動きは、島田にはわかっていなかった。

「何も変っていませんよ。局長はこれまでと同じように出仕していますし、市中見廻《みまわ》りもこれまで通りです。ただ、近ごろは、妙な踊りがいたるところに流行して、厄介になっていますが……」

「ええじゃないか、と叫びながら夜中まで町なかで騒いでいるやつか」

「それです」

「こっちへ戻る途中、三島《みしま》で見たよ。神札《しんさつ》が屋根に降ったとかいって、バカ騒ぎをしていた。何でも名古屋あたりが発生地らしいな」

「正直にいって、あれがはじまると、手がつけられません」

と島田はいった。

（奇怪なことだ）

と歳三は思った。

道中で見聞したことだが、役人が制止しても、何百人という群衆の狂乱には、抗し切れずに、結局は放置するしかないありさまだった。

「ええじゃないか、ええじゃないか、おそそに紙はれ、破れたらまたはれ、ええじゃないか、ええじゃないか」

とひわいな言葉を吐きながら街路をねり歩くのである。

その行列に、何者かがまぎれこんだとしても、取り締る側には、手のうちようがないのである。

（もしかすると、薩摩のやつらが煽《あお》っているのではないか）

と歳三は考えた。

「ところで、西郷はどうしている？」

「先月の十七日に、京を離れたようです」

「土佐の後藤は？」

「やはり高知へ戻りました」

「そうか。ほかには何かなかったか」

「何も変ったことはありません。上様が大政奉還を遊ばされたというけれど、いままでとまったく同じです」

（それは違う）

と歳三はいいたかったが、口には出さなかった。

2

反幕派の巨頭である西郷が鹿児島へ帰っているせいもあって、京都政界は、うわべは平穏に推移していた。

江戸からは、老中の松平縫殿頭《ぬいどのかみ》、稲葉兵部大輔《いなばひょうぶのたいふ》、若年寄の永井肥前守《ひぜんのかみ》、若年寄並の川《かわ》勝備後守《かつびんごのかみ》、大目付滝川播磨守《たきがわはりまのかみ》らが急いで上京してきた。

ほかに、陸軍奉行石川若狭守《いしかわわかさのかみ》、陸軍奉行並藤沢志摩守《ふじさわしまのかみ》、歩兵奉行並富永相模守《とみながさがみのかみ》、遊撃隊頭今堀登代太郎《いまほりとよたろう》、砲兵頭万年真太郎《まんねんしんたろう》、騎兵頭並白戸兵介《しらとへいすけ》、歩兵頭佐久間信久《さくまのぶひさ》らが、それぞれ部下を率いてかけつけてきた。

かれらの思いは、すべて共通している。

（いったい何ということをしてくれたのか）

という怒りである。なかには、慶喜の前に出て、

「何が故に政権を返上遊ばされしぞ。この期に及んで徳川家をつぶしては、東照宮《とうしょうぐう》様に対してお申し訳あるまじ」

とか、

「かくなる上は、一日も早くご東帰あってしかるべし」

と慶喜をなじるものまであった。

慶喜はそういう激派を、得意の弁舌で論破した。

政権を返上したといっても、結局は有力大名の合同によって政府をつくることになるが、そうなれば、首班はやはり徳川ということにならざるをえない。

徳川家は、これまで厄介きわまる外国との交渉に全責任を負わされてきたが、これからは、政府を構成する諸侯も連帯責任を負うようになる。幕府のやり方を攻撃してきた大名、たとえば薩摩あたりも、これからは攻撃することはできなくなる。つまり、徳川家としては、責任という重い荷物を放り出して、朝権を背にして諸侯に命令するという果実だけを手にすることができる。

こんな結構なことはないではないか――というのが慶喜の立論である。

激派は、これに対して上手な反論を展開することができなかった。心のどこかでは、

(何かおかしいな)

と感じながらも、

「ご賢察、恐れ入りましてございます」

と頭を下げるしかなかった。弁舌で慶喜に太刀打《たちう》ちできるような家臣は、一人もいなかったといっていい。

じっさい、京都市内の様子は、何一つとして、奉還前と変りなかった。

また、朝廷は、各藩の藩主に、上京するように指示したが、徳川の譜代大名のほとんどは、

「今日に至りて朝臣とならば、徳川家に対して申し訳なし」

とか、

「わたしども徳川家の家人《けにん》にて、朝廷に対しては陪臣《ばいしん》の身分故、お召しを辞退いたしたし」

といって、上京を拒否した。譜代以外の大名でもこれに同調するものが多く、万石以上二百六十八大名のうち、百をこえるものが、要するに、徳川側につくことを明らかにした。京都へ出たからといって、別に徳川を裏切ったことにはならないのだが、朝廷などという権威のないものよりも、二百七十年間日本を支配してきた徳川家を恐れたのである。

朝廷は困惑した。慶喜を召して、

「諸侯のなかには、忘恩の王臣たらんよりは、信義の陪臣たらん、などというものもいるが、これは本末転倒であり、せっかくの貴卿《ききょう》の志にもとるものである。速やかに説諭し、王憲を正すように」

と指示した。

つまりは、何とかしてくれ、というわけである。慶喜は、

「不徳の至すところ、命令の行き届かざるは慚愧《ざんき》にたえませぬ。さっそく処置いたします」

と答えたが、おそらく心の中では、会心の笑みをうかべていたであろう。すべては、彼の思惑通りにことが運んでいるのである。

結局、十一月中に上京してきたのは、薩摩、芸州の反幕派と、尾張《おわり》、越前《えちぜん》らの十六藩主にすぎなかった。

このうち、薩、芸二藩は大兵を連れての上京であった。参謀の西郷は、途中、三田尻《みたじり》で木戸《きど》と会い、くわしい打合わせをしていた。長州兵千二百名は、摂津《せっつ》へ進出し、戦闘が起きたときは、すぐに合流する計画であった。

尾張の徳川慶勝《よしかつ》と、越前の松平春嶽《しゅんがく》は、ほとんど兵を連れてこなかった。尾張は、徳川家の一員でありながら、どちらかといえば、朝廷側に立っていた。大政奉還の知らせをうけたときも、すぐに朝廷に対して、

「親藩として輔翼《ほよく》の道を誤りたるは恐懼《きょうく》の至りにして、久しく殊遇を辱《かたじけな》くして過分の官爵を汚せり。願わくば、降奪のご沙汰を賜わらんことを」

と上書した。大納言《だいなごん》の官位を取り上げて下さい、というのだ。朝廷は、

「それには及ばず、これまで通り出仕して勤王につとめよ」

と慰留した。

こういう慶勝だったから、上京すると、会津藩主の松平容保《かたもり》に書を送り、

「足下《そっか》が大兵をいまなお京都に常駐させているのは、兵乱の因《もと》になりかねない。すでに守護職としての功績は明らかであるから、このさい帰国されたらどうか。大体、守護職というのは、幕府があったころのもので、その幕府の存在しなくなったことを思い、決断されたい」

と解兵をすすめた。

容保は、

「お言葉ですが、諸侯上京して衆議の決するまでは、諸事、徳川家の事旧によるべしとの朝命を頂いております。これを知りながら辞職するわけには参りません」

とつっぱねた。

ついで、松平春嶽は会津藩の手代木直右衛門《てしろぎなおえもん》を呼び、慶勝ほど露骨ではないが、もはや旧幕府のことを考えるよりも、新しい時代に対応することを考えるように、と訓《さと》した。春嶽には、薩摩が何を計画しているのか、わかっていたのであろう。

近藤は、こうしたことを会津藩から聞いたのであろう。

「大政奉還は、尾越両公の持論から起こったもので、共にご一門でありながら、まことにもって怪《け》しからん」

と近藤がいいふらしたために、朝廷は、慶勝、春嶽を登用しようと考えていたのだが、新選組の復讐《ふくしゅう》を恐れて、諸侯の参集まで、登用を見合わせることにした――という話が、「徳川慶喜公伝」（渋沢栄一《えいいち》）にのっている。

どこまで本当かわからないが、新選組の実力がこのころの京都において、恐れられていたことは確かだろう。

また、このころ、反徳川の策謀の中心人物の一人岩倉具視《いわくらともみ》は「ええじゃないか」の乱舞にまぎれて市中を飛び回り、武力討幕を画策した。ついでながら「ええじゃないか」は、長州の連絡係として薩摩藩邸に潜伏し続けた品川弥二郎が、新選組や見廻《みまわり》組の尾行をのがれるために考え出したものだ、という説もある。

岩倉は、十月十八日に、中岡慎太郎《なかおかしんたろう》を連れて薩摩藩邸に伊地知正治《いじちまさはる》、吉井幸輔《よしいこうすけ》をたずね、

「先日、小松帯刀《こまつたてわき》氏が大坂へ行ったときに、新選組が尾行していたそうだが、もしかすると、かれらは、こちらの機密を察知しているのかもしれない。大いに用心して不慮の変に備え、機をみて先制攻撃をすることを考えた方がよい」

と忠告した。吉井は、

「会桑《かいそう》二藩は、わが藩を大いに憎んでいる。ですから挑発しようとするかもしれませんが、在京の兵力八百名にすぎないとはいえ、ことごとく少壮決死の士です。敵は多いかもしれませんが、恐るるに足りません」

と答えた――と「岩倉公実記」にある。

こうしてみると、客観的に政治情勢を考えた場合、慶喜本人の意見とは別に、会津、桑名の軍と、薩摩を中心とした倒幕派との対決が近いであろうことは、当事者同士、互いに予想していたらしいとわかる。

3

十一月なかば、新選組の本営に、斎藤一がひょっこり戻ってきた。

斎藤は、伊東甲子太郎《きねたろう》の分離にさいして、近藤や歳三にいわれて、伊東一派の動きをさ

ぐるために、高台寺党に加わったのだ。

斎藤は、近藤と歳三に、

「伊東は薩摩と連絡をとった上、議奏の正親町三条実愛《おおぎまちさんじょうさねなる》卿に建白書を提出し、農兵隊の全国組織を作る計画をすすめております。藤堂平助がその命をうけて、美濃《みの》へ行き、同地の侠客《きょうかく》に頼んで人集めにかかっている模様で、わたしにも、明石《あかし》の方へ行ってくれ、と話がありました。承知して、出てきたのですが、頃合いをみて、帰隊した次第です」

と報告した。

「ご苦労でした」

近藤はねぎらってから、

「そろそろ汐時《しおどき》かな」

と歳三にいった。

伊東らは、孝明帝の御陵衛士《えじ》という任務を表向きの名目としている。が、薩摩とはっきり結びついたからには、もはや遠慮することはあるまい、というのだ。

「おれもそう思うよ。三月以来、好きなようにさせてきたんだ。ここいらで決着をつけた方がいい」

「どうする？」

「かれらが屯所にしている月真院《げっしんいん》の裏山に大砲《おおづつ》を運び上げ、いっきょにやってしまおう」

と歳三はいった。

「大砲で？」

「そうとも」

「せいぜい十余名なんだ。大げさすぎるじゃないか。歳らしくもない」

「伊東らはどうでもいいんだ」

「というと？」

「狙いは芋だよ。それをやれば、やつらは黙ってはいまい。兵をくり出して、こっちへ攻めてくる」

「それはいかん」

と近藤は声を張った。

「なぜ？」

「伊東ごときを始末するのに、皇都を大砲で騒がしては、申し訳が立たぬ」

と近藤はいった。

誰に対して申し訳がたたないのか、と歳三はいいたかった。

薩摩藩主島津忠義《ただよし》は、兵船三隻に武装兵を満載して、十三日に大坂へ着いている。かれらが、武力行使を決意していることは、もはや疑う余地のないことなのだ。

かれらに長州勢が加わったら、厄介なことになる、と歳三は見ていた。長州兵は現実に幕府軍を撃破したし、実戦経験も豊かなのだ。

だから、薩、長の連合ができる前に、各個撃破した方がよい。

「いかん」

と近藤はいった。歳三は、

「皇都を騒擾《そうじょう》してどうのこうのといっている段階じゃない。芋が戦さの仕度にかかっているからには、先手を打つのが当然というものだ」

「上様のお志に反する。だから、いかんというのだ」

近藤は威儀を正していった。

歳三は苦笑した。近藤が「上様」というのは、いうまでもなく慶喜のことである。歳三の身分は、大番組頭だから直参《じきさん》である。しかし、歳三は、その上様に、まだ会ったことがなかった。

取立ての沙汰をうけたときも、板倉に会えただけなのである。慶喜に対して、主従という感情をもつことはできなかった。

しかし、「上様」を持ち出されては、どうにもならなかった。近藤は、浪士身分の自分の働きを認めて取り立ててくれた慶喜のためなら、一命も惜しくはないほどに思いつめている。それがわかっているだけに、歳三としては、それ以上は押し返せなかった。

「じゃ、どうする？」

と歳三は問いかえした。

「それをお前に考えてもらいたい」

「では、こうしよう。あんたが伊東あてに、こういう時局につき、一度くつろいで面談したい、天下の事がどうなるか、ご高説を承りたいものだ、と手紙を書くんだ。場所は、あんたの休息所でよかろう」

「それは無理だ。伊東は用心深い。そんな手にはのるまいよ」

「そういうことを、伊東の周りの連中もいうだろうな。これは、土方の謀計であるから、行くべきではない、とね。だが、伊東は自信家だ。周りのものが反対すればするほど、我《が》を張って、行く、というよ」

と歳三はいった。

近藤は半信半疑だったが、伊東あてに手紙を書いた。

間もなく、伊東から返書がきた。

十一月十八日ならば都合がつくから、醒ケ井《さめがい》の近藤宅へ行く、というのである。

歳三は、すぐに、原田、永倉、大石らを呼んだ。

だが、その三日前に、思いがけない事件が起きた。河原町《かわらまち》の近江屋新助《おうみやしんすけ》宅の二階にいた坂本竜馬と中岡慎太郎の両名を、見廻組の佐々木唯三郎《ささきたださぶろう》らが斬った、という知らせが入ってきたのだ。

坂本はその場で絶命し、中岡は重傷を負った、という。

佐々木は、手代木直右衛門の実弟である。前に、江戸で清河八郎《きよかわはちろう》を斬っている。

「佐々木に先を越されたな。伏見寺田屋《てらだや》の一件があるから、こっちでやりたかった。それに河原町は見廻組の受け持ちではなかったのに」

と近藤はいった。

（それどころじゃない）

と歳三は思った。

伊東は考え直して、十八日にはこないのではないか。

歳三は山崎を呼んで、

「坂本の一件で、市中の噂《うわさ》を集めてきてくれ」

と命じた。

十七日の夜になって、山崎が報告にきた。

中岡はこの日に絶命した。二日間、襲撃犯人についていろいろと喋《しゃべ》ったらしい。

「こなくそ！」

といって斬りつけてきたこと。下手人は三人だったが、ほかにも外にいたらしいこと。

また、朱鞘《しゅざや》と下駄《げた》が現場に残されていたが、新選組の原田左之助のものらしい、といわれていること。土佐藩士は大いに怒っており、新選組へ斬りこもうというものもいること……。

九分九厘、伊東はこないだろう、と歳三は予測した。

だが、当日の午後、伊東は単身で近藤の休息所へやってきた。

近藤、歳三、原田らが揃《そろ》っているのを見て、

「しばらくでした」

と伊東は微笑をたたえていい、一同を見まわした。

「伊東君も元気そうで何よりだ。招きに応じてくれてありがたい」

と近藤がいった。

「土方先生、どうなされた？　ぼくの顔に墨でもついておりますか」

と伊東は歳三にいった。くるとは思っていなかったろう、といわんばかりである。

「坂本の一件があったんでね。あんたのことだから、こないと思っていたよ」

「坂本さんは、じつに惜しいことをしました。ぼくはあの日の二日前に、お目にかかりましてね。危険だから用心なさるように、とすすめたんです。だが、坂本さんは、聞き入れて下さらなかった。じつに残念極まることです。このさき、坂本さんがいれば、天下国家のため、あるいは徳川家のためにも、お役に立つ人物でした」

「徳川家のためになる？」

「いかにも。坂本さんは、大樹公《たいじゅ》が大政奉還をご決心なさったと聞くと、自分はこの人のために死んでいい、といったそうですよ」

「それは本当かね？」

と近藤がいった。

「むろんです。あの人の目には、土佐も薩摩もなかった。皇国あるのみでした。だが、ぼくが新選組にいたことを知っていて、耳を傾けようとしなかったらしい」

近藤は苦い顔をした。

「ともかく一献《いっこん》参ろう」

と盃《さかずき》をみたした。

伊東はそれを受けた。

亥《い》の刻（午後十時）すぎまで、伊東は大いに飲みかつ談じた。

大政奉還後の政治情勢がどうなるかについて、伊東の見方をとくとくと語った。

上下議政所というものがやがて設けられるだろうが、これは大名公卿だけではなく、陪臣身分や下級志士も採用されるだろう、兵制も武士だけではなく、一般庶民といえども加わるようになるだろう、なぜならもはや刀槍《とうそう》の時代ではなく、銃火器の時代だからである……。

「伊東君、銃火器の有用性は認めるが、刀槍が役に立たんということはないだろう」

と近藤がいった。

「いや、そうなりますよ。土方先生、いかがです？」

と伊東は歳三に聞いた。

「あんたのいう通りだろうな」

歳三は思ったことを口に出した。八カ月ぶりに会った伊東は、前よりも大きくなったような気がした。

「これは珍しい。あなたとぼくの意見が一致したのは、もしかすると、初めてではありませんか」

「そう、最初にして最後かもしれんね」

「いやア、じつに愉快」

伊東はいい、

「では、そろそろお暇《いとま》いたすとしよう。近藤先生、今宵は大いに馳走《ちそう》になりました」

といって立ち上がった。

近藤と原田は玄関まで見送ったが、歳三は立たなかった。

近藤は、部屋に戻ると、

「おい、ひやりとしたぞ。最初にして最後、とはな」

といった。

歳三は無言だった。いまさら中止することはできないが、なぜか伊東を助けてやりたくなったのだ。

「原田君、行け」

と近藤はいった。

伊東を待ち伏せるのは大石である。そして伊東を斬ったら、その屍《しかばね》を油小路《あぶらこうじ》にさらし、月真院からかけつけてくる藤堂らを、原田、永倉らの指揮する隊士が誅殺《ちゅうさつ》する手筈《てはず》になっている。

「歳、どうした？」

「どうもしないが、こういうことは今夜限りにしたい、と思ってね」

と歳三は低い声でいった。近藤にというよりも、自分にいい聞かせていた。

4

近藤の休息所を出た伊東は、木津屋橋《きづやばし》通りをゆっくりと東へ進んだ。

近藤の招待状が届いたとき、篠原らはこぞって反対した。天下のことについてご高説を拝聴したいなどと書いているが、それは口実にすぎず、討ち取るつもりで土方が考えた罠《わな》に決っている、というのである。

「それは違う、とぼくは思う」

と伊東はいった。

同志のものが説明を求めると、伊東は、

「土方がぼくを討ち取るつもりであれば、何もそんなまわりくどい手段をとる必要はない。ぼくらが御陵へ行った帰りや、薩摩藩邸へ行った帰途を待ち伏せすれば、それですむことではないか。また、その手段の方が、誰の仕業かもくらますことができる。土方は、いつもそういうやり方だった。しかし、近藤のところに招いては、自分たちの仕業であることを隠すことはできない。ぼくらは、先帝の御陵に仕えているのだから、いわば朝臣である。大政を奉還した今日、朝臣であるぼくらを斬るような、愚かなことをすまい。近藤というのは、あれでもなかなか目先のきく男なのだ」

「では、なぜ招待してきたのです？」

「幕府がなくなって、近藤たちも心細い思いをしているんだよ。幕臣になったといっても、もともとが浪士の集まりなのだ。譜代の幕臣とは違う。徳川家が人を減らすとなれば、まっさきに扶持《ふち》を離れるのはあの連中だ。それがわかっているから、ぼくらに誼《よし》みを通じようとしているんだろう」

「伊東さん、それは甘いと思いますよ」

　と藤堂平助が口を出した。

　伊東は微笑した。藤堂は北辰一刀《ほくしんいっとう》流だが、近藤の試衛館に居候同然に入りびたっていた男である。近藤や土方に対して、巨大すぎるほどの幻影を抱いている傾向がある、と伊東はみなしている。

「そうかな？」

「ぼくは近藤らを伊東さんよりもよく知っている。あの連中には、ぼくらが先帝の御陵を守る朝臣だなどという考えは絶対にありませんよ」

「江戸で初めて会ったとき、尊王攘夷《じょうい》について論じたことがあった。幼稚なところがあったが、それなりに考えている人物だと思ったよ。だからこそ、ぼくらの分離を承諾したのであろう。土方とは違っているように、ぼくは見ているのだが……」

「同じ穴の狢《むじな》ですよ」

　藤堂の言葉に篠原や服部武雄《たけお》らも同調し、どうしても行くというなら、われらも同行することを許してほしい、といった。

伊東は許さなかった。

近藤らに自分を斬る気があるならば、何人同行しようとも、結果は同じである。そして、近藤らは、同志を連れて行けば、命惜しさに用心棒代りに伴ってきたとみなすだろう。

伊東の持っている誇りが、後世の言葉でいえば美学が、それを許さなかったのだ。それに、殺されるならば自分一人でよい、という考えもあった。

伊東は、近藤らと顔を合わせている間は、やはり緊張していた。油断することなく、酒をくみかわしていた。

何も起こらなかった。で、緊張がほどけて酔いが一時に回ってきた。

ふと立ちどまり、あたりを見た。四年前の禁門《きんもん》の変で戦火をうけた地区で、板囲いができた程度である。

ふうッ、と息をついたとき、伊東は殺気を感じた。

その瞬間、板囲いの隙間から槍《やり》がくり出された。伊東はかわしたつもりだったが、足下の石ころに蹴つまずいて、かわしきれなかったのが不運であった。槍の穂先が伊東の右肩に喰《く》いこみ、続いて第二撃が伊東の胸に突き立った。

伊東は志津兼氏《しづかねうじ》を抜き放った。

暗殺者は板囲いにひそんだままである。

「奸賊《かんぞく》めが！」

伊東は刀を杖《つえ》がわりによろめきながら法華寺《ほっけじ》の門前まで歩き、そこで倒れた。

板囲いから出てきたのは大石鍬次郎《くわじろう》、横倉甚五郎《よこくらじんごろう》、宮川信吉《みやがわのぶきち》である。

宮川はすぐに近藤のところへ報告に走り、大石と横倉は、絶命した伊東の死体を、小者《こもの》に命じて七条《しちじょう》の辻《つじ》の十字路に運ばせた。油小路と呼ばれているところである。

歳三は、宮川の報告をうけると、すぐさま本営へ使いを出し、永倉の二番隊と原田の十番隊を出動させた。

「歳」

と近藤が声をかけた。

近藤は休息所に居残ることになっている。

歳三は近藤を見た。

「篠原らはくるかな？」

「くるさ」

と歳三はいった。町役人に命じて、伊東らの本拠である月真院に、

「御陵衛士の菊桐《きくきり》の御紋の入った提灯《ちょうちん》を持ったお武家が倒れております」

と通報させたのだ。

伊東の実弟の鈴木三樹三郎《みきさぶろう》を先頭に、大半のものが駆けつけてくるはずである。

「平助を逃がしてやれぬか」

と近藤がいった。

「無理だ」

歳三はそくざにことわった。近藤の気持がわからないわけではなかった。江戸にいたころは、同じ釜の飯をくった仲なのである。京都へ上ってきてからも、池田屋の斬り込みをはじめとして、共に刃《やいば》の下をかいくぐってきたのだ。

その点では、伊東や鈴木らとは、縁の深さが違うのである。斬らずにすむものなら、何とかしてやりたい、という気持は江戸以来の同志は、みな抱いているだろう。

しかし、歳三は、藤堂だけを逃がしてやることはできない、と心に決めていた。

「おれの気持、わからんのか」

と近藤がいった。

「わかっているさ」

「ならば、逃がしてやれよ。新八《しんぱち》や左之助にも異存はあるまい」

「あの二人にも異存はないだろうが、おれはことわる」

「平助を赦《ゆる》してやれんのか」

「赦してやれるさ。だからこそ逃がすわけには参らぬのだ」

歳三はそういいすてて、外へ出た。

近藤には、そういう優しさがある。市井の人間ならば、それは一つの美徳だろう。だが、いまの近藤や新選組のものたちは、情に生きる立場ではない。情はたしかに必要であるとしても、情に溺れてはならぬ場合があるのである。

歳三は、藤堂を斬るときは、自分が手にかけよう、と心の中で決意していた。

藤堂という姓は、どこにでもあるという名字ではない。戦国期の藤堂高虎《たかとら》をすぐに思いうかべるが、その藤堂家は津《つ》の藩主である。平助は江戸生れの江戸育ちで、藤堂和泉守《いずみのかみ》の落し胤《だね》ではないか、と噂するものもいる。いつぞや、原田が、

「お主《ぬし》は、本当に藤堂侯のご落胤《らくいん》かい？」

と無遠慮に問うたことがある。

そのとき藤堂は首のあたりを朱に染めながら、

「よせやい。そういう生れなら、上げ膳据え膳の暮しをしているさ」

「それもそうだ。酒代にも事欠くようなご落胤じゃ、サマにならねえ」

と原田はいい、うなずく藤堂といっしょに居合わせたものたちが、妙にうらぶれた気分になったことがある。じっさい、居候をしている身分では、酒を飲む金もなかった。だが、歳三は、本人がまっこうから否定したものの、ご落胤というのは、おそらく真実であろう、と直感した。

大名が女中に手をつけ、宿下がりさせて子供を生ませることは、よくあるのだ。大名の家に後継ぎのいない場合は、身籠《みごも》ったときにすぐさま側室にするが、すでに後継ぎがいて絶家の心配のないときには、お家騒動の因《もと》になるのを避けるため、生ませっ放しにする例は多いのである。

藤堂本人は、自分の血筋を知っているのだ。それを明るく否定してみせたところに、歳三は、彼の屈折した思いを感じとったことがあった。

5

そのころ月真院では、藤堂らが町役人の通報をうけて鳩首《きゆうしゆ》協議をしていた。

「近藤や土方のやったことに決っている。おそらく、ぼくらが伊東先生のご遺骸を引き取りにくるのを待ちうけて、皆殺しにしようと策しているに違いない。各自、じゅうぶんに用意して出かける方がいい」

といったのは、服部武雄だった。しかし、鈴木三樹三郎は、

「町役人が知らせにきたのだ。すでに奉行所のものが守っていると思う。礼をつくして挨拶すれば、素直に引き渡してくれるのではあるまいか」

「鈴木さん、そんなことはあり得ませんよ。奉行所と新選組は一体とみるべきです。油断してはなりません」

「服部君、きみのいう通りかもしれん。近藤らが待ち伏せしているとなれば、斬り合いになるだろう。そのときは、多勢に無勢で、ぼくらは不利だ。といって、このまま伊東さんを放置しておくことはできない。知らせを受けながら、待ち伏せが恐ろしくて引き取りに行かなかったとあれば、末代までの名折れだ」

と篠原がいった。

「そうです。だから、小具足《こぐそく》を着用して行くべきだといっているのです」

「服部君、それはやめよう」

「なぜです？」

「ぼくらはつねに死を覚悟して生きている。これが戦場ならば何を着用しようが構わぬが、同志の遺骸を引き取りに行くのに、ものものしい扮装《いでたち》をしていたとあっては、新選組がもしも待ち伏せていなかったときに、嗤《わら》われるだろう。ここは平服で出かけようではないか」

と篠原はいった。

加納道之助《かのうみちのすけ》、毛内有之助《もうないありのすけ》、富山弥兵衛《とみやまやへえ》らがその説に賛成した。藤堂は無言であった。服部は、

「諸君はどうあれ、ぼくは鎖帷子《くさりかたびら》を着用します。命は惜しくはないが、一人でも多くの賊を斬って死にたい」

といった。

すぐに駕籠を用意し、七名は油小路に走った。

月夜であった。寒気はきびしく、道は凍《い》てついている。

伊東は仰向《あおむ》けに横たえられている。そばに志津兼氏が転がっていた。

駕籠の中に運び入れたとき、短銃の音が鳴り響いた。原田が合図の号砲を発したのである。

北、東、西の三方から、いっせいに隊士たちが姿を現わした。

「諸君、犬死にはすまいぞ」

と叫ぶ声が奔《はし》った。

歳三は、南に位置していた。十番隊の何名かが随従している。

(服部の声だな)

と歳三は判断した。

服部は、東から現われた原田ら十余名の中へ、裂帛《れっぱく》の気合いもろとも斬り込んだ。

北と西は、永倉の隊が固めている。

御陵衛士の何名かは、北をめざして斬り込んだ。

その必死の気合いに押されたのか、あるいは永倉にその気がなかったのか、新選組の隊士たちは、思いのほかあっさりと退いた。

(新八のやつ)

と歳三は胸の中で呟《つぶや》いた。苦くて熱いものがこみ上げてきた。

駆け抜けようとする最後尾の男の後ろ姿が藤堂に見えた。

「平助、待て」

と歳三は叫んだ。

男の足が止まった。やはり藤堂だった。

「歳三か」

藤堂は向き直った。

「そうだ」

歳三は抜き放ち、一気に間合いを詰めた。そして、追うようについてきた隊士たちを制し、

「手を出すな」

と低くいった。

東の道路では、服部ともう一名が、原田らを相手に戦っている。しかし、歳三の耳には入らなかった。

「犬め、こい！」

藤堂は正眼《せいがん》に構えた。

歳三は口もとを歪《ゆが》めた。お前と尋常に勝負しようというおれの志がわからぬか、といいたかった。が、それを口に出す余裕は、もちろん、なかった。藤堂はすでに死を決意している。そういうときは、日ごろの技を超えたものが出るのだ。

「行くぞ」

歳三が踏み出そうとした瞬間、藤堂の背後から、

「くたばれ！」

と叫びつつ、斬りかけたものがあった。

「たわけ！」

という歳三の悲鳴に似た叫びに応ずるように、藤堂が肩に一太刀浴びながら、振り向きざまに払い、その勢いが余って道端の溝に落ちこんだ。

藤堂を背後から襲った隊士は、足を斬られたらしく、その場に崩れた。

溝から出ようとする藤堂は、永倉の隊士たちの手槍に刺され、再び溝内に落ちて果てた。

藤堂に斬られて重傷を負った男は、三浦常次郎《みうらつねじろう》という隊士である。新選組がまだ壬生《みぶ》村にいたころ、江戸時代に面識があったといって藤堂をたずね、その推挙で入隊を許された男だった。

歳三は、歯ぎしりする思いだった。差し出がましいことをした三浦を張り倒したかった。

歳三が藤堂と一対一で闘おうとしていたことは、ほかの隊士にもわかっていたはずである。

(平助、すまなんだ)

歳三はわずかに瞑目《めいもく》した。

原田らと斬り合っていた二名のうち、一名はすでに倒れている。

残った服部は民家を背に、突き進む隊士たちを斬りまくった。剣術師範だった彼の剣技を知らぬものはいない。服部と互角に太刀打ちできるものは、沖田総司か斎藤一くらいだろうといわれた男である。

「どけ」

歳三は声をかけて、前へ出た。

「その声は土方歳三だな」

と服部がいった。

先刻から激闘を続けていたはずなのに、息を切らしていない。

「服部君、さすがだな」

「無駄口はきくまい。新選組副長土方歳三と相討ちなら本望だ」

「おれはまだ死なんよ」

歳三は微笑していった。

服部は民家を背にしたままの体勢を崩そうとしない。前へ出て、背後に回られるのを警戒しているのだ。

歳三は太刀先を海鳥が波に浮かんでいるかのようにゆらゆらと動かした。天然理心流必勝の極意といわれる浮鳥《うきとり》の構えである。新選組の道場で隊士らに稽古をつけたころにも、その構えを披露したことは一度もなかった。近藤や沖田は知っているが、他流のものは永倉や原田も知らないはずである。

服部は戸惑ったようだった。

歳三はわずかに間合いを詰めた。服部の剣は長剣である。歳三の和泉守兼定よりも、七寸余は長いだろう。両者が同時に斬り下げれば、その差が生死を分ける。

歳三は、浮鳥の構えで、服部を誘っている。

服部は長剣の利を信じているようだった。その誘いにはのらずに、間合いを保っている。

歳三は浮鳥に似た太刀先の動きをかすかに速くした。服部はゆっくりと太刀を上げ、八《はっ》双《そう》に構えた。こんどは服部の方が歳三の打込みを誘っている。

歳三は詰めるとみせて引いた。

服部が半歩出た。同時に歳三は突きを入れた。

手応えを感じた。が、何か硬いものにぶち当った感触である。

服部の剣がわずかにそれて歳三の鍔《つば》をはねたとき、原田が手槍を投じた。それが服部の胸に突き立った。

服部はよろよろと退《さが》り、民家にもたれたが、口中から血を噴出し、そのまま前のめりに倒れた。

「ふうッ」

歳三の口から息が洩《も》れた。

油小路で斬り死にしたものは、藤堂、服部、毛内の三名である。

新選組は、伊東を含めて四名の遺体をそのままにして、からくも逃げた鈴木らが同志を集めて再び現われるのを待ったが、相手もその策にはひっかからなかった。

結局、伊東らは光縁寺《こうえんじ》に埋葬された（翌年三月、篠原らの手で東山の泉涌寺《せんにゆうじ》の塔頭《たっちゅう》戒光寺《かいこうじ》に改葬）。光縁寺には、山南敬介《やまなみけいすけ》らの墓もある。

近藤は、組長を除いて、油小路で戦い、負傷した十七名に各人一両の見舞い金を贈った。

原田も軽傷を負っていた。

十七名のうちの大半は、十番隊の隊士だった。主として服部の剣で傷を負っていた。

歳三は近藤から、

「危ない真似《まね》をするな」

と注意をうけた。

歳三は苦笑した。服部を討ち取ったのは原田の手槍ということになったが、それはいっこうに構わない。原田の手槍の助けがなかったとしても、勝負はついていたのだ。

「何がおかしい？」

「いや、おかしくはないが、おれが服部に殺《や》られかけたと思うのかい？」

「そうは思わぬ」

「だったらいいよ」

「歳、われわれが徳川家にとって必要なのはこれからだ。ああいうことは隊士に任せればいい」

と近藤は重々しくいった。

鳥羽伏見

1

新選組に会津藩から、京都を引き払って、伏見奉行所へ移るようにという指令が出たのは、この年の十二月十一日だった。

その前、十二月七日に天満屋《てんまや》で、土州藩士十数名と隊士との闘いがあった。土佐海援隊《かいえんたい》の陸奥陽之助《むつようのすけ》(のち宗光《むねみつ》)、岩村精一郎《いわむらせいいちろう》(のち高俊《たかとし》)、斎原治一郎《さいばらじいちろう》(のち大江《おおえ》卓《たく》)らは、坂本竜馬暗殺の張本人は、紀州《きしゆう》藩の外交役である三浦休太郎《きゆうたろう》(のち安《やすし》)であ る、とみなした。紀州藩は、この年の四月二十三日に、海援隊の伊呂波丸《いろはまる》を沈没させたことによって、八万三千両の賠償金を支払った。それを根にもって、坂本を何者かに殺害させた、という噂《うわさ》が流れた。

三浦としては、まったく身に覚えのないことだったが、狙われているとあっては、用心するにこしたことはない。そこで、藩を通じて、身辺の護衛を近藤に依頼してきたのである。

近藤は、斎藤一、大石鍬次郎《くわじろう》ら十名を三浦のところへ差し向けた。天満屋は、その三浦の常宿だった。

新選組は、探索方を使って、陸奥らの動きを調べていた。そういうことは、お手のものだった。だから、陸奥らがこの夜に襲撃してくることを、事前に察知していた形跡がある。相手が浪士ならば、前もって検束しておくこともできたが、海援隊はすでに土佐藩の組織に組みこまれており、新選組としては、手が出せなかった。

土佐は、薩長とは別の方針を打ち出しており、徳川に味方している有力な藩であった。そのために、察知していても、降りかかる火の粉を払う程度のことしかできなかった。

この斬り合いで、新選組は宮川信吉を失った。ほかに重傷一名。土佐の方は、十津川《とつかわ》郷士の中井庄五郎《なかいしょうごろう》が死亡し、ほかに手傷を負ったものも多かった。

急を聞いて、新選組からは、永倉、原田が駆けつけたが、すでに斬り合いは終っていた。

その二日後の十二月九日が、有名な小御所《こごしょ》会議である。

この日、朝議は王政復古の大号令を可決したが、会議は、じっさいには前夜からの続きだったといっていい。

八日の夕刻、朝廷は、二条斉敬《なりゆき》をはじめ、諸親王、三大臣、前関白、議奏や在京の諸大名を召集した。

このなかには、徳川慶喜、松平容保《かたもり》、松平定敬《さだあき》らも含まれていたのだが、慶喜ら三名は出席しなかった。

筋書きを書いたのは、岩倉と西郷であるが、じっさいに事を運んだのは中山忠能《なかやまただやす》だった。岩倉は蟄居《ちっきょ》中で、出る資格がなかった。

朝議は、長州藩主父子や岩倉の赦免をめぐって、翌朝の四時ごろまで揉《も》めた。そして、夜が明けたころになって、ようやく可決された。

徳川に好意をもっている二条斉敬らが退出すると同時に、西郷は、すぐさま行動を起こした。薩、尾、越、芸四藩の兵を各宮門に配置したのである。

蛤御門《はまぐりごもん》は会津藩が守っていたが、薩摩の伊地知正治が兵を率いて出張し、

「朝命によって、わが藩が受け持つことになった」

と宣言した。

本当は、そういう朝命は出されていなかった。会津藩としては、

「正式のご沙汰書を見せよ」

と要求できたのだが、何もいわずに引き揚げた。

召集された藩主が、病気を理由に、前夜来の朝議に出席しなかったことを知っていたから、何が決定されたかもわからず、藩主の出席していた薩摩側からそういわれれば、疑問を残しつつも、交代せざるをえなかったのである。

岩倉、西郷の計画は、見事に成功した。もっとも、はじめは四藩のほかに土佐を加えるはずだったが、土佐兵は、山内容堂の命令によって、出動を拒否した。

容堂は、後藤象二郎から、西郷のもくろみを聞いて、激怒していた。彼は、大勢は決し

たかもしれないが、まだ逆転する余地はある、と考えていた。

九日夕刻、容堂は参内した。

王政復古の大号令に反対するものはいなかったが、それに続く議題、つまり徳川家に領地を返上させようという件になったとき、容堂はたまりかねて発言した。

徳川家には、三百年近い平和を保った功績があり、しかも当主の慶喜が勤王の志を持つことは天下に知られている。それなのに、この会議に呼ばれなかったのは、どういうわけであるか、一部の公卿《くぎょう》の陰謀ではないか、となじった。

一部の公卿とは、中山、岩倉を指していることはいうまでもない。

岩倉は平然としていた。いいたいだけ好きなようにいわせてやろう、と思っている。激情家の容堂は、そのうちに口にすべからざる言葉をいうに違いない。

容堂はいいつのった。

「公卿などと申す輩《やから》は、昔からろくでなしの集まりである。その証拠に、信長《のぶなが》を殺した明智光秀《あけちみつひで》にさえ、彼が京都を制圧したときに、官位を与えたではないか」

たしかに、その通りである。誰も反論するものはいない。

図にのって、容堂は、つい口を滑らせてしまった。

「そしていま、幼冲《ようちゅう》の天子を擁し奉り、政権をほしいままにせんと……」

岩倉はこの機会を待っていた。

「待たれい」

とまず一喝し、ついで玉座に向かって身をかがめてから、

「幼冲の天子とは、何たる不敬ぞ」

と声を張り上げた。

幼冲とは、子供っぽくてまだ一人前になっていないことの形容である。天皇はこのとき十六歳、容堂の年齢からすれば、そういえるが、この時代としては、必ずしも子供っぽいとはいえなかったであろう。武家においては元服をすませている年齢である。いいかえれば一人前であり、まして践祚《せんそ》してから一年たっている。それを思えば、容堂の大失言であった。岩倉から、不敬である、と大喝されても、致し方なかった。

勝負はここでついた。

会議はいったん休憩となったが、あとは岩倉の思うままである。一気呵成《かせい》に、慶喜に辞官、納地を命ずることを決した。

時刻はすでに真夜中になっていたが、このことはすぐに二条城に詰めていた徳川方の大名たちにも伝わった。容堂がどういったかも、やはりわかっている。

幼冲の天子を擁し奉り……といった言葉を咎《とが》められたというが、徳川方からいえば、まさしくその通りなのである。

また、大政奉還後は、万機を諸大名会同の上で決することになっていたにもかかわらず、一部の大名だけを召して決するのは、陰謀にほかならない。

「かくなる上は、実力をもって君側《くんそく》の奸《かん》を除くべし」

と多くのものは激昂《げきこう》した。

慶喜は板倉を呼んで、軽挙妄動をせぬように申し聞かせよ、と命じた。

板倉からこれを聞かされた陸軍奉行の竹中丹後守《たけなかたんごのかみ》は、

「情けないお言葉ではないか。もし上様《うえさま》がご決心遊ばされるならば、会桑二藩の兵はいうに及ばず、ここにいる満場の将士、公憤をもって薩賊を撃ちくだくは、いともたやすいことであるのに」

と、ほとんど泣かんばかりにいった。

慶喜がもっとも恐れていたのは、朝敵になることであった。

このままでは、会桑の兵は、勝手に行動を起こしかねない、とみて、慶喜は、十日に、松平容保の京都守護職と松平定敬の所司代《しょしだい》の職を廃止してしまった。

十日の夕刻近く、朝廷の命をうけて、尾張藩主の徳川慶勝と、松平春嶽《しゅんがく》が二条城にやってきた。小御所会議の決定を伝達するためである。両名は、いやな役を引き受けさせられたわけだが、拒否することはできなかった。

果たして、両名が城中に入ると、殺気立った会桑二藩の藩士たちが、

「薩摩と手を組んで、徳川家を売るとは何事ぞ」

と罵言を浴びせた。

尾張、越前とも、徳川の身内なのである。かれらにはかれらの言い分はあるにしても、そう罵られてもやむを得なかった。

慶喜は、辞官、納地の朝命に逆らうつもりは少しもないが、いまここでお受けすれば、ご覧の通りの城中の憤激はいっそう燃え上がることになりましょう、必ず鎮めますから、その上でお受けする、と奏上していただきたい、といった。

慶勝と春嶽はそれを了承し、朝廷に戻って復命した。

「われら両名が責任をもちますから、どうかお任せ下さい」

ともいった。

西郷と大久保は、

「それは許されぬ。ただちに辞官、納地をお受けしないのは、下心があってのことであろう」

といい張った。薩摩としては、徳川方が暴発することを望んでいた。

2

西郷や大久保は、もしかすると、事を急ぎ過ぎたかもしれなかった。すでに朝廷を牛耳っていたのだが、あまりにも度をこしたために反撥《はんぱつ》を買った。大久保らは、とりあえず参与という職についているが、元来は薩摩の家臣であり、要するに陪臣《ばいしん》である。公卿らから見れば、至って身分の低いものたちである。

総裁職の有栖川宮《ありすがわのみや》や議定職の仁和寺宮《にんなじのみや》はそれを不満とした。かれらが王政復古を果たした功績は認めるが、このあたりで退《さが》ってもらいたいのである。有栖川宮は辞表を出し、仁和寺宮は、宮中における上下尊卑の別を乱すべからず、という意見書を出した。参与の大久保が、議定や総裁をさしおいて、何かにつけて差し出がましいことをいうのは怪《け》しからん、というのである。

この空気が反映して、大久保らの意見、つまり徳川慶喜に下心があるとする主張は朝廷で退けられてしまった。

これを見て、山内容堂が徳川のために反撃に出た。王政一新がなった以上、諸侯会同をすみやかに開くべきだし、朝廷の費用をまかなうためという理由で、慶喜に納地を命ずるのであれば、ほかの諸侯もそれに見習うべきである、というのである。

岩倉は岩倉で、大久保らとはやや異なった意見をもっていた。慶喜がおとなしく辞官納地を実行するならば、その恭順ぶりを評価して、議定として召し出してもよい、というのである。

大久保はこれを知って愕然《がくぜん》とした。

諸侯会同が実現し、慶喜が議定として登用されることになれば、いわば連合内閣の首班となることであり、いっきょに勢力を回復してしまう。これでは何のために、小御所会議で、王政復古を実現したのかわからなくなる。

岩倉の考えは、松平春嶽を通じて、慶喜の耳に入った。

慶喜は再び希望の灯が点《とも》ったのを感じた。大政奉還によって、責任だけを負わされる立場を放り出し、ついで雄藩連合の首班となることによって失地を回復するというのが、大政奉還策の真の狙いだった。岩倉案が実現すれば、その狙いを達成したことになる。

だが、慶喜は自陣内の難問をかかえていた。

このころ、二条城内には、幕軍五千名、会津藩三千名、桑名藩千五百名が集結していた。合わせて小一万の兵力である。

これに対して、薩摩藩は約二千名、そして罪を許された長州藩兵の一部が十二月十日に入京し、東山東福寺《とうふくじ》に入ったにすぎない。会津の手代木直右衛門《てしろぎ》などは、春嶽の家臣の中《なか》根雪江《ねゆきえ》に、

「先んずれば人を制す。いま薩を討たずんば永久に戦機はこないでしょう。いかが思いますか」

と詰め寄るありさまなのである。


（ここで薩摩の挑発にのってはならぬ）

と慶喜は決心した。

恭順の意を表していれば、首班の座が転がりこんでくるのである。辛抱しきれずに暴発してしまっては、元も子も失ってしまうではないか。

慶喜は、城内に駐屯している各隊の隊長を集めて、

「予が割腹したりと聞かば、汝《なんじ》らはいかようにも好きにせよ。なれど、このように生きてある限りは、決して妄動するでないぞ」

と訓示した。

各隊長は、平伏した。だが、慶喜としては不安であった。兵を京都に留《とど》めている限りは、不測の事態が起こりうるのである。

（京を去るにしかず）

と慶喜は判断した。

大久保の挑発にのらず、巻き返しをはかるには、大坂にいて形勢を観望するのが賢明である。しかし、下坂は、形の上では、文字通りの都落ちとなる。いきり立っている部下たちが素直にいうことをきくかどうか。

慶喜はこの考えを松平容保に語り、

「予と同行してもらいたい」

といった。

容保が下坂すれば、会津藩兵も随従せざるをえない。だが、手代木のような強硬派が果たして下知《げち》に従うかどうか。容保としても、自信はなかった。

では、家老をここに呼んでもらいたい、と慶喜はいった。徳川宗家の身が陪臣に会うというのは、やはり異例である。

容保は家老の田中《たなか》土佐を召し出した。田中は主君に呼ばれたのだと思っていたが、そこに慶喜がいるので仰天した。慶喜は、

「苦しゅうない」

と声をかけ、まず薩摩を罵った。

帝《みかど》を擁しているものだから、勝手放題に振舞っている。遅かれ早かれ、その罪を問いただされねばなるまいが、されど京において兵を動かすのは、いかにも恐れ多いし、かつ、外《がい》夷《い》の干渉を招くかもしれぬ。それでは、政権を奉還した素志も水泡に帰するであろう。

「よっていったん下坂し、後図をはかろうと思う。肥後守《ひごのかみ》も同行するにつき、汝らも共にきたれ」

と慶喜はいった。

田中は承服して引き退った。しかし、田中からこの話を聞いた佐川官兵衛《さがわかんべえ》と林権助《はやしごんすけ》は、

「とんでもない話だ」

といってハネつけた。どうしても京から逃げ出すというなら、城門を閉じて出られないようにする、ともいった。

慶喜はこれを聞くと、

「その両名を呼べ」

と命じた。異例ずくめであるが、非常の時である。

まかり出た両名に、慶喜は、

「汝らが隊士の長であり、その勇武のほどは予の耳にも入っているぞ」

とおだてた。そして、

「予の下坂を押しとどめるというが、いかなるわけか」

と問いただした。両名は、臆病風にふかれて逃げるのを妨害するためです、とはいえない。

「すでに日が暮れております。敵に計略あるやも知れず、明朝までお待ちを」

と答えた。慶喜は、

「危険はない。予が下坂せんとするのは、じつは深謀があるからである。しかし、それを城中のものたちに明かすことはできぬ。謀事は密でなければならぬ。心配せずに、予に任せよ」

と声をひそめるようにいった。

深謀がある、というのは、大坂城に大軍を集めて、京の薩長を討伐することだ、と両名は推察した。

「ありがたき仰せ、拝謝仕《つかまつ》ります」

と喜んで退出し、部下を慰撫《いぶ》した。

慶喜は、将士を城中の広場に集め、酒樽《さかだる》を開いて盃《さかずき》をくばった。そしてみずから飲みほし、盃を投げて砕いた。古来からの出陣のしきたりである。将士たちは大喊声《だいかんせい》をあげて、これにならった。

それから慶喜は、徒歩で城門を出た。容保や板倉らもこれに従った。

慶喜は白木綿で襷《たすき》がけにした。これからなぐりこみに出かけるような姿である。途中から馬に乗り、鳥羽《とば》街道から淀《よど》を経由して、枚方《ひらかた》に着いた。夜を徹しての行軍で、夜が明けてきた。すでに十二月十三日の朝である。

この間、新選組は、会津藩の指示がくるくる変るので、天手古舞《てんてこま》いさせられた。会津の田中や佐川らは、薩摩と一戦まじえる決意をもっていたから、新選組に対して十一日に伏見奉行所へ移るようにといったのだが、その後、慶喜がひとまず大坂へ退くことになったため、今度は、慶喜の護衛にあたるように、と指示してきた。

新選組は、近藤をはじめ首脳部はこの時期すでに幕臣の資格を得ており、会津藩の家来ではなかった。

しかし、先祖代々の幕臣たちは、いわば成り上がりである近藤らを同列には見ずに、よそ者扱いした。親しく口をきくのは、近藤が広島に同行して以来つきあいのある永井玄蕃頭《げんばのかみ》（主水正《もんどのしょう》）ぐらいのものであった。また、平隊士にいたっては、いまだに正規の幕臣ではないのである。

組織としての新選組は、これまで京都守護職の差配下にあった。その守護職も京都所司代ともども十二月十日には、病気を理由に免職になっていた。後任は発令されなかったから、この職自体が廃止になったにひとしかった。そうなれば、法的には、会津藩は新選組にあれこれ指図する資格を失ったわけである。新選組の方からいえば、指図を受けるいわれがなくなったことになるが、文久三年以来の会津藩との関係で、何か指示がくれば、それに従っていたのだ。

十一日に伏見へ移れという指示があったあと、歳三は移転の手配をすませると、こまごました用務は小者《こもの》に任せて、隊士たちに二刻《ふたとき》（四時間）の猶予を与えた。

長く京都にいる隊士たちは、休息所という形で事実上の妻帯をしているものもいるし、なかには子供を儲《もう》けているものもあった。歳三自身にも志乃がおり、そういうものがいないのは、幹部のなかでは、沖田ひとりであった。

その沖田の病状は、このころになると、かなり悪化していた。かつては、筋骨たくましかった男が、いまでは胸が薄くなっている。顔色はほとんど土気色だった。

（総司は動かせまいな）

と歳三は判断した。本当は江戸へ送還するのが沖田にとっては最善なのだが、それをいったところで、承知するはずがなかった。

歳三は、志乃あてに手紙を書いた。

公用で伏見へ移ることになったが、お前との縁がこれで切れるとは思っていない。いずれ京へ戻るつもりでいるが、世の中、何が起こるかわからぬ故、お前がそうしたいなら、好きにしてよい。当座の金として百両を遣《つかわ》しておくが、一つだけ頼みがある。この手紙と金を持たせる沖田をしばらく預かってもらいたい。

前にも話したことがあると思うが、沖田は自分にとっては弟のような男である。この歳三の面倒をみるつもりで、沖田を世話してやってほしい。いま身体《からだ》を悪くしているので、食事に気をつかってくれるとありがたい。

歳三はそれを書き終えると、沖田の部屋へ行った。

「あ、土方さん」

畳の上に寝転がっていた沖田が、坐《すわ》り直した。

「総司、頼みがある」

「何です？」

「ほかのものには頼めない。お前を見込んでいうのだが、おれの代りに使いに行ってくれないか」

「いいですよ。どこへ行くんです？」

「みんなには、賜暇《しか》を出したが、おれは新選組を束ねる責任があるから、ここを一歩も離れることができん。この手紙と金を持って、おれの女のところへ行ってもらいたい。どうか頼む」

と歳三は頭を下げた。

沖田はじっと歳三を見た。

「土方さん、本気ですか」

「いうまでもない。こういうことで戯《ざ》れ言《ごと》はいわぬよ。ほかのものはどう思っているか知らんが、あの志乃という女に対するおれの気持は真剣だった」

「土方さんはそういう人じゃない、と思っていましたよ」

「そういう人？」

「女に心を動かす人じゃない。お志乃さんにしたって、西郷を斬るための方便として一軒持たせたんじゃないですか」

「江戸にいたころのおれを知っているだろう。女のことで刃傷《にんじょう》沙汰になったことだってあったんだ」

「それは知っていますよ。いつだったか、明け方近くに帰ってきて、井戸端で袴《はかま》についた返り血を洗っていた」

「西郷を始末する名目で、惚《ほ》れた女を囲ったのさ。おれは、女ッ気なしにはいられない男なんだ。京へきてから、島原《しまばら》だの祇園だの、とっかえひっかえ遊んだが、志乃だけは特別だったのだ」

「わかりました。これを届けてすぐに戻ります」

「それからもう一つ、やってもらいたい仕事がある」

「どうぞ」

　と沖田はよそよそしくいった。

「ことわっておくが、こっちは公用だ。新選組としては、会津藩の指図に従って京を離れるが、先のことを考えると、京の情勢にたえず気を配っておかねばならない。そこで、総司に居残ってもらいたい。長州のやつらがすでに乗りこんできているが、どうせ芋連中と二条新地あたりで久しぶりの京女の味をたのしみながら謀事をめぐらすに決っている。だから、総司は志乃のところに潜伏して、やつらの動きを調べてくれ」

「お志乃さんのところに？」

「ここに一人居残ったって、めしを食わしてもらえないよ。それにこれは私事だが、総司が志乃を守ってくれれば、おれも心強いからな」

「薩長の動きを探るなら、探索方がいるじゃありませんか」

「山崎あたりを志乃のところにおいてみろよ。ご馳走《ちそう》を食べてくれというようなものだ。お前なら安心していられる」

「いつまで居残っていればいいんです？」

「どうせ戦《いく》さになる。それまでだ」

「わかりました」

沖田は、何か苦いものを口に含んだような表情でいった。

3

伏見への移転の指示は十一日だったが、その翌日には、大坂へ下る慶喜を護衛せよという指示に変わり、新選組は随行した。

慶喜と容保らが大坂城へ着いたのは、十四日七ツ時（午後四時）だった。間もなく夕食であるが、あまりにも急なことであったために、城代の牧野《まきの》越中守が用意できた膳は、慶喜の分だけであった。容保の食事はなかった。

慶喜はみずから半分に頒《わか》って、容保といっしょに食べた。二人とも、おそらく涙の出る思いであったろう。

新選組は、大坂城には入れず、北野《きたの》の天満宮《てんまんぐう》にひとまず入った。

この下坂の道中で、近藤は、慶喜がどうして京を退去したかの事情を、会津藩士や幕臣たちから聞いた。

辞官納地はたしかに忍び難いことであるが、そこを隠忍自重すれば、朝廷においても慶喜を議定として登用したいという意向をもっていること、薩摩の傍若無人ぶりに朝廷内にも反感をもつものが多くなっていること、薩摩の挑発をさけてひとまず下坂し、そこで態勢を立て直してから薩摩を討伐する秘計を慶喜が有していることなどである。

「さすがに上様は非凡な考えをお持ちであらせられる」

と近藤はひどく感服して、歳三にいった。

歳三は首をかしげた。

「それはちと解《げ》せないな」

「どうして？」

「岩倉と薩摩とが徳川家の処分をめぐって対立しているという話は、とうてい信じられない。岩倉と大久保とは、同じ穴の貉《むじな》なのだ。対立したというのは、策略だろう」

「前はそうだったとしても、天下を握ると、貉同士で食いあうものさ。両雄並び立たず、というではないか。双方が互いにご馳走を一人占めにしようとしているので、相手が邪魔になりはじめているのさ」

「二心殿をはじめ、みんなが、岩倉の策謀にうまうまとのせられたんだ」

「岩倉の策謀とはどういうことだ？」

「二条城には約一万の軍勢がたむろしていた。薩摩はたった二千だ。あのままでいれば、戦さは必定だった。岩倉は、とうてい勝ち目はないとみて、舌先三寸をもって徳川方を大坂へ追い払うことにしたのだ。恭順の意が明らかであれば、議定として召し出すという餌を撒《ま》いてね。つまりは薩摩の危急を救うためにやったこと、対立してなどいるものか」

と、歳三はいった。

「そんなことが……」

と近藤は絶句した。

「あろうはずがない、といいたいのだろうが、岩倉は稀代《きたい》の策謀家だ。二心殿も一廉《ひとかど》の策謀家だが、岩倉の敵ではあるまいね」

「その二心殿という言葉を慎め」

近藤は腹に据えかねるようにいった。

歳三は、近藤が腹に据えかねているのは、主君をそう呼ぶことに対してではなく、おそらく岩倉の策謀にまんまとひっかかった慶喜や取巻連中に対してであろう、と感じた。それを認めるのが口惜《くや》しくて、

（おれに八ツ当りしていやがる）

と思った。

事実は、歳三の看破した通りであった。それは大久保の日記によっても証明されるが、岩倉の策謀は、歳三の考えをはるかに上回るものがあった。

薩長を主力とする勢力と徳川方とが戦うことは、どの道、回避できないことだ、と岩倉は見ている。家康が武力によって天下の権を握ったように、徳川を倒して真に天下の権をとるためには、武力によるしかないのだ。小御所会議では、岩倉の恫喝《どうかつ》によって、徳川方のために弁じた山内容堂を屈伏させたが、それで天下を制した、とは岩倉も思っていない。いずれは武力に訴えねばならないが、その場合、かれらにとって最大の弱みは、徳川方との兵力差ではなくて、軍資金の欠乏であった。

兵力の少なさは、最新式の銃火器の充実によって補うことはできる。薩長ともに、洋式の銃と大砲を持っているものの、弾薬は、一会戦分の用意しかなかった。

兵力は劣勢であっても、最初の一戦は、互角以上に戦えるであろう。だが、戦闘が長引けば、銃や砲はあっても、こめるべき弾薬が尽きてくる。

西郷もそれが不安で、国許《くにもと》に金を送るようにいっているのだが、なかなか届かなかった。藩主の実父である島津久光が、西郷を憎悪しているので、送金を許さないのである。いかに精強な薩兵といえども、弾薬が欠乏しては負けてしまう。

といって、朝廷には金がなかった。公卿らは、位階は高いが、やはり金はなかったのである。

大政奉還までは、各藩の外交役が金をバラ撒いてくれたので、一昔前の、酒代にも事欠いて、自宅を博打場《ばくち》に貸したころに比べれば、はるかに裕福になっているが、献金するほどの余力はない。かりに貯《た》めこんだものがいるとしても、

「これをお使い下さい」

といって差し出すような公卿は一人もいない。公卿にあっては、金は貰《もら》うべきものであり、差し出すべきものではなかった。

岩倉は窮した。

が、この生れながらの策謀家は、逆境に強い。

（そうだ、あの仁からしぼり取ってやろう）

と思いつき、すぐに大政奉還以前から宮廷の御用掛《ごようがかり》をつとめ、その職の故に京都に残っている戸田大和守を呼び寄せて、

「じつは先帝のご一周年祭が切迫しているというに、それを行う金もない。慶喜殿は、朝廷に逆意のないことを証するために下坂されたが、このさい、いっそうのご奉公を致してもらえぬものか」

といった。

要するに、献金して恭順の意の真実であることを示したらどうか、というのである。

戸田はすぐに京都を出発し、十四日に大坂城に入って、慶喜にこのことを伝えた。

はじめ、慶喜は渋った。そんなことが、城内で激昂している者たちに知れたら、どんな騒ぎになるかわからない、と思った。だが、すぐに考え直した。献金を拒否すれば、恭順

の実意なし、といわれ、議定への登用も覚つかなくなる。

献金のことは、当分の間、知られなければいいのである。

慶喜は勘定奉行並の星野豊後守《ほしのぶんごのかみ》を呼んで、金があるかどうかを聞いた。星野は、自分の手もとにはないが、大坂の代官である小堀数馬《こぼりかずま》のところには、収納金が五、六万両はあるはずです、と答えた。

慶喜は板倉を呼び、

「小堀に命じて、五万両を戸田に渡せ」

と命じた。

「いかなるご用向きでござりまするか」

と板倉は問いかえした。

「つまらぬことを聞くものではない」

慶喜は一喝した。板倉は平伏した。戸田が京都へその金を持って行き、朝廷工作を有利にするために使うのだろう、と推量した。朝廷を牛耳っている薩摩を追い落すのは金しかないのだ。

戸田は五万両を持ち帰り、それを岩倉に渡した。

新選組には、むろんそういうことがあったとはわかっていない。それどころか、天満宮に落ち着いたと思ったら、そのことを城中へ報告に行った近藤は、田中土佐から、

「じつは永井殿から新選組に伏見を固めてもらいたいという要請がきている。わが藩も林権助が三百名を率いて行く」

といわれた。むろん、近藤に文句のあろうはずはなかった。すぐに天満宮に戻って、伏見への出発を命じた。

永井は、元来は穏健派だったが、その永井でさえ、薩摩のやり方に対して激しい怒りを燃やしていた。

京都においては、松平春嶽や山内容堂が、大久保の出した徳川処分案を何とか骨抜きにしようとして工作を続けている。だが、春嶽は兵を国許に残してきており、容堂は約二百名を連れてきているに過ぎない。

これに対し、薩摩は二千名、そして長州兵は、先鋒《せんぽう》約六百名が入京している。政治工作といっても、この段階になってくると、背後に控えている兵力の大小が影響してくる。いいかえれば、自己の主張を通すには、武力の裏付けがなければならない。

容堂は、後藤象二郎を使って、

「われらの主張をご採用にならぬのであれば、土佐へ引き揚げますぞ」

といわせた。奉還時に約束された、諸侯会議をつぶすぞ、というおどかしである。容堂が帰国し、強兵をもって鳴る土佐藩兵を連れて再上京するとなれば、天下を動かすことも不可能ではない。

だが、岩倉はこのおどしに屈しなかった。

「帰国したければ、好きなようになさるがよかろう」

とつっぱねた。二百名しか連れてきていない容堂の足下を見すかしていた。

こうした情勢のもと、新選組百五十名と会津兵三百名が伏見に控えていれば、親徳川派は大いに心強いはずだ、と永井は見たのだ。

じっさい、彼の予測は当っていた。

近藤の率いた新選組が十二月十六日に伏見奉行所に入り、

「新選組本陣」

の看板を掲げると、京都政界の空気は微妙に変化しはじめた。

京都の治安を一手に引き受けてきた新選組の実力は、誰もが承知である。

「新選組が戻ってきて伏見に陣を張った」

という話がひろまっただけで、日和見《ひよりみ》の公卿が急にふえた。

伏見の薩摩邸には、高台寺党の加納、阿部《あべ》らがいる。加納らは十七日に京都の薩摩邸へ行き、そちらにいる篠原、富山らにこのことを知らせた。

「伊東先生の恨みをはらすときが、とうとうやってきたな。近藤のことだから、伏見にじっとしておられずに、必ず二条城へくるに相違ない。その帰りを待ち伏せして、先生の仇《かたき》をとろう」

と篠原がいった。

同じ日、歳三は志乃のところにいる沖田あてに手紙を書いて、小者に持たせた。

薩長と戦さになるのは、時間の問題だと思われた。戦端が開かれる前に、沖田を引き取っておかなければならない。

沖田はこの手紙を読み、志乃の家を出た。体力がなくなっているので、早くは歩けなかった。志乃は駕籠《かご》を用意しよう、といったのだが、沖田はことわった。

京の街には多くの思い出がある。もはや二度とここへ戻ることはあるまいという感傷にひたりながら、沖田はゆるゆると歩いた。

その姿を、たまたま薩州《さつしゅう》邸の小者が見かけ、加納らに知らせた。新選組一番隊組長沖田総司は、京都の市民たちにもひろく知られていた。

沖田が京にいるなら、近藤はすでに入京している、と篠原らは判断した。

「あの男のことだ。今夜は妾宅《しょうたく》に泊るに違いない」

「夜明け、ぐっすり眠っているところを襲撃しようではないか」

と口ぐちにいい、その仕度にとりかかった。

こうしたことは、新選組にいたころ、さんざんやらされたので、かれらも慣れている。

阿部十郎《じゅうろう》、内海次郎《うつみじろう》が、新しく加盟した腕自慢の佐原太郎《さわらたろう》を連れて、近藤を襲うことになった。阿部はかつては新選組の砲術師範であり、内海は、原田左之助の十番隊に属し、三条制札事件では抜群の働きをみせて、二十両の褒美をもらったことがある。

十八日の早朝、三人は斬り込んだ。しかし、近藤は泊っていなかった。

近藤は、十八日の朝、伏見を馬で出発し、二条城に入った。このとき、近藤は約二十名

の供を連れていた。歳三から、

「用心した方がいい。じつは隊の中に諜者《ちようじや》がまぎれこんでいた」

といわれていた。

「その必要はあるまい」

と近藤はいった。だが、歳三に強くいわれて、約二十名を引きつれた。

諜者というのは、小林桂之助《こばやしけいのすけ》のことだった。永倉の部下だった平隊士である。その小林の筆跡の手紙が、永倉に拾われた。内容は、新選組の内情である。その報告をうけた歳三は、

「始末してくれ」

といった。

小林は、島田魁《さきがけ》が絞殺した。

とはいえ、近藤は油断していた。

十八日の午後、近藤は二条城を出て、伏見へ向かった。竹田街道を通り、墨染《すみぞめ》というところに達したとき、いきなり銃撃された。

射手は阿部であった。さすがに銃撃の技術は確かなものであった。弾丸は右肩に命中し、近藤はかろうじて落馬を免れた。そのまま走りぬけ、一気に奉行所まで駆けた。

歳三は奥にいた。

肩を押さえて近藤が入ってきた。

「その血は？」

「墨染で撃たれた。おそらく高台寺の一派だろう」

「すぐに医者を……」

「それはあとでいい。すぐに永倉隊を出してくれ。残ったものが苦戦しているかもしれんからな」

永倉は約三十名を連れて出発した。しかし現場についたときは、近藤の馬取りをしていた下僕の久吉が血まみれで死んでおり、側役《そばやく》の石井清之進《いしいせいのしん》が虫の息であった。

「何者だった？」

と永倉がいうと、

「阿部と富山でした。ほかに五名ほど……」

といって、石井は絶命した。

近藤の傷は、予想外の重傷であった。

4

弾《たま》は近藤の右肩に命中していた。鎖骨の一部がその衝撃で砕けている。歳三は、すぐさま伏見の町医を迎えに行かせると共に、とりあえず傷口を焼酎で洗った。

近藤は苦痛に顔をしかめているが、さすがに声はいつもと同じように平静で、

「この大事なときに、まことに相すまぬことだ」

といった。

「なアに、かすり傷だ。四、五日もすればよくなるさ」

と歳三は慰めた。

しかし、心の中では、烈《はげ》しい衝撃を感じていた。たんに骨折しただけであれば、その部分を固定し、安静にしていれば、完全に治癒するだろうが、骨が砕けているとなると、そう簡単ではない。外見上は治ったように見えても、剣客としては再起不能といっていいのではないか。

大番組頭取に取り立てられた前後から、近藤は政治の舞台に登場するようになった。歳三にいわせれば、そういうことは近藤には適《む》いていないのであるが、本人はその気になって、土佐の後藤象二郎あたりとつき合うようになったのだ。

海千山千の政治屋連中が近藤をそれなりに遇し、近藤もまたかれらに伍《ご》して一廉の政治家として働いたつもりでいる。その場合、近藤の自信の土台になっているのは、いざというとき、剣を抜けば誰にも負けないという自負と、それにふさわしい実績である。人びとは、大番組頭取としての近藤を畏敬しているわけではなく、新選組局長である近藤を恐れている。この男に逆らえば一刀両断にされるかもしれないという恐怖感が、近藤をして重きをなさしめているのだ。

おそらく近藤自身も、無意識のうちにそれを感得していたであろう。

しかし、近藤の拠《よ》り所である剣が失われたならば、どうなることだろう。人びとはもはや近藤を恐れなくなるに違いない。

あるいは、剣を使えないことを隠蔽することはできるかもしれない。だが、剣を使えないと自覚した近藤の意識は変化せざるをえないだろう。それに、剣を使えないにもかかわらず、使えるようなふりをする器用さは、近藤にはない。

新選組の勢威が隆々たるものであれば、そういう心配は無用である。残念ながら、新選組そのものが、もはや昔日の面影を失っている。

堀川の本営を引き払ったとき、隊士の数は約百六十名だった。しかし、大坂へ行き、伏見に戻ったときは、約百名に減じてしまった。

脱走が相ついだのである。局中法度の、局ヲ脱スルヲ不許《ゆるさず》とした掟《おきて》は、事実上、効力をなくしていた。脱走したものを追いかけて処分することは不可能であった。

（時の流れだ。それもやむをえない）

と歳三は自分にいい聞かせている。

池田屋の斬り込みのころ、新選組は時流に乗っていた。隊服の羽織を着た巡察隊を遠くから見ただけで、不逞《ふてい》の浪人たちは姿を消した。隊士たちもまた実力以上の働きをした。

いまは、そうではない。かつては、市中を歩けなかった長州人たちが、大手を振って歩いているのである。新選組と聞いただけで一目散に逃げていたものが、逆に立ち向かってくる。そうなった以上は、臆病風に吹かれているものを無理に引きとめたところで、戦力にはならない。だが、

（このままでは終らぬぞ。終ってたまるものか）

と歳三は思っている。

近藤の回復ははかばかしくなかった。伏見の町医の手当てで、出血は止まったものの、翌日から高熱を発した。

知らせを聞いた大坂の松平容保の命令で、見舞いの使者が訪れ、

「わが殿はもとより、上様もご心配遊ばされております。大坂には、松本良順《まつもとりようじゆん》先生がおられます故、すぐに移せとの仰せでござる」

と伝えた。

使者が帰ると、近藤は、

「おれは移りたくない」

と歳三にいった。

「ここにいたんじゃ、ろくな手当てを受けられない。放っておけば、骨が腐ってしまうぜ。そうなる前に切開してもらい、膿《うみ》を除いてもらわないと、一生、剣を揮《ふる》えない身体になってしまう。それでもいいのかね？」

「歳、おどかすなよ」

「おどかしでいっているわけじゃない。虎徹《こてつ》を使えなくなったあんたを見たくないから、ありのままをいっているまでのことだ」

「うむ」

「それに、総司もいっしょに送って、松本先生の手当てを受けさせてやりたいんだ」

「それはいいが、しかし、新選組はどうなる?」

と近藤は目を挙げて歳三を見た。

「おれが預かるよ」

と歳三は答えた。

近藤は目をそらせて天井を見た。目がうるんだようになっている。

「五年になるなア」

と近藤は呟《つぶや》いて目を閉ざした。

文久二年の暮に、通辞方《つうじかた》の福地源一郎が試衛館にきて浪士募集の話を教え、そのことから全てがはじまったのだ。無量の感慨が近藤の胸中を去来しているに違いない。

歳三は、ぎくりとした。近藤の目から涙がこぼれ落ちたのだ。

こんなことで、近藤が涙をこぼしたのを、歳三は見たことがなかった。往事を思い出して感情を揺さぶられるような男ではなかったし、そういう心の動きを拒否してきたのである。

(すっかり気が弱くなっている)

と歳三は感じた。が、そうはいえず、

「大坂へ行ったらしっかり養生して、一日も早く戻ってもらいたい。いずれ薩長と正面切って対決することになるだろうが、それまでは、おれに任せてくれ」

「頼む」

近藤は咽喉《のど》の奥からしぼり出すような声でいった。

翌朝、近藤と沖田は伏見を出て船便で大坂へ行った。

そのころから、伏見に新選組の駐屯したことが、京都および大坂の政情に微妙な影を落しはじめた。

最初の反応は、まず京都の朝廷側に起こった。朝廷は、参与となった尾州《びしゅう》藩士の田宮《たみや》如雲《じょうん》を伏見取締に任命し、薩長土芸の四藩の兵をもって固めるように命じた。

尾張藩は、いわゆる御三家の一つなのである。その藩士が伏見取締を引き受けたことは、宗家である徳川慶喜に叛《そむ》いたことを意味する。

ついで、彦根《ひこね》藩主の井伊《いい》掃部頭《かもんのかみ》直憲《なおのり》が、朝廷に御用仰せ付けられたしと願い出て、四塚《よつづか》関門の守備を命ぜられた。井伊は、譜代大名の筆頭であった。徳川初代のころは、つねに軍の先頭に立った藩である。それが薩長の下風に立つことに甘んじたのだ。

この知らせは、大坂城中にあった会桑二藩の主戦派を激昂させた。それはそうであろう。主家である徳川の仇敵《きゅうてき》ともいうべき薩長に加勢しようというのだから、怒るのが当然だった。

5

十二月二十五日、江戸で異変が突発した。

関東各地で、西郷吉之助《きちのすけ》の命令をうけた薩摩人を中心に、擾乱《じょうらん》事件が相ついで起こっていた。そして二十三日には、江戸市中取締にあたっている庄内《しょうない》藩の屯所に、薩摩人の一隊が発砲した。庄内藩は堪忍袋の緒を切って、二十五日早朝、約二千名の兵をくり出して、三田《みた》の薩摩藩邸を攻撃した。益満休之助《ますみつきゅうのすけ》らは捕えられたが、伊牟田尚平《いむたしょうへい》ら約三十名は品川《しながわ》沖の藩船翔鳳丸《しょうほうまる》に逃れた。幕府軍艦回天《かいてん》がこれを追撃し、数弾を命中させたものの、横須賀《よこすか》沖で日没となり、翔鳳丸はかろうじて脱出した。

二十八日、この報告が大坂城に届いた。

大坂には、徳川の直属約五千名のほか、会津三千名、桑名千五百名がいる。また、高松《たかまつ》、鳥羽、石見浜田《いわみはまだ》、大垣《おおがき》、若狭、徳島、武蔵忍《むさしおし》、姫路《ひめじ》、伊予松山《いよまつやま》の各藩も小兵力を駐屯させているので、合計約一万五千名になる。

これに対して、京都の薩摩兵は約二千名、長州兵約八百名、土佐兵約二百名。

兵力比は五対一である。負けるはずがないとみた主戦派は、慶喜に迫って「討薩ノ表」を書きあげ、大目付《おおめつけ》滝川播磨守をして上京させることになった。

むろん、薩長両軍が滝川を素直に通すはずがない。だから、戦闘を予期して、全軍総督は老中格の松平豊前守《ぶぜんのかみ》（大多喜《おおたき》藩主大河内正質《おおこうちまさただ》）、副総督は塚原但馬守昌義《つかはらたじまのかみまさよし》。

大坂から京都への街道は、鳥羽、伏見、竹田の三道があるが、松平豊前守は淀城に本営を置き、鳥羽街道は桑名兵を主力に、伏見街道は、会津兵および陸軍奉行竹中丹後守重固《しげかた》が進むことになった。

伏見方面には、先発隊として、歩兵奉行並 城《じょう》和泉守《いずみのかみ》、歩兵頭窪田《くぼた》備前守《びぜんのかみ》の二大隊約千名が砲四門とともに入った。また会津兵も林権助以下八百名がこれに加わった。

薩摩兵は、主力を鳥羽街道に配置し、一部は長州兵、土佐兵とともに伏見を固めた。

滝川が鳥羽街道の四塚関門にさしかかったのは、一月三日の申《さる》の下刻（午後五時）ごろだった。陽暦では一月二十七日であり、まだ日は没しきっていない。

馬に騎乗して進む滝川を、薩摩の監軍椎原小弥太《しいばらこやた》が迎えた。

通せ、通さぬの押し問答をくりかえしているうちに、近くの城南宮《じょうなんぐう》に布陣していた薩摩の野津鎮雄《のづしずお》・道貫《みちつら》兄弟の砲兵隊が発砲した。

その弾が、徳川軍の砲に命中し、大音響を発した。滝川の馬が驚いて跳ね、滝川は振り落されて、田んぼに投げ出された。

この砲声が、伏見にも聞こえた。

御香宮《ごこうのみや》に布陣していた薩兵の指揮官は吉井幸輔である。また、その東にある竜雲寺山《りゅううんじさん》に大山弥助《おおやまやすけ》（厳《いわお》）の砲兵隊が、砲口を伏見奉行所へ向けていた。

大山は鳥羽方面の砲声を聞くや否や、

「撃て」

と命令した。

その第一弾が奉行所の物見楼《ものみやぐら》に命中した。

歳三は、隊士らと共に、奉行所の柵内にいた。

「きやがったか」

と歳三は嬉《うれ》しそうな声を出した。

「喜んでいる場合じゃねえよ」

永倉が声を荒らげていった。

「新八、そう急《せ》くなよ。いま押し出したところで、敵の鉄砲の餌食になるだけだ。暗くなるのを待つしかない」

「待ってどうする？」

「知れたことだ。斬り込む一手よ」

歳三は、押し出したがる永倉らを抑えた。

徳川軍にも大砲はあったが、いずれも旧式のものだった。御香宮や竜雲寺山へ撃ち返すが、弾着が短く、いたずらに土煙をあげるだけだった。それにひきかえ、薩長両軍の大砲は、徳川軍の旧式砲の三倍の射程距離を有していた。

たちまち奉行所は燃え上がった。

城和泉守の歩兵がそれを消火しようとするのを見て、歳三はどなった。

「消すな。放っておくんだ」

「何をいう!?」

歩兵たちは詰め寄った。

「教えてやらなけりゃ、わからないとは情けねえことだ。燃えるものがなくなってしまえば、闇になる。そのときがこっちの出番よ。それまでは、鉄砲で応戦するしかねえ。火なんぞ消す暇があったら、柵のところから撃ちまくるんだ」

間もなく楼は燃え落ちた。

この間、御香宮の背後にあった長州兵が迂回《うかい》して奉行所の背後に回った。長州兵は、総督が毛利内匠《もうりたくみ》、じかに兵を指揮する参謀は林半七《はんしち》、後藤深蔵《ふかぞう》ら四名だった。大砲は一門もなかった。

長州兵は、竹林のなかにひそみ、火が燃えつきたころに襲いかかってきた。

徳川軍の歩兵は鉄砲で応戦したが、この銃もまた旧式の先込め銃であった。

歳三は、永倉に指揮を任せ、原田左之助ら十数名を率いて裏門に走った。

長州兵は勢いに乗じて、すぐそこまできている。

「諸君、いよいよおれたちの出番がきた。斬って斬って斬りまくるんだ」

歳三は塀を乗りこえると同時に、大声で叫んだ。

「新選組副長土方歳三だ。いまから斬りこむぞ！」

銃声が一段と激しくなった。

「左之《さの》、続け！」

歳三は竹林めがけて疾駆した。

耳もとを銃弾がかすめた。不思議に、当るという気がしなかった。

前方に、黒い影が立ちはだかった。歳三は跳躍し、抜きはなった和泉守兼定を揮った。

その刀身が敵兵の骨を斬り下げた。

「ギャッ」

という声が流れたときには、歳三は次の敵兵めがけて突進していた。

長州兵も勇敢だった。一歩も退かずに立ち向かってくる。歳三は、右に駆け左に奔《はし》って、斬りまくった。むろん、原田らも負けじと刀を揮った。

「引け」

長州兵の指揮官が号令を発した。

歳三は、それ以上は追わなかった。追って竹林を出てしまえば、こんどは、敵の銃火がものをいうのである。

この戦闘で、長州兵は後藤深蔵、相木岡四郎《あいきおかしろう》、宇佐川熊蔵《うさがわくまぞう》という三人の参謀を失い、小隊司令宮田半四郎《みやたはんしろう》ら十四名が重傷を負った（宮田は翌日死亡）。

「歳さん、勝ったな」

と原田が声をかけた。

「左之か。まだ、わからん。表がどうなっているか……」

歳三は、門をあけさせて奉行所の中に戻り、点検した。約半数に減っていた。

裏門の守備は歩兵に任せ、歳三は表門に戻った。

表門では、林権助らの会津兵を主力に、永倉らも加わって、突出していたが、この方は大苦戦であった。御香宮めがけて進もうとするのだが、銃撃が激しく、路上に釘付《くぎづ》けにされている。その上、林は八発の銃弾を浴びて門内にかつぎこまれていた。

代って指揮をとっているのは、佐川官兵衛である。佐川は歳三を見ると、

「矢ぶすまなら何とかなるが、銃弾はどうにも始末が悪い」

と苦笑した。その佐川は右目をやられたらしく、白布で顔半分をぐるぐる巻きにしている。

「佐川さん、刀槍《とうそう》はもはや銃には敵し得ない、ということですか」

「そうは思いたくないが……」

と佐川は口ごもった。

歳三も、正直にいえば、刀や槍《やり》がものをいう時代は終った、と実感していた。鉄砲玉の前には、天然理心流も神道無念流《しんとうむねん》も通用しない。

会津藩の使っている旧式の先込め銃が相手であれば、刀槍はじゅうぶんに通用した。一発発射したあとに弾を込めるまでに時間がかかる。初弾さえはずしてしまえば、あとは敵のふところに飛びこんで倒すことができた。あたかも居合抜きの第一撃をかわせば、相手の隙につけこむことができるのに似ていた。

薩兵の用いている新式の元込め銃は、射程距離も長く、弾はつぎつぎに発射され、かつ

正確であった。初弾だけの旧式銃とは根本的に性能の違った兵器だった。初弾をかわしたのち、飛鳥《ひちょう》のように相手のふところに飛びこんで倒すという戦法が通用しなかった。

旧式銃は、補助兵器にすぎなかった。それは砲においても同じであった。勝敗を決する主要兵器は刀槍であり、その巧拙や人数の多寡によって、形勢は動いた。だが、新式の銃や砲のもつ破壊力は、全てを根本的に変えてしまうかのようである。

新選組の正面にいる薩長軍の兵士たちは、おそらくろくに剣術修行をしていなかったものたちであろう。

しかも、その兵力は、徳川軍よりも少ないのである。にもかかわらず、ほぼ互角に、いやそれ以上の戦闘力を発揮しているのだ。

(刀や槍の時代はもう終った)

と歳三も内心では認めざるをえなかった。と同時にその一方で、それを否定したい気持もあるのだ。

「佐川さん、たしかにやつらの銃は強力だが、それは敵味方の間合いが、やつらに有利だからですよ。間合いを詰めれば、刀も役に立つ。いまからお見せしますよ」

と歳三はいった。

6

歳三は、残っている新選組の隊士を集めた。すでに門外に出て、薩兵の乱射で釘付けになっている永倉らの一隊を除くと、約五十名に減っている。

「いいか。いつも道場で教えたように、剣は間合いを見切ることだ。このまま陣屋にへばりついていたって、間合いは詰まらねえ。いまから市街地を回って、敵陣の背後に出る。先頭にはおれが立つ。おれの声が聞こえる限り、駆けろ」

それから、歳三は身につけていた小具足《こぐそく》をぬぎ、隊士たちにも見習わせた。敵弾に倒れた味方の兵を見る限り、鎧《よろい》や小具足は、まったく防弾の役に立っていなかった。重いだけで、それを身につけていては、駆けることもできないのだ。

歳三は、通用門から市街地へ出た。

走った。

原田らがそのあとに続く。

後詰《ごづめ》の長州兵がたまたま市街の北部に進んできたところにぶつかった。

「新選組、進め！　進め！」

歳三は連呼しながら、敵中に突進した。御香宮の背後に回るつもりだったが、こうなっては、眼前の長州兵を蹴散らす一手である。

長州兵は民家の軒先に身をひそめて、撃ってくる。

歳三は駆けた。駆けている間は、弾など当るものか、と思っている。

じじつ、一発も命中しなかった。

「死ね！」

歳三は剣を揮った。血のりで斬れなくなっているのだが、いちいち拭っている余裕はない。首根っこに刀身を叩《たた》きつけて戦闘力を失わせるのが精一杯だった。

とはいえ、長州兵は浮き足立った。歳三は知る由もないが、この方面に配備されたのは第二奇兵隊《きへいたい》の第二中隊で、農民出身者が多い。白兵戦となれば、新選組の敵ではなかった。

中隊司令は相木又兵衛《またべえ》といい、すでに戦死した参謀相木岡四郎の兄である。

「みんな引け！」

と号令を発した。

（こいつが指揮官か）

歳三は逃げる相木の背に一撃を加えた。相木はもんどり打って倒れた。

そのとき、御香宮の薩兵が砲撃の目標を歳三らに変えた。

たちまち民家が火を発した。

路上は明るくなる。そうなっては不利だった。狙い撃たれるのを待つようなものである。

歳三はいったん兵をまとめた。

長州兵は戦死一名、負傷は相木又兵衛以下小隊司令末永長太郎《すえながちょうたろう》ら六名。

この間、佐川らの会津兵も突出し、御香宮の薩兵陣地に斬りこんで激しい白兵戦をくりひろげた。

不利と見たか、薩兵はさっさと退却しはじめた。

が、すぐに薩兵は盛り返した。

理由は簡単だった。会津兵は、倒した敵の首級《しるし》を古法に則《のっと》って打ち首とし、それを腰にさげた。重い鎧を身につけた上に、重い首をさげたのでは、行動の自由は失われる。佐川はこれを見て、引き揚げ命令を出した。

歳三は、歯ぎしりする思いだった。敵の首級にこだわらずになおも進めば、敵は総崩れになるところだったのだ。

「佐川さん、刀槍もまんざら棄《す》てたものじゃないでしょう」

「お主《ぬし》のいうとおりだ。大いに教えられた」

と佐川はうなずいた。

十年後、西南《せいなん》の役《えき》が起きたとき、佐川は政府軍において警視庁抜刀隊を組織し、薩軍陣地に斬り込みをかけて隊の名を高からしめた。それは、このときの歳三の鬼神のような働きによって学んだ戦法を、そのまま踏襲したものだった。

ところで、歳三。

「佐川さん、あえていわせていただくが、もう一歩のところで大勝利となる戦さが、引き分け同然になってしまった。そのわけは、おわかりでしょうね？」

「関ケ原《せきがはら》のころと同じだ、といいたいのだろう？」

「そうです。一番槍一番首を重んじていては、これからの戦さには勝てませんよ」

「うむ」

「それだけじゃない。せっかくの一番首を誰に見せようというんです？」

会津兵の主君である松平容保は、大坂城にあって出陣していない。直参《じきさん》となった歳三の主君といえば徳川慶喜になるが、これまた動こうとしない。そして、徳川軍のもう一方の主力である桑名兵の主君の松平定敬もまた同じである。

「いうな」

佐川は口もとを歪《ゆが》めた。

戦場に総大将が出ると出ないとでは、兵の士気や戦意が違う。

武士は主君の馬前で戦い、死ぬことをもって本望とする。

関ケ原の戦いでも、大坂冬・夏の陣でも、東軍はつねに家康が出陣したが、西軍の総大将は一度も戦場に出てこなかった。勝てる道理がなかったのである。

この一戦は、天下分け目の戦いなのだ。それなのに、どうして慶喜は出てこないのか。容保も定敬もどうしてぬくぬくと大坂にひきこもったままなのか。

歳三は声を発して、かれらを難詰したかった。

しかし、自分たちと佐川ら会津藩士とは、立場の異なることもわかっていた。歳三は、徳川慶喜という人物を主君とは思っていない。あるいは、慶喜のために戦っているという気がしない。

佐川らは、そうではない。松平容保は、先祖代々の主君なのである。君、君たらずとも、臣、臣たるべし、と教えこまれている。あれこれいうことは、不忠の極みなのだ。

（いっても無駄だ）

と歳三は諦めた。

歳三は知らぬことだが、この夜、西郷が伏見まできて督戦した。若い薩兵たちにとって、西郷は家父長的な存在だったから、その士気が大いにふるったのも当然だった。

伏見方面の戦闘は、新選組と会津兵の勇戦で真夜中ごろまで五分五分だったが、鳥羽方面は、徳川軍が不利に終始した。

戦闘開始のきっかけとなった滝川は、大目付であって、軍の指揮権をもっていなかった。しかし、滝川の馬が暴走したことによって街道を縦隊で前進していた徳川軍は、大混乱に陥ってしまった。

もともと、滝川は、戦闘になることを必ずしも予期していたわけではなかった。大軍をくり出せば、薩長軍は恐れ入るだろうと軽く考えていた。

一方、薩兵はじゅうぶんに砲と兵を展開しており、徳川軍の先頭を三方面から銃砲撃する形をとった。

徳川軍は、佐々木唯三郎の見廻《みまわり》組が白兵突撃をこころみたが、激しい銃火のために大半を失った。その間に、歩兵隊はようやく隊形を立て直すことができたものの、このフランス式調練をうけた陸軍部隊は、実戦の経験が一度もなかった。薩兵の猛射を浴びると、あっさり後退してしまった。

総督の大河内正質は、血気にはやるだけの無能な将であった。彼は、大坂城で、「市中をうろつく薩人一人を斬るごとに、賞金を与えたらどうか」などという暴論を吐いて、慶喜に叱責されたことがあった。鼻柱は強いが、戦闘については何も知らなかった。

鳥羽方面の形勢不利を知って、伏見方面の指揮官である竹中は、会津兵と新選組に中書島《ちゅうしょじま》まで退くように命令した。

「たわけたことを！」

歳三は憤慨したものの、林権助は重傷で指揮をとることができず、佐川は竹中の命令に従うことにした。

新選組もそうだったが、会津も第一日の激戦で約三分の一を失っていた。やはり銃砲の差が決定的だった。会津兵の勇猛さは、長州の指揮官だった林半七も維新後の回顧談で認めているが、近代戦は勇猛さだけでは戦えなかったのである。

翌四日。朝から霧が深かった。

新選組と会津兵は、伏見の西を流れる堀川の右岸に集結した。

竹中の作戦は、この日の午後に到着するはずの洋式陸軍二千名と協力して、伏見を奪回するにあった。竹中は、豊臣秀吉《ひでよし》の謀将として知られた竹中半兵衛《はんべえ》の子孫である。伝来の竹中流軍学を身につけた徳川軍きっての作戦家ということになっていたが、じっさいにはさほどのことはなかったであろう。

増援部隊の指揮官は歩兵奉行の佐久間近江守で、勇猛をもって鳴る人物だった。

霧の深いことは、徳川軍にとって好都合であった。両軍とも動きたくても動けないし、銃も砲も照準を定めることができない。徳川軍としては、増援部隊が到着するまでの時間をかせげるのだ。

しかし、天は徳川軍に味方しなかった。午前八時ごろから北風が強くなり、霧は消えた。驚いたことに、左岸には長州兵が進出していた。しかも、砲二門を擁している。徳川軍は知らなかったが、それまで形勢を観望していた因州《いんしゅう》藩が薩長方につき、砲のない長州兵に二門を供したのである。

たちまち、長州陣営の砲は火をふいた。

こうなっては、歳三も退却するしかなかった。川を間にしているので、斬り込みも不可能である。

この日、鳥羽方面には、会津の白井五郎太夫《しらいごろうだゆう》らも出陣しており、ようやく昼前に到着した佐久間軍と協力して、一気に北上した。新手の軍団だけに、士気は高かった。

薩兵はひとまず後退した。

両軍の砲声は京の御所内まで届いた。

「徳川方が勝っているらしい」

という噂が立った。

公卿たちは、もともと日和見である。なかには、岩倉を殺してしまえ、というものも現われた。

しかし、岩倉はそんなことではへこたれない。大久保と謀り、仁和寺宮を征討大将軍に任命し、錦旗《きんき》・節刀《せっとう》を賜わるように画策し、その案を実現させた。

それまで、戦闘は、薩長対徳川の私戦とみる向きも少なくなかった。山内容堂などは、はっきりとそういい、岩倉を罵倒したくらいなのである。

しかし、薩長軍の上に、仁和寺宮が征討大将軍として坐ることになれば、かれらは官軍であり、同時に敵対するものは賊軍ということになる。

大久保や西郷が予想していたように、玉印（天皇）を手にするものが有利だったのだ。

仁和寺宮は五日の朝、錦旗をひるがえして本営の東寺《とうじ》を出陣した。

江戸へ

1

錦旗、俗にいう錦の御旗《みはた》である。古来、朝廷が賊を討つにさいして軍に下賜《かし》されることになっているが、武家政権が確立してからは、一度として用いられたことがなかった。政権を握っている武家の棟梁《とうりょう》は、そういうものを必要としなかった。

だが、岩倉と大久保は、この一戦を薩長と徳川の私戦ではなく、自分たちを王師とする必要を早くから認めていた。戦って、形勢が悪くなれば、帝《みかど》を奉じて京を脱出する策を考えておいたのも、そのためだった。徳川を王師に反逆する賊としておけば、一時的な敗勢は政治的にじゅうぶんとりかえせるという計算があったのだ。

その場合、じっさいに王師であることを象徴するものがなければならない。それが錦旗であるが、何しろ数百年も用いられたことがなかったのだから、どういうものか、誰にもわからない。で、岩倉の秘書の玉松操《たままつみさお》が、古文書を調べて、それらしき図案をこしらえた。錦旗というからには、錦織りの布地でなければならないが、身近にあるその種の布地といえば、女ものの帯である。幅九寸、長さ一丈という規格にも適合している。その上部に、金糸銀糸をもって日月を浮き織りにし、これを竿《さお》の先にくくりつけてみると、それらしくなる。

大久保は、これを長州の品川弥二郎に見せ、大量に縫製させた。

はたして、こういうものが戦陣において通用するものかどうか、大久保らにも自信はなかった。ないよりもましだろう、という程度だった。

仁和寺宮に錦旗が下賜されたのは、五日の午前四時ごろだった。ついで、高野山《こうやさん》方面で別働隊として挙兵する侍従の鷲尾隆聚《わしのおたかつむ》の代理である土佐の大江卓らにも渡された。

大江の後年の回想によると、正親町三条《おおぎまちさんじょう》卿《きょう》の代理だといって五条為栄《ためしげ》が非蔵人口《ひくろうどぐち》に出てくると、公卿《くぎょう》言葉で何かいって引きこんでしまい、あっけにとられているところへ五条の家来が黒塗りの箱を持ってきて、

「錦旗でござる」

といい、いとも手軽に渡して消えたという。

この逸話をもってしても、錦旗なるものがかなりいいかげんだったことがわかる。

三日四日と続いた戦闘は、銃火器において薩長軍がまさり、兵力の少なさを補っているものの、予備の兵力をもたないために、戦闘が長くなれば、不利になることは明らかだった。

五日の朝は、霧が深かった。

仁和寺宮を擁した薩軍は、淀川《よどがわ》堤まで押し出して、錦旗を押し立てた。

そのころから風が強くなり、視界がひらけた。

錦旗は鯉《こい》のぼりのように風に鳴ってひるがえった。

「何だ、あれは？」

会津兵たちは、首をかしげた。かれらの中には伝来の旗差しものを押し立てたものもいるが、敵のそれは、いままでに見たことのないものだった。

「これぞ、王師の印たる錦の御旗なり」

薩軍の兵士たちは、口ぐちにはやし立てた。

会津兵は、それを耳にして、さすがに動揺した。かれらも、黒船渡来までは、その存在すら知らなかった京都の帝なるものが、いまではどういう意味をもっているかを知っている。現に、大坂を出発するときに作った「討薩ノ表」の文中に「君側《くんそく》の悪を掃《はら》ひ」とうたっている。君とは帝のことであり、その側《そば》の悪者が薩摩だとみなしたのだ。

にもかかわらず、その奸《かん》が錦旗を奉じている。ということは、自分たちが賊軍になったことにほかならない。

松平容保《かたもり》は、先帝の信頼が篤《あつ》く、京都守護職であった。そのころは、会津が王師であり、蛤御門《はまぐりごもん》で攻撃をしかけてきた長州が賊軍であった。

いまや、その立場が逆転した。錦旗を奉ずる薩長軍が王師なのである。

（われらは賊となったか！）

そう意識したとき、会津兵の指揮官たちの戦意が急速に萎えた。

その上、薩長軍が錦旗を奉じたことを知って、それまでは形勢を観望していた諸藩が、つぎつぎと薩長軍に加わった。ことに因州藩が砲二門とともに参戦したことが決め手となった。

徳川軍においては、歩兵奉行の佐久間近江守、歩兵頭《がしら》の窪田備前守が戦死したために、歩兵隊は指揮をとるものを失い、敗走するばかりであった。もっとも、この佐久間の馬の口取りをしていた男は、大坂で傭《やと》い入れたものだったが、じつは長州の間者《かんじや》だったというのだから、徳川方には、はじめから勝ち目がなかったといっていいかもしれない。岩倉、大久保の錦旗の偽造にしても、勝てば咎《とが》めるものはいなくなる。要するに、事前に、考えられるだけの手はすべて打ってあったのだ。

歳三の指揮する新選組は、会津兵といっしょに、淀城に入って陣容の建て直しをはかろうとした。

淀の藩主は稲葉美濃守である。老中の一人として、このときは江戸にいた。稲葉は、三代将軍家光《いえみつ》の乳母だった春日局《かすがのつぼね》ゆかりの家柄である。しかし、城を守っていた城代の稲葉長門《ながと》は城門をとざして、会津兵らの入城を拒んだ。

ついで、六日には、山崎《やまざき》を守っていた藤堂藩が薩長軍に寝返って、砲撃を加えてきた。

こうなっては、完全な負け戦《いく》さである。

歳三は、負傷者を船で大坂へ送り、歩けるものを率いて大坂へ向かった。

元気者の原田や永倉も、肩を落して歩いている。

「おい。ふたりとも、しょぼくれた歩き方をしなさんな。戦いはまだ終ってはいない」

と歳三は声をかけた。

「終ってはいない？」

何をいうんだ、といいたげに、原田は歳三を見た。

「そうとも」

「空元気をつけたところで仕方があるまい。悔しいけれど、このザマじゃないか」

と永倉がいった。

「空元気ではないさ。敵が本当に勝っているなら、おれたちはこうして歩いてはいられない。敵の追撃をくらって、そこいらでくたばっているところだ。つまり、敵には追撃するだけの余力がまったくないのだ。大坂城へ戻ってから守りを固め、その間に江戸から銃砲隊を呼び寄せれば、こんどは勝つ」

と歳三は昂然《こうぜん》といった。

じっさい、歳三はそう信じていた。

たしかに、薩長兵の元込め銃は、凄《すさ》まじい威力を発揮した。会津兵の旧式銃や新選組の刀槍《とうそう》も、役に立たなかった。

だが、銃や砲は、金さえ出せば、外国の商人から買えるのである。敵が三千挺《ちょう》を揃《そろ》えているなら、こちらは五千挺を揃えればよい。また、その程度の軍資金はあるはずだった。じじつ、軍資金はあった。十八万両が、勘定奉行並小野友五郎《おのともごろう》のもとで保管されていた。薩長軍も、戦争はまだ第一段階が経過したにすぎない、とみなしていた。それに、兵力も不十分であり、徳川軍が大坂城に拠《よ》って反撃してくることを、じつはもっとも恐れていた。大坂を抑えられている限りは、両藩の国許《くにもと》との連絡路を断たれているにひとしいのである。だから、枚方《ひらかた》の手前で兵をとめ、斥候を出した。

2

歳三らは六日の夜になって、宿舎に割当てられた天満橋《てんまばし》西詰の代官屋敷に入った。人数を調べてみると、約五十名だった。

歳三は永倉に、

「これから局長を見舞って、お城へ行ってくる。その間、隊を預かってくれ」

といった。

近藤は、沖田といっしょに城代下屋敷で療養していた。歳三を見ると、

「おお、歳か」

と呟《つぶや》くようにいった。熱で顔が上気している。

「聞いたかい？」

歳三は軍装のままである。

「聞いた。お味方の負けだったそうだな」

「面目のないことだ」

「お前の責任じゃない。勝敗は時の運だ」

「そういってもらうと、少しは気が楽になる。で、傷は？」

「松本先生に診《み》ていただいているが、膿《うみ》をもってしまってな。右手が動かない」

「剣は？」

「まだ無理だ。先生は、完全に治っても、元のようにはならぬ恐れもある、といっている」

と近藤は寂しそうにいった。

「なアに、心配することはない。こんどの戦さではっきりわかったが、刀や槍《やり》が扱えなくなったとしても、鉄砲が撃てればいくらだって戦える」

「敗因はそれか」

「それもある。こちらの旧式銃や旧式砲ではたしかに勝負にならなかった。しかし、会津の人たちは見事だった。じつに勇猛だった。おれは涙が出るくらいに感銘した。そして、新八も左之も立派に戦ってくれた。源さんもそうだ。深手を負って、船で運んだが……」

「命はとりとめそうか」

「わからん」

「それで負けたのであれば、致し方あるまい」

と近藤は慰めるようにいった。

「いや、おれはそうは思わない。致し方はあったろうよ」

「どういうことだ？」

「おれたちはむろんのこと、会津や桑名も命をかけて戦っているというのに、総大将が城にひきこもったままじゃ、話にならねえ」

「歳、それは違うぞ。聞くところによれば、上様《うえさま》は、五日には、会津公、桑名公らをお召しになって、たとえ千騎戦没して一騎となるといえども退くべからず、汝《なんじ》らよろしく奮発して力をつくすべし、誠心は天もご照覧あらん、この城、焦土となるも、死をもって守るべし、もしここに死せば、関東に忠義の士ありて、必ずその志を継ぐべし、と仰せられたそうだ」

と近藤はいった。

歳三は、耳を疑いたいような気持だった。あの二心殿が本当にそういうことをいったのか、と思った。

もし、それが事実であるなら、慶喜は、大坂城に立て籠って、一戦をまじえる決意を固めたことになる。

一万五千名の兵力のうち、五千名は手つかずに残してあるし、城は天下の名城である。弾薬糧食ともじゅうぶんに用意してあるのだ。

「それが本当なら、こんどは勝つが……」

「本当だとも」

「わかった。おれはこれから城へ行くが、総司の具合はどうだ？」

「うむ」

「よくないらしいな」

と歳三は察していった。

沖田の病状も気になるが、歳三は、急いで城へ行くことにした。

総大将の慶喜にその気があるならば、軍議が開かれて、配置が決定されるだろう。それに遅れたとあっては、面目を失うことになる。沖田のことをかまっている余裕はない、と考えたのだ。

歳三は、下屋敷にあった馬を借用して、城へかけつけた。

大手門を固めている兵が誰何《すいか》した。

「大番組頭、土方歳三である」

と名乗れば問題はなかったろうが、歳三は気が立っている。それに、幕臣だという意識もなかったから、

「新選組の土方だ」

と名乗った。

固めていた兵士たちは、江戸で徴集してきた新兵の集まりだったらしい。

「しばらくお待ち下さい」

と答えて、上役の指示を受けに行こうとした。

歳三は急いでいる。

「たわけ！」

とどなって、思わず拳をふるった。

兵たちは、歳三を囲んだ。

「待て」

声がかかった。

洋式の軍装をした士官が暗がりから現われて歳三を見た。丸顔の、色の白い男である。

「狼藉《ろうぜき》は許されんぞ。名を名乗りたまえ」

「新選組副長、土方歳三」

「あ」

士官は小さく呟くと、にっこり笑った。

「あなたが土方さんですか。お名前はかねてから伺っている。わたしは、歩兵頭の、といっても、つい今しがた拝命したばかりですが、松平太郎というものです。お見知りおき願いたい」

と松平は挨拶した。

先方に礼をつくして挨拶されれば、歳三としても、おのれの軽忽《けいこつ》を詫《わ》びるしかない。こ

んどは、大番組頭であることを明らかにして、

「軍議に出るために急いでおり、つい、失礼した」

と頭を下げた。

「それはよろしいんですが、軍議が開かれるとは聞いていませんよ」

と松平はいった。

「まさか！」

そんなことのあろうはずがない、と歳三は思った。

「いや、本当です」

「では、会津藩の重役の方々にお目にかかろう。おられるでしょうな？」

「いるはずです。お通りになって差しつかえはないが……」

と松平は口ごもった。

「何か？」

「土方さん、じつは……」

松平は、歳三に合図して、城門の中へ招き入れたのち、小声でいった。

「まだ公表しておりませんが、上様は城をお立ちのきになりました」

「松平さん、戯《ざ》れ言《ごと》はやめてもらいたい」

「戯れ言ではありません。さきほど、会津公、桑名公、板倉殿ら数名のものをお供に、裏門からご出発になったのです」

「どこへ行かれた？」

「天保山《てんぽうざん》沖に、榎本釜次郎《えのもとかまじろう》君の指揮する軍艦四隻がきておりますす。そこへ行かれるはずですよ」

「軍艦四隻？」

「そうです。開陽《かいよう》、富士山《ふじやま》、蟠竜《ばんりゅう》、翔鶴《しょうかく》の四隻です」

「では、海に出て、きたるべき一戦を指揮なさるおつもりなのか」

と歳三はいった。

軍艦四隻は、強力な戦力といっていい。ことに開陽丸は二千八百十七トンの巨艦で、当時、日本の国内においては、この軍艦に匹敵するものはなかった。

軍艦には機動力がある。かつ、兵員の輸送もできるし、大砲もある。しかし、戦闘は、陸上において行われるのだ。海にあって指揮をとるなどとは、いかにも手ぬるい。

（二心殿のやりそうなことだ）

と歳三は感じたが、しかし、海にあって身の安全をはかるにしても、戦う気になっただけましであろう。

ところが、松平は、このとき、何ともいいようのない表情になった。

「どうなされた？」

と歳三はたずねた。

「土方さん、どうか他言なさらないでいただきたいが……」

「むろんです」

「上様は、ご東帰遊ばされるのです」

と松平は力なくいった。

「…………」

歳三は口がきけなかった。

ご東帰、というが、要するに江戸へ逃げるのだ。そして、自分ひとりで逃げるのではなく、会津、桑名の藩主たちも連れていったのだ。両藩の将兵は、この日まで薩長軍相手に血みどろの激闘をくりかえし、ようやく再起をはかるべく大坂へ戻ってきた、というのにである。

歳三は歯ぎしりした。本当に、ぎりぎりと音がした。

(何ということだ!)

「ご免」

松平は頭を下げて立ち去った。歳三の凄まじい形相につきあいきれない、と思ったのであろう。

歳三はこのあと城内へ入った。

広い城である。過去に、御用部屋まではきたことがあったが、そこから奥は入ったことがない。また、入ることも許されなかった。

城士たちの大半は居残っていた。しかし、どことなく無秩序であった。何かあっても、制止するものがいなくなってしまったためらしい。

歳三は、外国方をのぞいてみた。公用書類が散乱したなかで、数人の男が鍋を囲んで食事中である。

そのなかの一人が、歳三を見て、

「おう」

と声をかけた。

見たことのある顔だったが、すぐには思い出せなかった。

「土方君ではないか」

と男はいった。

歳三は思い出した。通辞方《つうじかた》の福地源一郎だった。攘夷《じょうい》浪人の襲撃の現場に居合わせたことから、護身のために近藤から剣を習おうとしたことがあった。また、福地のもたらした浪士新徴《しんちょう》の話に応じて、近藤らは上洛《じょうらく》した。

「福地さんか」

歳三は、干からびた声を出した。福地は、

「あんたもすっかり有名になったな」

歳三はそれにには答えず、

「ここで何をしている？」

「ご覧のとおり、食事をとっているところだ。あんたもつきあわんか。お奉行連中が、せっかく用意したのに、食べる暇もなかったらしい鴨肉《かもにく》があったのでな、みんなしてご馳走《ちそう》になっているところだ」

と福地はけろりとしていった。

歳三は不快であった。何も知らないらしいが、鴨肉なぞを喰《く》っている時か、と思った。すると、その胸中を察したかのように、

「あんたは、これが……」

と福地は親指を立ててみせ、

「立ちのいたことを知らんのかね」

といった。

親指のこれが、慶喜を意味していることはいうまでもない。

「これとは誰のことだ？」

と歳三はわざといかめしい表情を作って問いかえした。

福地は鼻白んだ。徳川家のなかで、十五代の当主をそのようなやり方であらわすことは許されない。おそらく、生れながらの幕臣であれば、心の中はどうあれ、他人の前では決してこれとはいわないであろう。

「これとは……」

歳三は親指を立て、

「二心殿のことか」

といった。

福地もほかのものも、毒気を浴びたような顔になった。二心殿に比べれば、これの方がまだしも罪が軽いであろう。

3

歳三は夜明けまで城内に居残った。

混乱は名状し難いものであった。外国方の福地らが悠然と鍋ものを食べていたという行為は、むしろ称賛に値するものであったろう。

混乱の因《もと》は、何といっても、慶喜らの首脳が部下を置き去りにして逃げたことにあった。

慶喜は、退去にさいして、若年寄兼陸軍奉行の浅野美作守《あさのみまさかのかみ》に、江戸へ連れ帰るものと、大坂に残すものとを明らかにした。会桑両藩主のほか、板倉伊賀守、酒井雅楽頭《さかいうたのかみ》、平山図書頭《ひらやまずしょのかみ》、永井主水正が江戸行き、松平豊前守（大河内正質《まさただ》）、竹中丹後守、塚原但馬守の三名が残留、浅野はどちらでも好きにしてよい、というのである。

江戸組は文官、残留組は武官である。そして、大河内ら三名は、鳥羽伏見の一戦に責任のあるものたちだった。

こうして、二組に分けた慶喜の真意は、居残りの三名に対して、敗戦の責任を負って城を枕に自決せよ、というにあったろう。

永井は、これを知ると、浅野に東帰をすすめて、

「わたしが居残ります」

といった。永井は、もともとが恭順論者だった。だから慶喜に従って江戸へ帰ってもいっこうにさしつかえなかったのだが、大河内らの武官だけを大坂に残したのでは、伏見における戦闘開始のいきさつが不明になりかねない。いったい、どちらが先に発砲したのか、今後の徳川家のためにも、大河内らから聴取して記録にとどめる必要がある。その上で、朝廷に対する申しひらきがかなわないならば、武門の習いに従って、城を枕に討死しよう、というのが永井の決意だった。

その決意は見事なものだったが、永井ひとりでは、やはり混乱をとり鎮めることは不可能だった。重要文書の破棄を部下に命ずるのが精いっぱいだった。

歳三が居残ったのには目的がある。

勘定方の手もとにあるはずの軍資金をわが手に収めるつもりであった。

逃げたいやつは逃げるがいい、と歳三は考えている。徳川家には、そういう腰抜けばかりではないはずである。現に、会桑の兵はじつによく戦った。

そういうものたちを集めれば、二千や三千の兵力にはなる。

そのためには軍資金がいる。

歳三は、夜が明ける前に代官屋敷へ使いを出して、永倉に二十名を引き連れて城へこさせた。

永倉もそのころには、慶喜らの逃亡を知っていた。

「どうしようというんだい？」

「ご金蔵から、有り金を残らず頂くのさ」

と歳三はいった。

夜が明けた。

各所で、文書を焼く煙が上っている。歳三と永倉は、右往左往しているものたちをつかまえては勘定方の事務局が城のどこにあるかを聞き、ついに本丸の西がわにある部屋へたどりついた。

二人の武士がいた。一人は黒っぽい洋式軍衣で、腰に大刀を吊《つ》っている。

「何者だ？」

歳三よりもやや若いその男が鋭くいい、刀の柄《つか》に手をやった。

「土方歳三」

「何だと？　土方歳三？」

「そうだ。お主《ぬし》は？」

「あんたが新選組の土方さんか」

と男は嬉《うれ》しそうにいい、刀の柄から手をはなした。そして、右手を差し出しながら、

「軍艦奉行の榎本釜次郎というものです。こちらは勘定奉行並の小野友五郎殿だ。それにしても、こういうところで、音に聞く土方さんに会えるとは」

「榎本さん、音に聞くというのはやめてもらいたい」

「いやいや、本当のことをいったまでのことだ。江戸にいたころから新選組やあなたのことは聞いていた。一度、お目にかかりたいと思っていたのです」

榎本はそういうと差し出した右手で、歳三の右手を握り、

「これは西洋流の挨拶の一法です。わたしはオランダ国に五年近く留学しましてね、胸襟を開いておつきあいを願う相手には、この方法をとらしていただいている」

「なるほど、簡便ですな」

と歳三は握りかえした。

それから歳三は永倉を引き合わせた。

「で、土方さんは何をしにこられた？」

「そうあらたまって問われると困るが、ご用金を頂戴するつもりで参った。薩長軍を迎えて一戦をまじえるには、やはり銃火器をぞんぶんに手当しておかねばならない」

「それはお説の通りです。では、土方さんはこの城に立て籠るおつもりか」

「いかにも」

「それは策としては下だと思いますよ。じつは、わたしも一戦する気で江戸からやってきた。現に薩摩の翔鳳丸《しょうほうまる》を淡路島《あわじしま》沖で沈めた。ところが、上陸してみるとこのザマだ」

と榎本は残念そうにいった。

「そういわれると面目ないが、榎本さんのお船は？」

「オランダで建造した開陽丸です。砲二十六門を積んだ強力な砲艦です」

「そいつはありがたい。あんたが助けてくれれば、必ず勝つ」

「土方さん、それは早計というものです。われわれ海軍は士気きわめて旺盛で、薩長相手に一泡ふかせる決意でおりますが、ここはひとまず引き揚げた方がいい。そのために、いまご用金を船に運ぶにはどうしたらよいか、小野さんと相談していたところです」

「ご用金に目をつけたのは、こちらも同じことだが、どうしてここで戦ってはいけないのかね？」

「聞くところによると、彦根、淀、津はもとより、尾張でさえ、あちらに回ったそうじゃないですか。つまり大坂は孤立したということです。それを考えるなら、戦うのは関東ですよ。神奈川には新鋭の伝習隊《でんしゆうたい》もいるし、地の利もある。新選組の皆さんも、ここはひとまず江戸へ戻って再挙を計ったらいかがですか」

と榎本は澱《よど》みない口調でいった。頭の回転の速い男らしい。

「榎本さん、江戸で再挙を計るのは、ここでもう一戦してからでも遅くはあるまい」

「それは、兵があればのことでしょう。総大将が……」

「風をくらって逃げたんじゃ、話にならねえということかい？」

「いやア、さすがは土方さんですな。じつに思い切ったことを口に出される」

といって榎本は哄笑《こうしよう》した。

「わかった。では、ご用金の運送に助力しよう。いかほどある？」

「十八万両だそうです。荷車二十台は必要でしょうな」

「どこへ持って行く？」

「八軒家《はちけんや》の河岸まで運び、そこから三十石船か大きなボートで天保山沖の艦隊へ持って行きます。とりあえず、八軒家まで新選組で護送してくれませんか」

「よかろう」

と歳三としてはいわざるをえなかった。

すぐに永倉らの指示で、隊士たちが荷車を集めてきた。

十八万両は夕刻までに、八軒家に移された。ところが、その間に、開陽丸は、艦長の榎本を残して出航してしまった。あとでわかったことだが、副長の沢太郎左衛門《さわたろうざえもん》が、慶喜の命令に抗しきれずに船を出してしまったのである。

慶喜はさきに陸の部下を置き去りにし、こんどは海の部下をも同じ目にあわせた。さすがに、沢はこの非常識ぶりに呆《あき》れながらも、富士山丸の艦長望月大象《もちづきたいぞう》に、

「艦隊の指揮艦は富士山丸ということにして、榎本さんの指揮をうけるように」

といい残した。

榎本は、富士山丸に入って艦隊の指揮権を回復し、十二日に天保山沖を出航した。歳三らは、近藤、沖田をふくめて四十四名が乗船した。

途中、紀州の加太浦《かだうら》に寄り、平山、浅野らを収容したが、このとき、塚原但馬守も乗ろうとして、

「敗軍の将、何の面目ありて乗船するか」

と新選組や会桑の兵士に罵られ、ついに船に乗らなかったという話が残っている。塚原はのちに箱館《はこだて》まで榎本と行を共にするのだが、最後にはアメリカに亡命した。

4

徳川慶喜が、松平容保、板倉伊賀守らと江戸へ帰着したのは、一月十一日であった。慶喜は上陸するとお浜御殿に入り、すぐに使いを走らせて勝海舟《かつかいしゅう》を呼びにやったが、勝は、自分はお役御免になっている身であることを理由に出頭しなかった。

勝は九日の日記に、

「当月三日京師《けいし》にて変これありの旨、町便これあり」

と書いている。詳細はわからないとしても、京都で戦争のあったらしいことは、町の噂《うわさ》で知っていたのだ。慶喜からの使いがきたとき、勝には、結果がどうであったか、そくざにわかったのであろう。徳川軍が勝利をおさめていれば、総大将たる慶喜が江戸へ戻ってきて、すべての役職を免ぜられている自分を呼ぶわけがないのである。

慶喜は諦めずに、さらに使いを出した。勝としても、そうなってはことわれなかった。十二日の未明になって、馬をとばして出頭した。

慶喜は洋服を着て、刀を肩からかけていた。勝はのちにそのときの様子を克明に語っている。

「おれはお辞儀も何もしない。頭から、皆にさようういうた。アナタ方、何ということだ。

これだから、私がいわないことじゃない、もうこうなったらどうなさるつもりだとひどくいった。上様の前だからと、人が注意したが、聞かぬふうをして、じゅうぶんいった。刀をこう、ワキにかかえてたいそう罵った。おれを切ってでもしまうかと思ったら、誰も誰も、青菜のようで、少しも勇気はない。かくまで弱っているかと、おれは涙のこぼれるほど歎息《たんそく》したよ」（海舟座談）

慶喜の前へ出ても頭を下げなかった、というのは勝一流の誇張だろうが、勝としては、そういう非礼を犯しても、慶喜が自分を罰することはできまいという自信のあったことは確かである。勝が西郷や大久保との間につながりを持っていることを慶喜は知っている。すでに恭順を決意している慶喜としては、こうなっては勝の人脈に頼るしかないのである。

このあと、慶喜は午前十時ごろに江戸城に入った。そして、すぐに布告を発した。松平修理大夫《しゅりのだいぶ》（島津忠義《ただよし》）の家来どもと戦争になったが、戦、利あらずして、多くの人命を損傷したのは不本意の至りである。しかし、

「ついては深き見込みもこれあり、兵隊引き揚げ、軍艦にてひとまず東帰致し候、おいおい申し聞かせ候儀これあるべく……」

という文章だった。

多くのものは「深き見込みこれあり」というのは、緒戦は不利だったが、深謀があるから心配することはない、という意味に受け取った。また、そう考えるのが常識でもあった。

江戸にいる徳川家の家臣たちは、慶喜が、大坂城に大半の将兵を置き去りにしたさいの

策略ぶりを知らない。だから、関東で再起をはかり、薩長軍を叩《たた》きつぶす深謀をめぐらしているのだ、と解釈した。

翌十三日、慶喜は文武の諸官を集めて、各人にいいたいことをいわせた。その情景を目にした福沢諭吉《ふくざわゆきち》は「自伝」のなかで、

「平生なれば大広間、溜《たま》りの間、雁《がん》の間、柳の間なんて、大小名のいるところで、なかなか喧《やかま》しいのが、まるで無住のお寺を見たようになって、ゴロゴロあぐらをかいて、怒鳴る者もあれば、ソット袂《たもと》から小さいビンを出して、ブランデーを飲んでいる者もあるというような乱脈になり果てた」

と証言している。

城内においては、いうまでもなく、徹底抗戦の声が満ちていた。容保、定敬《さだあき》の会桑両藩主はむろんのこと、なかでも勘定奉行兼陸軍奉行並の小栗上野介《おぐりこうずけのすけ》がもっとも強硬意見を吐いた。小栗の日記によると、十三日は晴天で、午前八時に登城し、十四日の午前二時に退出している。

十四日は雪で、この日も朝から夜なかをすぎて十五日の午前四時ごろにようやく退出している。つまり二日間とも夜を徹して議論したことがうかがえる。

十五日、慶喜は、小栗上野介を罷免した。

抗戦と決定していたにもかかわらず、慶喜が恭順をいい出したので、小栗が慶喜の袴《はかま》をとらえて変心をなじり、慶喜がその場で罷免を申し渡した——というのが、従来の説だが、

昭和二十七年に発見された小栗の日記によると、そうではない。

　この日、小栗はいつものように、八時ごろに出仕した。正午すぎ老中松平康英《やすひで》から、用があるから西の丸へこいという書きつけがきた。そして、衣服をあらためなくてもよいという但し書きがついていたので、同僚にそのことを吹聴《ふいちょう》し、かなり得意な気持で出頭したところ、老中上座の酒井雅楽頭から、お役ご免の宣告をうけた。

　どういう理由で、そうなったかは、明らかにされなかった。慶喜としては、強硬派の筆頭を追い払うことが、恭順への第一歩だったのであろう。小栗は、苦しい幕府財政を一手で切り盛りしてきた傑物だった。それだけに、役職にとどめておいたのでは危険、と慶喜は判断した。


　この日、近藤らを乗せた富士山丸が品川に入港した。

　天保山沖を出て紀州沖にさしかかったとき、重傷を負っていた山崎烝《すすむ》がついに死亡した。

　歳三は、看病にあたっていた島田魁から危篤の報告をうけると、すぐさま枕頭《ちんとう》にかけつけた。山崎の傷は、腹部に受けた鉄砲傷だった。化膿《かのう》して、包帯がどす黒く染まっている。

「山崎君、しっかりしろ」

　と歳三は声をかけた。

「副長」

　山崎はそういって手を差し出した。が、もう見えなくなっているらしく、その手が見当違いの方向を泳いでいる。

「これしきの傷に負けるとは、きみらしくもないぞ。江戸に着いたら、まだまだ一働きも二働きもしてもらわねばならんのだ」

「もういけません」

「気の弱いことをいうな」

「でも、この五年間、いい思いをさせてもらいましたよ。苦しかったことも多かったけれど、いまとなっては満足して死ねます」

「まだ死にはせんよ」

山崎はかすかにうなずいたようだったが、もはや声を出す気力もないようだった。

やがて、手が音もなく垂れた。

歳三は瞑目《めいもく》してから、士官室で病臥《びょうが》している近藤のところへ行った。

「そうか」

とだけ、近藤はいった。

出帆する前に、井上源三郎が死亡した。そのときも、近藤は同じように、

「そうか」

と呟いただけだった。

(すっかり気が弱くなっているな)

と歳三は思った。

とはいえ、歳三自身も船酔いで陸にいるときほどの元気さはなかった。

（こんなことではいかんぞ）

と自分を叱りつけるものの、食欲がまるでなかった。無理に食べてもすぐに吐瀉《としゃ》する始末だった。

榎本らの海軍士官は、平然としている。山崎死亡の報告を聞くと、すぐに水葬の準備にとりかかった。山崎の遺骸を旗でくるみ、錨《いかり》をつけて海中に葬るのである。

歳三が礼をいうと、榎本は、

「土方さん、新選組の勇士をこうして葬るのは海軍としては当然のことですよ。徳川家のために身命を賭して働いてくれたのは、あなた方だけでしたから」

といった。

「そういわれると面映《おもは》ゆいが、正直な話、わたしは一つだけ間違いを犯していた」

「何です？」

「戦さというのは、陸でするものだ、と思いこんでいたことだ。この軍艦には、見たところ十二門の大砲が積んである。これだけの砲が伏見にあれば、薩長軍を粉砕していただろうと思う」

「その通りです。しかし、軍艦は淀川を航行することはできません」

「海に面した敵陣を叩きつぶすことができるはずだ」

「もちろんです」

「ほかの軍艦もこの艦と同じような武装ですか」

「上様がご乗艦になった開陽丸は、本艦の約三倍はあります。といっても、それは排水量のことですが……」

「排水量とは？」

「水の上に物が浮いたときの目方と考えて下さい。つまり水面下に沈むかさだけ、水が押しのけられるわけで、その押しのけられる量をいうのです」

「重くて大きいものは、それだけ水を押しのけるかさが多くなるという理窟だね」

「そうです。開陽丸は、その排水量が本艦の約三倍です。全長約二百四十尺、幅は三十九尺で、砲は二十六門、乗組員数は四百名です」

「榎本さん、この次の戦さは、必ず勝つよ」

「この次の？」

「そうとも」

歳三は力をこめていった。

不思議なことに、にわかに体内に活力が戻ってきたかのようだった。目がいきいきとして輝いているであろうことも、自分でわかる。

「いいかね。このさき薩長軍は江戸を目ざして東海道をひた押しに進んでくるに違いない。その途中に箱根山《はこねやま》がある、そこで防ぐことはできるが、あえて無理をせずに、かれらを通してやる。そして、先鋒《せんぽう》部隊の大半が小田原《おだわら》から藤沢《ふじさわ》あたりに散開したとき、開陽丸を筆頭に、海軍の総力を挙げて、沼津《ぬまづ》、清水《しみず》を攻撃する。むろん、われわれも乗りこみ、上陸するのだ。そうすれば、敵は補給を断たれ、関東に入った諸隊は孤立する。箱根山に配した兵力は、こんどは敵の退却を妨げ、江戸から到着する諸隊と力を合わせてやつらを包囲し、さらには、海軍が海から砲撃を加える……」

歳三は、榎本に語りながら、そのときの情景を眼前に思いうかべていた。

「土方さん、お見事です。その策を用いれば、お味方の勝利は疑いないところでしょうな」

「そう思われますか」

「いうまでもありません」

「ならば、お願いがある。おそらく、このさきをどうするか、城中で評定《ひょうじょう》があるはず。そのとき、榎本さんから進言していただきたい」

「わたしの口からいうより、土方さんが主張なさるべきです。わたしは、むろん賛成します」

「わたしの考えを閣老諸侯の前で述べる機会があるかどうか。わたしは、大番組の一組頭にすぎぬ身分だ。軍艦奉行のあなたとは違い、おそらく評定の席に出さしてはもらえまいな」

「そういう身分などというものを問題にしている時節ではないことくらい、頭の固い閣老だってわかっているはずです」

「わかっていれば、こうはならなかったでしょうよ」

と歳三はいった。

甲陽鎮撫隊

1

品川に上陸した新選組は、釜屋《かまや》という旅宿に入った。

歳三は、近藤と沖田を神田《かんだ》の和泉橋《いずみばし》にある医学所へ小舟で送った。近藤はかなり回復しているが、沖田は馴《な》れぬ船旅で食事をとれなかったせいか、すっかり衰えており、歩くのがやっとという状態になっていた。

二人を乗せた小舟が岸を離れると、歳三はすぐに尾形俊太郎《おがたしゅんたろう》を呼び、城中へ赴いて、どういう状態になっているかを調べるようにいった。尾形は学問もあり、かつて広島へ大目付《おおめつけ》の永井尚志《なおむね》（主水正）の供として同行したことがあるので、顔がひろい。

歳三は、さらに勘定方の岸島芳太郎《きしじまよしたろう》を呼び、現金がいくらあるかをたずねた。

「およそ五千両はあります」

「よろしい。で、わたしを除いて宿に入ったのは何名だ？」

「三十九名です」

「一人につき十五両の手当を渡してくれ。それから伍長《ごちょう》以上のものには別に十両。横浜《よこはま》で下ろした負傷者への手当として百両を島田君に渡して届けるように」

「承知しました」

「数日間はここに滞在することになりそうだ。どこへくり出してもいいが、いざというときに行方《ゆくえ》知れずでは困る。そういうことのないように、みんなに注意を与えておいてもらいたい」

「副長はどうなされます？」

「おれはしばらく寝《やす》む。尾形君が戻ったら、起こしてくれ」

歳三はそういうと、ごろりと横になった。

じっさいは、眠ったわけではなかった。窓から見える海を眺めながら、これからどうするかについて思いめぐらした。

四十名の隊士では、何ほどのこともできない。陸上兵力としては、一小隊にすぎない。このまま、徳川家の編成に組み込まれてしまえば、陸軍奉行の指揮下に入れられて、新選組として独自の行動をすることはできなくなる。

（そうなっては万事休すだ）

と歳三は思った。

榎本にもいったように、こういう事態になっても、徳川家においては身分や格式がいぜんとして幅をきかしている。家柄がいいというだけで、無能な人物が高い地位についている。

薩摩や長州においては、そうではない。事実上、薩摩藩を掌握している西郷は、家老や執政という家格の出身ではない。また、鳥羽伏見で実力をみせた長州の諸隊も、多くは軽格の身分から出たものによって指揮されていたという。

徳川軍も会桑両藩も、指揮をとったものはすべて家格の高いものたちだった。竹中にしろ滝川にしろ、先祖は、織田《おだ》、豊臣時代からの名家である。その能力によって高位を占めたものではなかった。

敗れたのは、装備が旧式であるというだけの理由ではなかった。戦機をとらえ、兵を指揮する能力が劣っていたからだった。

武器や弾薬は、軍資金さえあれば、新式のものを外国から求めることはできる。現に、徳川方に肩入れしているフランスの公使は、そういう約束をしているらしい。が、いかに新式の装備をととのえたところで、それを活用する指揮官に人を得なければ、宝の持ち腐れにひとしい。

（おれの策を用い、おれに指揮権を与えてくれるならば……）

「勝つ！」

と歳三は思わず声に出していった。

しかし、それが実現する見込みは、千に一つもない。

といって、このまま手を拱《こまね》いているわけにもいかないのである。せめて次善の策を考えておかねばならない。

三百名の隊士を有していた最強だったころの新選組がいま手もとにあれば、打つ手はいくらもある。俗な言い方をすれば、たっぷり元手があれば、大きな博打《ばくち》を張れるが、その元手がなくなってしまったのだ。

（そうか！）

歳三はポンと膝を打った。元手がないならこしらえればいい。三百名の精鋭を揃《そろ》えることは無理だとしても、二百名くらいなら何とかなるだろう。

兵をかき集めるには仕度金が要るが、それはある。文久三年春に、歳三たちが上洛《じょうらく》したさいは、一人につき十両足らずだったのだ。

隊士らに一人十五両から二十五両を与えたが、まだ四千余両の大金が残っている。一人につき二十両を出せば、二百名は集められる計算である。その者たちは、何も武士である必要はない。刀や槍《やり》は、これからの戦争にはいらない。鉄砲を扱うことができれば、兵として役に立つ。

難しいのは、その兵力をどう使うか、である。江戸には置いておけないだろう。無能で頭の旧《ふる》いお偉方が、横槍を入れてくるに違いない。

歳三は思案した。

江戸に置いておけないとすれば、どこへ置くかである。

考え続けていると、尾形が戻ってきた。すでに夕暮れだった。

尾形の報告は、なかば予想していたとはいえ、やはり歳三を失望させた。評定はすでに行われ、抗戦を説いてやまなかった小栗上野介が退けられたというのである。

「では、一戦も交えずに、薩長に降伏しようというのか」

と歳三は聞いた。声が自然に低くなっている。心の中で鬱勃たるものがあればあるほど、声が低くなる。

「そこまでは決しかねているようです」

「で、次の評定はいつだ?」

「それはわかりません」

「ご苦労だった。岸島君から手当を受け取り、じゅうぶんにくつろぎたまえ」

と歳三は尾形を引きとらせた。

隊士たちは、二十日まで釜屋に滞在し(といっても、大半は品川の妓楼《ぎろう》に入り浸りだったが)、その後は老中の命令で、大名小路の鳥居《とりい》丹後守邸に移った。

その間、歳三は神奈川へ二度ほど往復した。フランス士官に訓練をうけている伝習隊の本営へ行き、ついでに新開地の仕立屋で、ラシャ地の洋式軍服を仕立てた。

それができ上がって届けられたのが、二十二日だった。代金は三十五両である。別に、短銃、靴、帯革などが二十五両。

歳三は、再三、新開地へ行き、写真を撮った。その前に、髪を総髪にした。

その夜は、横浜に泊り、翌日、写真を受け取って大名小路に戻った。

門に馬を乗り入れようとしたとき、警備の隊士に咎《とが》められた。フランスの士官がきた、と思われたらしい。

「わたしだ」

と歳三はいった。

それでも、隊士は、わからなかったらしい。

「わたし、ではわからん。名をいわんと斬るぞ」

とどなった。

「野村《のむら》君、わからんのか」

と歳三はいった。

野村利三郎《りさぶろう》は大垣浪人で、血の気の多い若者である。

「何……」

といいかけてから、棒を呑《の》みこんだように硬直した。

「驚いたかね？」

「これは、副長……」

と野村は絶句した。

すぐに、原田や永倉も出てきた。

歳三はおもしろがって微笑をうかべた。

「いったい、どういうことなんだい？」

原田が辛抱しきれずにいった。

「どうもこうもない。以後は、この服で戦場に出る」

「戦場はともかく、それではお城へ出仕できまい」

「できるさ。聞くところによると、二心殿がお浜御殿に帰ってきたときは、これと同じ戎服《じゅうふく》だったそうだ。もう上下《かみしも》の時代じゃないということを身をもって示したわけだから、誰からも文句をいわれることはあるまい」

歳三は、そういったものの、洋服で城中へ出仕することは難しいことを承知していた。洋服は、要するに戦闘服なのである。鎧《よろい》を身につけて出仕するにひとしい。

もっとも、歳三にいわせれば、いまは戦時下にあるのだ。全員が戦衣を身にまとうべきなのである。泰平の世と同じ服装で城へ出仕する方が間違っているといわねばならない。

その理窟が通用しないのは、家臣の大半に戦う意思が欠けているからである。もしも多くのものが鎧を身につけて出仕していれば、恭順論などは吹っ飛ぶはずである。

また、強硬論をとなえるものたちも、戦闘はまだ先のことだと考えている。戦う仕度にとりかかるのは、敵が迫ってきてからでいい、とみなしているのだ。

一昔前ならば、京坂の薩長を主力とする西軍が関東へ押し出してくるのは、どんなに急いでも、一カ月以上はかかったであろう。軍の移動は、歩兵や砲兵だけを前進させればいいというものではない。食糧その他の補給を考えると、そんな早くは進めない。刀槍《とうそう》主体であれば、荷駄は少なくてすむが、砲隊は弾薬その他の重量が、前進速度をにぶらせる。

ところが、時代は変ったのだ。

軍艦という、強力な砲兵部隊と荷駄の運送部隊が出現している。歩兵をどしどし前進させ、船で必要物資を運べばよい。一カ月どころか、十日もあれば、百里の進軍を可能にする。

歳三は、西軍が陣容をととのえるには、鳥羽伏見の戦闘後、一カ月を必要とするだろう、と計算した。薩長両藩も、弾薬の多くを使い果たし、兵員を失っている。きたるべき関東方との戦闘には、洞ケ峠《ほらがとうげ》を下った各藩も参加するだろうが、薩長は、かれらをさして当てにしないはずである。装備も旧式だし、第一線部隊としては使えない。関東方との雌雄を決する主戦場には、やはり薩長を主力とする部隊を投入してくるに違いない。

従って、その編成に約一カ月。おそらく二月初旬ということになるだろう。

それから関東まで、これまた一カ月以内とみていい。尾張はすでに敵側に回っている。東海道、東山道《とうさんどう》ともに、途中に目ぼしい藩はない。静岡や甲州《こうしゅう》は、徳川の天領であるが、そのためにかえって兵員を置いていない。

それを考えると、両軍主力の戦闘は、早ければ二月下旬、遅くとも三月初旬になる計算であり、上下を着て、戦うべきか否かなどと議論している余裕はないはずである。

2

近藤は、医学所に移って松本良順の診療をうけると、目に見えて回復した。まだ右手は不自由だが、日常の起居動作には差しつかえはなくなった。

この間、慶喜は、松平容保《かたもり》、定敬《さだあき》らを登城差し止め処分にして、新しい人事を発令した。旧幕時代の閣僚ともいうべき老中職を廃止し、陸軍総裁に勝海舟、同副総裁に藤沢次謙《つぐよし》、海軍総裁に矢田堀鴻《やたぼりこう》、同副総裁に榎本武揚《たけあき》（釜次郎）、会計総裁に大久保一翁《いちおう》、同副総裁に成島弘《なるしまひろし》を任命した。また、老中の扱っていた職務を、若年寄並だった三名を若年寄に昇格させて分担せしめ、外国事務総裁に山口直毅《やまぐちなおき》を任命した。これまでの閣僚は、すべて譜代大名だったが、こんどはいずれも旗本である。

近藤は、これを知って、じっとしていられなくなったらしい。

「登城しよう」

といい出した。

新内閣の顔ぶれは、榎本を除いて、恭順論者である。いまさら近藤の出番はない、と歳三は思ったが、あえて反対はせずに同行した。

このころ、江戸には、鳥羽伏見で敗れ、軍艦にも乗れなかったものたちが続々と到着していた。

近藤は、江戸城内では新参者だが、泣く子もだまる新選組の頭領として、城内でも有名である。多くの人から、

「京ではどうでしたか」

と質問された。

質問した一人、佐倉《さくら》藩士の依田百川《よだひゃくせん》が、その様子を書き残している。

「昌宜《まさのぶ》（近藤）曰《いわ》ク、僕ハ傷ヲ負イテ戦ニ臨マズ」

そして、うしろを向き、この男をその説明のために連れてきたのです、といった。

「余（依田）ハ其人《そのひと》ヲ見タリ。短小蒼白《そうはく》ニシテ、眼光ハ人ヲ射ル。昌宜、余ノ為《ため》ニ言ウ。土方歳三コレナリ」

依田はむろん土方歳三の名を知っていた。歳三は、当時の日本人としては、ごく標準的な背丈であったが、座高が低い体型のために背が小さく見えた。

（これがあの土方か）

と依田は歳三を見つめ、

「鳥羽伏見の戦闘は、どのようなものでござったか」

と質問した。

「歳三、詳シクコレヲ説キ、カツ曰ク、戎器ハ砲ニ非《あら》ザレバ不可ナリ。僕ハ剣ヲ佩《はい》シ槍ヲ執ルモ、一トシテ用ウル所ナシ。ソノ言、質実。絶エズ誇張ヲ事トセズ、蓋《けだ》シ君子人ナリ」

歳三がこのとき依田にいった言葉は、依田の口から広く伝わって有名になった。剣をもって京洛の巷《ちまた》を制した、あの新選組の土方が、

「これからの武器は砲に限ります。刀も槍もまったく役に立たなかった」

と回顧したというのである。

事実においては、歳三らは刀も槍も用い、敵を殺傷した。銃砲による数よりも、おそら

くは多かったであろう。

歳三がいいたかったのは、刀槍がまったく無用の長物だった、ということではない。これからは、大砲や元込めの新式銃なしに、刀槍だけでは敵と五分五分の戦争をすることはできない、という意味なのである。

さらに言葉をつけ加えるとすれば、

「頭を切り換えて、銃砲を主要武器にしなければいけませんよ」

となる。

だが、依田の口を通じて広まった言葉は、徳川の家臣たちの間に逆効果をもたらした。フランスの援助で、徳川軍は洋式装備で訓練をほどこした直属軍をもっていた。伝習隊という呼称であるが、俗に菜葉隊《なつぱたい》といわれた。服がその色だったせいであり、かつ、軽蔑の意味もこめられている。

伝習隊の基幹になる兵員は、旗本、御家人の、次、三男をもって当てる原則だったが、かれらはそれを嫌がった。

家康以来、鉄砲をかつぐのは、卒《そつ》のすることであって、士分の者がすることではない、という牢固《ろうこ》たる観念がある。

「われわれ武士たるものに、足軽《あしがる》の真似《まね》をせよというのか」

というのだ。

旗本の次、三男も入ることは入ったが、それでは足りずに、幕府（いまでは消滅しているが）は、員数を揃えるために、かなりいいかげんに採用した。士分ではないものが相当数まぎれこんだ。

徳川恩顧の旗本たちは、泰平に狎《な》れて惰弱になっているとはいえ、薩長と一戦をまじえようという気分だけは、旺盛だった。伝来の鎧兜《かぶと》に身を固めて戦場へ出る気持は有していた。

しかるに、土方歳三が、そんなものは役立たぬ、といったというのである。軽蔑していた菜葉隊が主力になる、と聞いて、かれらの戦意は萎えた。

慶喜は、二月十二日に江戸城を出て、上野《うえの》の寛永寺《かんえいじ》内の大慈院にこもり、恭順の意を表した。

近藤は、隊士をかり出して、道中の護衛にあたったが、移ってからの警備は、山岡鉄太郎《やまおかてつたろう》、関口隆吉《せきぐちたかよし》らの精鋭隊が担当した。

近藤としては、不満であった。

「どうしてわれわれにお命じ下さらなかったのか、解《げ》せんな」

と歳三にいった。

「わかりきったことじゃないか。京でさんざん浪士を斬った新選組に守ってもらったと聞こえては、具合が悪いからだよ。つまり新選組は、あんたのいう上様《うえさま》のお荷物になってきたんだ」

近藤の表情がこわばった。

「歳、それは違うぞ」

「違っていようがいまいが、おれにはどうでもいい。敵はすでに京都を進発したという話だ。おれたちがこのさきどうするか、考えついた策がある」

自信に満ちた歳三の顔を、近藤はすがりつくように見た。

3

歳三は江戸へ引き揚げてくる途中、榎本に打ち明けた策を用いてくれれば、薩長軍を退けることができると考えている。そこで、榎本に毎日のように開かれている評定で、それを主張してもらいたいと頼んでおいたのだが、城中で榎本にその結果をたずねると、榎本は、

「土方さん、そのことはいってみたのだが、ご採用にならなかった。何しろ勝さんをはじめとして、恭順論者ばかりで、どうにもならんのです。じつは、上様がご帰城になってすぐに開かれた評定で、あなたの策と同じことを進言した人がいた」

「誰です？」

「勘定奉行兼陸軍奉行並だった小栗上野介殿です。歩兵奉行の大鳥圭介《おおとりけいすけ》君らも、それは妙案だといって大いに賛成した。われわれが品川へ着く前の日には、ほとんど決りかけていたそうだ。ところが、上様は上野介殿を罷免遊ばされた。要するに、戦ってはならぬというお考えであらせられるわけです。いかに不満であろうとも、家臣として上様のご意思に

従わざるをえない。申し訳ないが、そんな次第でお役に立てなかった」

といって榎本は頭を下げた。

「小栗さんは、いまどうしておられるのです？」

「駿河台《するがだい》の自邸に引きこもったままですよ。大鳥君や古屋作左衛門《ふるやさくざえもん》、渋沢成一郎君らが押しかけて、こうなったら会津を中心に東北諸藩を連合して列藩同盟を作ろうではないか、と説いたようですが、上野介殿は、総大将がすでにして帰順した以上、もはや何事をなし得ようか、と決起する気のないことを告げたそうです」

「このさき、どうしようというのでしょうな？」

「知行地の上州《じょうしゅう》権田村《ごんだ》へ退隠なさると聞きました」

「小栗という方は、頭がよすぎるのだ」

と歳三はいった。

本当は、所詮は秀才型の役人はこういう非常時の役には立たぬ、といいたかったのだが、やはり秀才型の一人である榎本を前にしては、そういうわけにもいかず、皮肉な表現になったのだ。

それが榎本に通じたかどうか、わからなかった。歳三はなおもいった。

「大坂から運んできた十八万両は、どうしました？」

「上野介殿に引き渡すつもりでしたが、そういう次第なので、会計副総裁の成島さんと相談して、まだ開陽丸に保管してあります」

「成島という方は、どういうお人柄です？」

「そうですな」

榎本はちょっと考えてから、

「秀才役人の一人といえなくもないが、それとは別の一面もあります」

「どんな？」

「文人趣味の、しゃれ者です」

成島はのちに柳北《りゅうほく》と称し、明治になってからその文名は一世を風靡《ふうび》することになる。

（そういえば、もうずいぶんと長い間、一句もつくっておらんな）

と歳三は思った。上手下手《じょうずへた》の問題ではなく、そういうゆとりが心に持てなかった日々が続いてきたのである。

そしておそらく、これからさきも持つことはないであろう。

それはそれとして、成島というのは見込みのありそうな男だ、と歳三は思った。榎本に十八万両を保管させておくというのは、秀才役人のすることではない。かなり土性骨《どしょうぼね》の据わったやつとみていい。歳三は、

「成島さんのほかに、そういう気骨のある方はいますか」

と聞いてみた。

もしそういう男がいて手を貸してくれるならば、一芝居うてるかもしれないのである。

「いまのお偉方のなかには、残念ながらおりませんな。成島さんにしても、会計総裁の大

久保さんからうるさくいわれているので、ここへきて、引き渡してくれないか、といってきているのです」

「榎本さん、まさか引き渡しはしないでしょうな。そんなことをすれば……」

歳三は、あなたを生かしてはおけぬ、と思ったのだが、

「その十八万両は、いずれは薩長のものになってしまいますぞ」

「心配ご無用です。あの金を恭順派に使わせるようなことは決して許しませんよ」

「それを聞いて安心した。ほかに、伝習隊の士官のなかに、志を同じくする人はおりませんか」

「菜葉隊ですか。わかりませんな。わたしの見た限りでは、実戦の役に立つとは思えない」

と榎本は冷ややかにいった。

「この前、神奈川へ行った折りに、屯営をのぞいてみたところ、フランス人が指揮をとっているのを見ましたよ。なかなかのものだと思ったが……」

「そうかもしれないが、いざというときに、フランス人に指揮してもらうわけには参らんでしょう。あなたが指揮をとれば、それ相当の働きをするかもしれませんがね」

「あの兵力がわたしの手中にあればと思うが、それは叶《かな》わぬことだ」

歳三は吐息まじりにいった。

榎本との話し合いは、こうしてほとんど実のあるものにならなかったのだが、数日後に、松本良順から手紙がきた。至急、面談したいことがある、というのである。歳三が医学所

へたずねて行くと、松本は、榎本から聞いたのだが、兵や軍資金を求めているというのは本当か、と歳三にたずねた。

歳三は、そういう言葉を用いたわけではなかったが、軍資金とかつての新選組にかわるものを求めていることは確かである。しかし、それは歳三ひとりの考えであって、近藤にはまだ一言も相談していない。おのれの胸中にあるものを、医師の松本に告げてよいものかどうか迷っていると、

「土方さん、わたしは一介の医官にすぎないが、このまま徳川のお家が倒れるのを指をくわえて見ている気にはなれぬ。といって、わたしが刀や槍を持っても役には立たないが、近藤さんやあなたには、徳川家の武士の心意気を見せてもらいたい、と念じているのです」

と松本はいった。

「武士の心意気ですか」

歳三は苦笑した。

「いかにも」

「先生はそういわれるが、それだけでは、戦《いく》さはできませんよ。それに、お偉方があのざ、までではね」

「お偉方を当てにするのは、あなたらしくない話だ。あなたにその気があるなら、いや、あると思ったからこそ、こうしてご足労願ったのだが、一万両の軍資金と約二百名の兵を集める手段がある」

「わたしをからかっているのではないでしょうな」

「新選組の土方歳三をからかうほどの度胸はない。その見込みがあるし、あなたや近藤さんならば実現できる」

「お聞かせいただきましょう」

「浅草弾左衛門《あさくさだんざえもん》に会ってもらいたい」

といって松本は歳三を見つめた。歳三がどういう反応を示すかをうかがう眼差《まなざ》しであった。

「会いましょう」

歳三はそくざに答えた。松本には、それが意外であったらしい。

「会う？」

「たしかに」

「土方さん、正直いって、わたしはあなたが驚かぬことに驚いている。そのわけは、いわなくてもおわかりだろう」

と松本は心底から感嘆した様子だった。

浅草弾左衛門は、徳川幕府が設けた身分制度によって、もっともひどい目にあった被差別者の統率者だった。歳三にもし強烈な階級意識があったならば、そしてまた当時においては、それを持たぬ者はいなかったから、松本の言葉をことわったとしても、不思議ではなかったのだ。

「先生、別に驚くほどのことはござらぬ」

「そうかな?」

「そうです。わたしも近藤も、もともとは多摩の郷士の倅《せがれ》。いまは旗本身分になっているが、昔を忘れたわけではありません。というより、ありていにいえば、身分だの家柄だのにこだわったから、徳川家はこういうことになったのです」

「うむ」

「わたしは、生きている限りは、薩長を相手に戦う気でいるが、それは何も徳川家の御為《おんため》というわけではない。徳川家の浮沈興亡などは、この歳三にとっては、もはやどうでもよいこと……」

「お待ちなさい。それ以上は口に出さぬ方がよかろう。ともかく、いまの話を進めてよろしいな?」

「むろんのことです」

と歳三は頭を下げた。

4

歳三が近藤にいった「策」とは、この二百名に新選組の生き残りを加えた新編成の隊士で、甲府《こうふ》を抑えることだった。

甲州は徳川の直轄領で、石高《こくだか》は百万石である。徳川家康は、金を産出するというので、武田家滅亡のあとも自分のものにしていた。

いまは佐藤駿河守という四千石の旗本が、城代をつとめている。百万石といえば、加賀《かが》に匹敵する大藩であるが、直轄領であるために、兵は置いていない。徳川が政権を握っているころは、そんな必要もなかったのだ。しかし、この甲府を抑えておけば、東海道を進んでくる薩長軍に側面から圧迫を加えることができる。榎本の率いる艦隊を用いて、海から薩長軍の側面をつくことができないならば、陸からかれらを脅かそうというのだ。

「なるほど、そいつは妙案だが、おそらくお許しがあるまい」

と近藤は首をかしげた。

「あろうがあるまいが、押し出してしまえばこっちのものさ」

「歳、そうはいかぬ。おれたちは徳川家のものだ。勝手な真似はできんよ。おれから掛け合ってみよう」

と近藤はいった。

(何をいまさら)

と歳三は思ったが、お偉方との交渉は近藤に任せて、歳三は新規募集の浅草弾左衛門の配下のものたちに、小銃の撃ち方を教え、即席の調練をほどこした。

二百名余りの兵力では、薩長軍相手に一戦をまじえるには不足だが、ともかく甲府を手中にしてしまえば、現地で兵を集めることもできる、と歳三は算段した。

近藤は、この話を、旧知の永井尚志にしてみた。

陸軍総裁は勝海舟である。いかなる名目であれ、陸において兵を動かすには、勝の了解がいる。永井は、この話を勝にもちこんだ。

「よろしい」

と勝はそくざに許可を与えた。

それどころか、近藤を若年寄格とし、歳三を寄合席格とする、という人事を発令した。若年寄は、幕府時代においては、数万石の譜代大名がつとめた役職である。歳三の寄合席にしても、三千石以上の大身の旗本がつとめた。

いうまでもなく、こうした人事は、謹慎中であるにしても、徳川家の当主である慶喜の承認が必要である。勝は、そうした手続をすませたのち、

「新編成の隊は、甲陽鎮撫隊《こうようちんぶたい》と称するのはどうか。近藤君もそれにふさわしい名に改めるといい」

と永井にいった。

永井はこれを近藤に伝えた。

近藤はすっかり感激して、歳三らのいるところに戻ってくると、全員を集めて、

「諸君、喜べ。この作戦が成功して、天下が再び徳川のものとなれば、われわれの功績に対して、甲府百万石に匹敵する恩賞が下されるだろう」

といった。

永倉や原田らは、単純に喜んだ。が、歳三は、

（これは勝にしてやられたか）

と思った。

新選組の近藤や土方が永倉らの猛者《もさ》を率いて行くからこそ、甲府においても人が集まる可能性もあるのだ。あるいは、薩長方の兵にしても、新選組と聞けば、怖《お》じけるかもしれないのである。

それが甲陽鎮撫隊では、相手を畏怖させることは難しい。

勝は、歳三の策を逆手にとって、体《てい》よく江戸から恭順に邪魔なものたちを追い払ったのだ。

それを近藤にいってても、わかってもらえそうになかった。近藤は、

「大久保大和《やまと》」

と称することにした。大久保姓は、徳川家においては由緒ある家名である。近藤としては大和守と称したかったらしいが、そういう位階をもっていない以上、「守」をつけるのは許されなかった。

ただ、近藤には、若年寄格として、長棒引戸の大名駕籠《かご》を用いることが認められ、近藤は、甲陽鎮撫隊が江戸を発するまで、それに乗って登城した。

（まるで子供だな）

と歳三は思ったが、喜んでいる近藤の顔を見ると、何もいえなかった。甲州の地図を取り寄せ、新規の兵士たちの調練に精を出した。

勝の策謀、とみた歳三の推量は的中していた。

もっとも、勝には勝の立場があった。

勝自身は、主人である慶喜を必ずしも好いてはいなかった。このころから三十年もたってのことになるが、勝は側近者への昔話の中で、あけすけにそのことを語っている。第二次長州征討の失敗の後始末に、慶喜が勝を使っておきながら、その難役がすむと、無役にして江戸へ追い払ってしまったことを、

「勝手なものさ」

といった。

じっさい、慶喜はきわめて身勝手な人物だった。

彼は上野に引きこもると、静寛院宮《せいかんいんのみや》（家茂《いえもち》未亡人の皇女和宮《かずのみや》）や輪王寺宮《りんのうじのみや》（のち北白《きたしら》川宮能久親王《かわのみやよしひさしんのう》）を通じて、ひたすら歎願《たんがん》につとめた。

静寛院宮は、自分が嫁いできた徳川の家のために、慶喜の頼みを受け入れて、京都あてに書状を送った。京都朝廷の現天皇は、宮からすれば、兄孝明帝の子、つまり甥《おい》である。

もしも徳川の家が亡《ほろ》んだとしたら、自分一人が生き残ったとしても、

「末代まで不義者と申され候て、やはり御父帝様へ不孝と思い存じ候まま、さようの場合に至り候わば、死を潔く致し候心得に候」

と書いた。

つまり、徳川家が朝廷によって亡ぼされるならば、自分もそれに殉じて死にます、とい

うのである。

慶喜は、さらに、警護の隊長をしている高橋伊勢守《たかはしいせのかみ》を呼んで、すでに静岡まで兵を進めてきている官軍総督府へ行き、

「予の恭順の意を何とかして朝廷に伝えよ」

と命じた。

高橋は泥舟《でいしゅう》と称し、槍の名人であった。わずか二十二歳で、講武所《こうぶしょ》の師範となった。その天才をもってしても、官軍を突破することは不可能に近い。

だが、高橋は、

「かしこまりました」

といって退出しようとした。

「待て」

と慶喜は呼びとめた。

江戸において、慶喜の評判は最低であった。それはそうであろう。大坂で、部下をだまして自分だけが脱出してきた経過が、このころになると、ひろく知れ渡っていた。それどころか慶喜は会桑二藩主や板倉らの側近のほかに、身辺に侍《はべ》らせていた側室をちゃっかり船に乗せて連れ戻っていたことまで、わかってしまっていた。

高橋を護衛隊長にしておいたのも、斬り込みをかけてくるものを恐れたからである。だから、

「お前がいなくなると、乱暴者が何をするかわからぬ故、代役の者を見つけよ」

といった。

高橋は、その役をつとめ得るものは、義弟の山岡鉄太郎しかいない、と答えた。

「よろしい。では、その山岡とやらに申して、すぐに静岡へ走らせるがよい」

と慶喜はいった。

高橋は、

「それはいけませぬ」

とあえていった。

「何故じゃ？」

慶喜には、人心の機微というものが、この期に及んでもまるでわかっていなかった。自分が命令すれば、家来たるものは喜んで命を投げ出すものと思いこんでいる。

「恐れながら申し上げます。古来、君命重からざれば、臣、事を軽んず、と申します。どうか上様じきじきに、山岡にお命じなされませ」

と高橋はたしなめた。

山岡が呼ばれ、この大任を引き受けたのち、勝と話し合って江戸を出発したのは、三月五日であった。

その日の朝、甲府には、東山道軍参謀板垣退助の率いる土佐兵を主力とする約一千名が入城した。

城代の佐藤駿河守は、大久保大和の指揮する甲陽鎮撫隊が近く到着するという知らせをもらっていたが、あっさり降伏した。

5

近藤らが江戸を発《た》ったのは、三月一日だった。

その日は、新宿《しんじゅく》に一泊した。新宿は甲州街道の出発点であり、遊廓《ゆうかく》もある。だが、急ぎの旅をするものは泊らない。八王子《はちおうじ》まで行くのがふつうである。

甲陽鎮撫隊の歩みが遅いのは、近藤が大名駕籠に乗っているせいであった。丸の内の本拠を出る前に歳三は、

「いくら何でも、それはよした方がいい。これから戦さをしようというのに、駕籠じゃ話にならない」

といった。

「そういうな。おれは故郷に錦を飾りたいのだ」

近藤はてれくさそうに答えた。

町道場の撃剣の師匠がいまや大名格に出世したのである。いかに乱世とはいえ、それほどの出世をしたものはいない。

「冗談じゃない。これから戦さに行くんだぜ」

と歳三はどなりつけたかったが、わかってくれよ、といわんばかりの近藤の顔を見ると、

「しょうがねえな」

　というしかなかった。

新宿で、近藤は全員を遊廓へ招待した。歳三は、さすがに、

「大切な軍資金をこんなことに使うなんて、どうかしている」

と呆《あき》れた。

「そうじゃない。こんどの隊は、まだ互いに気心の知れないもの同士だ。こうすれば、同じ釜の飯どころか、もっと強い絆《きずな》が生れるものだ」

　と近藤はいった。

二日は府中《ふちゅう》に泊り、三日は歳三の郷里である日野で休憩をして、昼食をとった。日野宿の名主の佐藤彦五郎は、歳三の義兄にあたる。歳三は、彦五郎に挨拶をすませると、彦五郎の妻のぶ、つまり彼の長姉に別室で会った。

のぶは、はじめ別な人間でも見るように歳三を見た。歳三はフランス式の軍服を着用し、すでに総髪にしていた。

「どうかしましたか」

と歳三はたずねた。この姉には、母親代りに育ててもらったようなものだった。

「やはり、あなただったのね」

「このなりを奇妙に思われたんですね。戦さをするには、きわめて便利なものなので、着ているのです」

「でも、近藤先生は、うちの主人には、甲州一円を治めに行く、といっていたではありませんか」

「姉上には本当のことを話しておきますよ。治めに行くなどという、のんきな仕事ではありません。もしかすると、生きて帰らぬかもしれぬ旅なのです」

のぶの表情が一変した。

「近藤先生は、そんなことをおっしゃっていなかったではありませんか」

「あれは、みんなを安心させるためにいったのです」

「歳三、あなたは身なりは変っても、昔と少しも変っておりませんね。子供のころから、あなたは、人のいうことを信じない癖がありました。近藤先生が甲州を治めに行く、と皆さんにお話ししているのですから、そのまま素直に聞いていればよいではありませんか」

「姉上、それはちと違います。勇《いさみ》さんがああいうふうに皆のものに話せば、若い者たちは必ず同行をせがむに決っています。そのときに、実は死にに行く旅になるかもしれん、といえますか。わたしは、それを恐れているのです」

と歳三はいった。

じじつ、彼の危惧した通りのことが起こった。伝え聞いた数十人の若者たちが佐藤屋敷に押しかけ、近藤の前に平伏して、

「どうかご家来の端にお加え下さい」

と懇願した。

近藤の話を聞いている限りは、出世する絶好の機会なのである。

さすがに近藤は、よろしい、とはいわなかった。困ったように歳三を見た。何とかしてくれという合図だった。

歳三は一同の前に立つと、

「よく聞け、近藤先生のお伴を許されるには、それにふさわしい資格が必要である。まず理心流を学んで目録以上の許しを得たものは、前へ出よ」

三十五名が進み出た。集まった人数の半分以上である。

（多すぎる）

と歳三は思った。せいぜい二十名くらいのものだろう、と予想していたのだ。

「では、もう一つたずねる。いま前へ出たもののうち、家の後継ぎに定められているものは手を挙げよ」

十五名が挙手した。

「そのものたちは下がれ」

「土方先生」

と挙手している一人が声をあげ、泣かんばかりに同行をせがんだ。

「ならぬ」

歳三は叱りつけた。

その言い方がよほど格式張っていたとみえて、見守っていた土地の故老たちは、のちのちまで歳三のことを良くいわなかった。が、ともあれ集まってきた人数の半分以下にしぼることができたのである。次男以下のものであれば、たとえ死んだとしても、血筋が断絶することだけは避けられる。

そのころから、雪が降りはじめた。三月には珍しい勢いである。陰暦の三月だから、いまの四月上旬になる。歳三はふと万延元年《まんえん》のことを思い出した。井伊大老が桜田門外《さくらだもんがい》で水戸《みと》浪士に暗殺されたのも、やはり三月三日であった。近藤が小声でいった。

「ここで泊って行くか」

歳三は首を横に振り、

「ただちに出発する」

と号令を発した。

そのあと歳三は、佐藤彦五郎に、近藤用の馬を依頼した。これから先は甲州まで山道なのである。大名気分を棄《す》ててもらわねばならなかった。

与瀬《よせ》に着いたところで日が暮れた。

歳三は、日野で入隊した若者の中から、馬に乗れて甲州の地理に通じているものを選び、甲府城代の佐藤にあてた書状を持たせた。会津藩兵の一部を含む約三千名の甲陽鎮撫隊が笹子《ささご》峠を経て勝沼《かつぬま》から甲府へ向かうにつき、迎えの用意を怠らぬように、という内容である。

江戸を出発する前から、敵の動きは、ほぼつかめていた。岩倉具定《ともさだ》を総督とする東山道軍は、土佐兵、長州兵を主力とする約四千名だったが、途中で二手に分かれ、一軍は碓氷《うすい》峠、一軍は甲府を目指している。甲陽鎮撫隊の当面の敵は、その軍である。

（どちらが先に甲府へ入るか、駆け比べになる）

と歳三は考えている。

こちらが先に入れば、すぐさま近郷近在のものを集めて城に立て籠る。三千名の用意をしておくようにいったのも、そのためだった。兵を集めてから兵糧を用意させるのでは間に合わない。

翌四日、甲陽鎮撫隊は笹子峠を越え、五日の昼ごろ勝沼に達した。甲府はもはや指呼《しこ》の間である。

そこへ使いに出したものが馬を駆って戻ってきた。板垣軍約一千名が甲府城に迫り、佐藤城代はあっさり降伏したというのである。

（やはり二日遅れたか）

と歳三は思った。新宿や府中で泊らずに、第一日に八王子まで行っていれば、三日の夕刻には甲府へ着いていたはずなのである。だが、いまさらそれを悔んだところで、どうなるものでもない。

それより、甲陽鎮撫隊の幹部にとって痛かったのは、敵兵約一千名と聞いて、隊士たちの間に動揺が生じたことだった。旧新選組を除いて、まだ実戦を経験したことのないものたちなのである。戦わぬ前から士気がくじけたのも当然だった。

「歳、どうする？」

と近藤が聞いた。

「このあたりは、若いころ石田散薬を行商して歩いたので知っている。勝沼と石和《いさわ》の間に栗原《くりはら》というところがあって、やや平地になっている。そのあたりが主戦場になるだろう。こちらは高いところに陣を敷き、運んできた砲二門で対抗すれば夜までは保《も》つ。そのあとおれが永倉や原田を率いて夜襲をかける。俄《にわか》仕込みの銃隊よりも効果がありそうだ。うまくいけば、敵は総崩れになる」

「二百五十名ではどうにもなるまい。お前が応援を求めに神奈川へ行ってくれ。菜葉隊がきてくれれば、みんなも奮い立つ」

「そりゃ無理だ。ここから神奈川まで、早馬でも丸一日はかかる。菜葉隊が承諾してくれても、準備に一日。かりに千名がきてくれるとしても、二日はかかる。計四日。とうてい保つまいよ」

「なアに、こちらは三千名の兵力だ、と甲府へ知らせておいた。それが役に立つ。敵は一千名というから、押し出してはこないだろう」

「板垣という男が凡将ならば動くまいがね」

「京都で聞いたことのなかった名前じゃないか」

と近藤がいった。

土佐における軍略家として他藩にまで知られていたのは、乾退助であった。近藤もその名ならば聞いていた。

乾退助は、武田信玄《しんげん》の謀将として知られた板垣信形《のぶかた》の血筋を引いていた。ただし、途中で養子が入っているが、それは知られていない。で、京を出たのち大垣で旧姓に復した。甲府を攻めるには、都合がよかったからである。

近藤らはそれを知らなかった。板垣退助など、土佐藩の名鑑にない名前である。

「わかった。敵が凡将であることに望みをつないで、神奈川へ行ってみよう」

歳三は馬に飛び乗り、新月の薄明りを頼りに駆けた。幸い、地理を知っている。

6

岩倉具定を総督とする東山道軍は、はじめ約四千名の兵力であった。参謀は板垣退助（土佐）と伊地知正治（薩摩）、監軍は祖式金八郎《そしききんぱちろう》（長州）である。

板垣は上諏訪《かみすわ》で、約千名を率いて、本隊と別れた。碓氷峠から江戸を目指すべきだというのが、大方の意見だったが、ひとり板垣は、それに反対した。戦略的にみて、もっとも重要なのは、何はともあれ甲府を抑えることだ、というのである。甲府はもともと徳川の直轄領である。そこに徳川の大軍が入った場合、碓氷峠を下る軍は背後を断たれる恐れがあるし、東海道を進む有栖川宮の東征軍も、安心していられない。徳川軍が富士川沿いに南下してくれれば、補給線を脅かされるのである。

じじつ、それは歳三が榎本に語った作戦と軌を一にするものだった。歳三は、海軍によってそれを果たそうとしたが、海軍を使えないとわかって、代案として甲府を占拠する策を考えたのだ。板垣は、図らずもそれを看破していたことになる。

祖式は、そのようなことを心配する必要はない、一刻も早く江戸へ兵を進めるべきだ、と主張した。東海道軍とどちらが先に江戸へ達するか、両軍の先陣争いになっていた。甲府を抑える方が、遠回りのようであっても、じっさいには早く江戸へ行きつけるのだ、と板垣は主張したが、祖式はゆずらず、伊地知もそれを支持した。

「では、別行動をとろう」

と板垣はいい、土佐兵を主力とする千名で本隊と別れた。十七歳の若い岩倉総督は、それを阻止する力量に欠けていた。元来が飾りものの総大将なのである。実戦の指揮は、板垣と伊地知に任されていた。

板垣は三月五日に甲府へ入った。徳川軍の抵抗はなく、城代佐藤駿河守、代官中山精一郎はあっさり降伏した。

この時点で、歳三の作戦は挫折したといっていい。

もし板垣が別行動をとっていなかったならば、甲陽鎮撫隊は甲府へ入ることができ、近在の若者を徴集して、東征軍を大いに脅かし得たはずだった。

さらに板垣は、佐藤や中山から、甲陽鎮撫隊と称する徳川軍のことを聞くと、

「兵力はいかほどか」

と問いただした。

「勝沼の代官から約三千名だという知らせが届いておりました」

と中山は答えた。

「指揮をとっているのは誰だか、存じておるか」

「若年寄格の大久保大和殿だと聞いております」

「会ったことはあるか」

「ございませんが、大久保というからには越中守殿の一族であろうかと思います」

越中守というのは、外国奉行、勘定奉行などの要職を歴任した大久保一翁のことである。板垣もその大久保ならば、相当の人物であることを知っている。念のために、板垣は武家名鑑を調べてみた。しかし、大久保大和なる武家はいなかった。

誰かが変名で出動してきたらしい、と板垣は推察した。だが、近藤勇であるとは夢にも思わなかった。

板垣が軍議を開くと、大半のものが、

「ここは城に籠って、守りを固めるべきです」

と主張した。

三千名の兵力に一千名で野外の会戦となれば、大いに不利である。江戸からきた以上、徳川軍は洋式装備をととのえているだろうし、こんどは鳥羽伏見のような勝利を期待することは無理だろう、とみたのである。鳥羽伏見において三千名にみたぬ兵力で、数倍の徳川軍を撃破することができたのは、会桑両藩が旧式装備だったからなのである。

城に籠って戦うならば、兵力比が一対三であっても、徳川軍が洋式装備をととのえていても、まずは互角に戦うことができる。大半のものが、籠城策を主張するのは、軍略の常識であった。

板垣は一喝した。

「三千名の大軍など、やってくるものか。せいぜい三百名だろう」

「何を根拠にそういわれるのか。若年寄格の指揮官が率いてくるからには、三千名は誇張にしても、二千名の兵力は、擁しているはずです」

「この甲州には、もともと徳川方は兵力を置いていなかった。だから、甲陽鎮撫隊という新編成の軍が江戸からきたことは間違いあるまい。では、江戸から勝沼を経て甲府へくるとなると、八王子を通って笹子峠を越えてくるしかない。三千名の大軍とあれば、大砲も二門や三門ではあるまい。それに弾薬・兵糧も運ばねばならぬ。それが笹子峠をいとも楽らくと越えられるものか、考えてみるがよい。おそらく三千名どころか、三百名もおるまい」

と板垣はいった。

諸将は沈黙した。板垣のいうことに一理はあるが、もしも敵が三千名の大軍であれば、勝つ見込みはほとんどないのである。

板垣はそれを見ぬくと、土佐兵のなかで、もっとも勇猛な士官である小笠原謙吉《おがさわらけんきち》に先鋒《せんぽう》を命じ、谷神兵衛《たにしんべえ》に小笠原隊を援護するように命じた。

小笠原と谷が、それぞれ百名の兵を率いて出発すると、板垣は、砲隊の士官北村長兵衛《きたむらちょうべえ》に、砲五門をもって石和へ進むように命じた。

勝沼と石和との間に、栗原という村落があり、その付近は、地形がややゆるやかになっている。

板垣は、徳川軍との会戦はそのあたりで起こるだろう、と予測していた。

しかし、万一にも徳川軍が三千名の大兵力であるなら、栗原付近における戦闘は、土佐兵の敗北となる。その場合、北村の砲隊で援護すれば、小笠原、谷の二隊は、何とか兵をまとめて退くことができる、と計算したのだ。また、予測通りに敵が小兵力だった場合は、砲隊の射撃はいっそう威力をますはずだった。


近藤は、街道に急造の陣地を築き、江戸から運んできた二門の砲を山腹に据え、永倉にその指揮を命じた。そして、夜になると、兵の一人一人に炬火《たいまつ》を持たせて散開させた。こうしておけば、いかにも大軍が駐屯しているように見せかけることができるだろう、と考えたのだ。苦しまぎれの策略だったが、敵の前進を鈍らせるためには、そうするしか手段はなかった。

近藤にとって痛手だったのは、籠城するだろうと期待していた敵が出撃してきたことであり、それが兵たちに伝わると、逃亡するものが続出したことだった。

「会津兵が応援にかけつけてくることになっている。猿橋《さるはし》まできているからあと一日もすれば来るだろう」

と近藤は、兵たちにいった。だが、逃亡をとめることはできなかった。

夜が明けて点呼をとってみると、兵は半減して百二十余名になっていた。

「このままでは、とうてい戦えない」

と永倉がいった。

「どうすればいい?」

近藤は問いかえした。すっかり弱気になっていた。

「兵を引くしかあるまい。敵の大軍に、百二十余名ではまともな勝負にならぬ」

「新八、臆病風にふかれたか」

と聞いていた原田が怒ったようにいった。

「左之、言葉がすぎるぞ」

近藤はたしなめた。永倉の勇武は誰もが認めているところだった。

そこへ街道の急造陣地から兵がとびこんできた。

「敵襲です。およそ四百名」

じっさいは、その半分だったが、頭に血が上ってしまっている。

「よし」

原田が立ち上がった。

「左之、待てよ」

永倉の呼びとめる声にも、原田は振り向こうとしなかった。元来が気の短い男なのである。永倉があとを追っていった。

「左之、よく聞けよ。おれは、百二十余名ではまともな勝負にならぬ、とはいったが、戦わぬとはいっていない。敵の先鋒はおよそ四百名というが、それならば、謀事をもってすればじゅうぶんに勝機がある」

ようやく原田が立ちどまった。

「よかろう。聞かせてくれ」

「お前は三十名を率いて、街道の陣地を守ってくれ。そして、敵と小ぜりあいしたら、わざと退却するのだ。そして、誘いこんだところを、隊長が指揮して大砲を発射する。そして、残った兵はおれが指揮して道の両がわに伏せておき、反撃と同時に敵に討ちかかる。退却したふりをしているお前の隊も、取って返して攻めこむのだ」

「うむ」

「隊長、どうです」

と永倉は近藤を見た。

「その戦法を採用しよう」

近藤は重おもしくいった。

別離

1

永倉の作戦は、戦闘がはじまってすぐに挫折した。

原田は、陣地前に進んできた小笠原隊に小銃の斉射を浴びせると、予定通りに兵を引いた。

「踏みこめ！」

小笠原は刀をふるって先頭に立った。彼は槍《やり》の名手として藩内でも知られていたが、このときは剣を用いた。兵を指揮するには、槍よりも剣の方が都合よかったからである。

原田の小隊が三町ほど退いたとき、近藤は砲隊に、

「発射用意！」

と号令をかけた。

その瞬間だった。砲隊の背後から、喊声《かんせい》とともに、土佐兵が襲ってきた。

板垣の考えで、谷神兵衛の隊が正面の小笠原隊の後詰《ごづめ》の任務をとかれ、近藤のうしろに

回ったのだ。板垣は、さすがに第一級の軍略家であった。永倉の作戦をそくざに看破して、その裏をかいたのである。

近藤は、片手で剣をふるい、かろうじて脱出した。

土佐の北村隊が進出し、永倉らのひそんでいる山麓の林に砲撃を加えた。永倉も原田も、命からがら退却し、小仏《こぼとけ》峠を経て、いったん八王子へ退いた。

板垣は、それ以上の深追いはしなかった。

戦闘のあとに調べてみると、甲陽鎮撫《ちんぶ》隊という軍は、二百五十名程度の兵力だ、とわかった。勝沼代官から甲府の佐藤城代あての報告は、やはり水増ししたものらしい、と判明したが、もし本当に三千名だとすると、栗原でのあっけない敗北は、笹子、小仏の両峠へ官軍を誘いこむための罠《わな》かもしれない、と板垣は万一のことを考えたのである。板垣は戦闘においては大胆だったが、その反面、用心深いところがあった。

歳三は、勝沼を出発したあと、小仏峠を経て鎌倉《かまくら》街道から戸塚《とつか》へ出、さらに神奈川へ入った。途中の宿駅で馬を替えること三度に及び、六日の午後に、伝習隊の本営にたどりついた。通称菜葉隊といわれた徳川の直轄軍である。伝習隊は、歩兵、騎兵、砲兵に分かれており、教官は、フランス陸軍のシャノアン、メスロー、ド・ブスケ、ブリュネらであった。

日本人の指揮官は、歩兵頭《がしら》並の沼間慎次郎《ぬましんじろう》（のち守一《もりかず》）だった。旗本高梨仙太夫《たかなしせんだゆう》の次男で天保十四年の生れだから、歳三よりは八歳年下である。七歳のときに旗本沼間平六郎《へいろくろう》の養子となり、長崎や横浜で英学を勉強した。横浜時代の教師は、ヘボン式ローマ字で有名なヘボン博士と夫人のクララだった。もっぱら兵書に親しみ、幕府がフランス公使レオン・ロッシュの進言をうけ入れて伝習隊を創設すると、みずから志願して歩兵科に入った。

歩兵科の教官メスローは、沼間の軍人としての資質に目をつけ、差図役頭取（中隊長）とし、三カ月後に歩兵頭並（大隊長）に進級させた。

沼間は、鳥羽伏見の敗報を聞くと、上司の向井《むかい》備前守に抗戦策を進言した。伝習隊を自分が率いて、海路大坂をつく。薩長軍は、江戸へ東征する軍を分けて、大坂を守るしかないから、東征の速度もにぶる。少なくとも三カ月の時日をかせげるだろう。その間に会津を中心に、徳川軍の態勢を建て直せば、じゅうぶんに勝てる、というのが沼間の策だった。

歳三の考えていた策と、ほぼ同じである。

しかし、この進言は採用されなかった。沼間は、向井では語るに足りずとみて、陸軍副総裁の藤沢志摩守を説得すべく、江戸にあって画策していた。

歳三は、沼間をたずねたが、江戸にいると知って、再び馬に乗った。

江戸に着いたのは、すでに暗くなってからだった。彼は、築地《つきじ》の伝習隊屯営で沼間に会い、一大隊と砲五門を出してもらえまいか、と頼んだ。

「土方さん、ご尊名はかねてから承っております。あなたのご依頼にわたしとしても応じたいが、わが隊の出動には、陸軍総裁か、せめて副総裁の許可を必要とします」

と沼間はいかにも悔しげにいった。

「非常のさいだ。曲げて、頼みを聞き入れてもらえまいか」

「お気持はわかります。出動したいのは、わたしも同じです。しかし、命令なしに動く軍は、軍とはいえません。新選組も命令なしに隊士が動いていたならば、あれほどの働きはできなかったでしょう」

「わかった」

歳三は腰を上げた。

陸軍総裁は、恭順派の勝である。出動許可を与えるはずがなかった。

歳三は、藤沢副総裁を説いてみよう、と思った。すでに人を訪問するには非礼な時刻になっていたが、そんなことを気にしてはいられなかった。

敵将の板垣という男に軍略の心得があれば、勝沼代官をして通報させた三千名の大軍なるものが虚か実か、必ず斥候を出して探知するだろう。そうなれば、甲陽鎮撫隊が弱体であることは、たちどころに看破されてしまう。

まともにぶつかれば、ひとたまりもない。そして、

（おそらく、近藤は死ぬ）

と歳三は思っている。

近藤は肩の傷がまだ完治していない。日野で休息をとったときも、盃《さかずき》はもっぱら痛く

ない左手を使った。つまり、剣をふるうことは無理なのである。

近藤は、何でもないかのように振舞っている。だが、歳三の目は、近藤の微妙な変化をとらえている。

剣を使えない近藤勇は、歳三の知っている近藤勇ではなかった。外見は同じでも、中身は別人であった。余人には識別がつかないとしても、歳三には、京都で負傷する以前の近藤と、いまの近藤との違いが、はっきりとわかるのである。

以前の近藤には、いかなる苦境に立たされても、それにくじけない強さがあった。剣をとれば、相手が誰であろうと決して恐れないという自信にみちていた。それが無言の威圧となって、相手を恐れさせていた。だが、いまは違っている。若年寄格という、破格の身分になっていても、どこか弱々しさがあった。苦境に立たされたときに、それをハネ返す力を失っているかのようであった。石にかじりついてでも生きのびてやる、そして再起してみせるという気力に欠けていた。

板垣の軍とまともにぶつかれば、惨敗することは目に見えている。かつての近藤であれば、血路を切り開いて脱出するであろう。しかし、いまの近藤であれば、

（もはやこれまで）

と命を棄《す》てるのではあるまいか。あるまいか、ではなくて、きっとそうするに違いない。

そう思うと、歳三は礼儀などに構っていられなかった。

歳三は、藤沢の屋敷のある駿河台へ馬を走らせた。

藤沢は不在だった。歳三は、応対に出た家令に、

「では、お帰りあるまで、待たせていただこう」

「お待ち下さいましても、今夜はお戻りにならぬかと存じます。横浜へ河津伊豆守《かわづいずのかみ》様らとお出かけになりまして、お泊りなさるはずでございます」

と家令はいった。

歳三は、全身の力が脱《ぬ》け落ちる感じに襲われた。

こうなれば、残る道は、陸軍総裁の勝に会って、命令を出してもらうしかなかった。

歳三は、赤坂《あかさか》まで再び馬を走らせた。恭順派の勝がすなおに自分に会ってくれるとは思わなかった。おそらく面会を避けて居留守をつかうであろう。

そのときは、踏み込んで一刀のもとに斬りすててやる、と歳三は決心した。

赤坂の勝の屋敷に着くと、正門は閉じているが、わきの小門はあいていた。

歳三は中へ入り、玄関に立つと、

「ご免」

と声をかけた。

すぐに用人が出てきた。

「甲陽鎮撫隊、というよりも新選組の副長土方歳三です。勝総裁に緊急のご用で、お目にかかりたい」

「しばらくお待ちを」

用人は奥へ入った。

たぶん、勝の女房が出てきて、何かもっともらしい口実をつけて、追い払おうとするだろう、と歳三は予想した。そのときは、押しのけて入ってやる、と自分にいい聞かせた。

「お目にかかる由にてございます。こちらへどうぞ」

と戻ってきた用人がいった。

2

書院に現われた勝は、着流しであった。

「あんたが土方さんかい」

と勝は坐《すわ》るなり気さくな調子でいった。

「はじめてお目にかかります。わたしは……」

「堅苦しい挨拶は抜きにしようや。こちらも、初めての客人を迎えるというのに、袴《はかま》をつけずに失礼していることだしね。それに、土方さんの雷名はつとに聞き知っている。噂《うわさ》にたがわず、きりりとした男前のお人だね」

「勝先生、そういう話をしに参ったわけではございません。緊急の用向きにて甲州から駆けつけて参ったのです」

「土方さん、あんたの服を見れば、駆けづめに駆けてきたことはわかるよ。用向きだって見当はつく。甲陽鎮撫隊に増援の隊を送ってほしい、というんだろう？」

「その通りです。甲府には、板垣退助なる土佐人の率いる約三千名の敵軍が一足早く入城しておりました。数日のうちには、決戦が起こることは必定です」

「三千名というのは確かかい？」

「そういう報告です。よって、伝習隊を二大隊、砲五門をご手配願いたいのです」

と歳三はいった。

勝があっさりと面会に応じたのは、意外であった。もしかすると、見込みはあるかもしれなかった。二大隊といっても、それがかなえられることはないだろう。一大隊でもいいのだ。砲は三門でもよい。

「二大隊に砲五門かい？」

「無理は承知です。だが、徳川家の御為《おんため》、まげてご承知いただきたい」

と歳三は手をついた。

「土方さん、あんたの気持はよくわかっている。その気持というのは、かかる苦境にあっても、武士の意地を貫きたいという、いまどきの旗本には薬にしたくてもないような純な心のことだよ。さらにもう一つ、この勝が承知しなければ斬りすててでも、その願いを果たしたいという決心のことだが……」

と勝はいった。悠揚迫らぬ口調だった。

歳三は苦笑した。

「わたしもね、若いころは剣を学んだ。ご存知あるまいが、わたしのおやじは小吉《こきち》といってな、そっちの方はなかなかの腕だった。だから、否応なしに仕込まれたものさ。でもね、あんたにはとうていかなわない。だから、伝習隊を出すのをことわれば、斬られることになる」

「勝先生、わたしは、あえて事を好んでいるわけではありません」

「勝が腰抜けのせいで、かかる事態に相成った、とあんたは思っているんだろう？　わたしは、あえて弁解はしないよ。斬られても仕方がない、と覚悟しているが、その前に、わたしにもいうだけはいわしてもらいたい。斬られてからじゃ、いえないからね」

歳三は無言だった。小柄な相手から発散する奇妙な迫力に押される感じだった。

「あんたは、山岡鉄太郎を知っているかい？」

「存じております。文久三年に江戸から京都へ行くとき、浪士取締役でしたから」

「わたしはね、山岡という男はわたしを斬りたがっている、とばかり思いこんでいた。大久保一翁がわたしにそういっていたんだ。その山岡が五日の朝に会いにきた。それまで、山岡には会ったことがなかった。なぜ会いにきたか、わからなかった。きっと斬りにきたのだ、と思った。会うのをよそうかと考えたが、山岡のような男に命を狙われたのであれば、助かる見込みはない。だから思い直して会った。山岡のいうには、先月の晦日《みそか》に、上野に呼ばれて、上様《うえさま》から駿府《すんぷ》へ使いに行けと命ぜられたそうだ。天下泰平を祈る心を朝廷へ伝えてほしい、朝廷に対して徳川慶喜は二心を抱くものではない旨を説いてもらいたい、ということだったそうだ。そのとき、山岡がどう答えたか、あんた、わかるかい？」

「山岡さんのことですから、感激して、お受けしたでしょうな」

「山岡は、そうはいわなかった。そうおっしゃるけれど、本当は恭順謹慎の気持はないのではありませんか、ほかに企《たくら》みがあって、そういう偽りをおっしゃっているのではありませんか、と押し返したんだ。二心殿が二心はないとおっしゃっても、うかつには信じられません、というわけだ。山岡というのは、まったく大した男だよ」

歳三は、自分が勝の思うままに曳《ひ》きずられているのを感じた。

（これでは斬れぬ。あれこれいう前に斬ってしまわないと、いつまでたっても斬れないことになる。さア、抜け！）

と歳三は自分にいい聞かせたが、事が事だけに、結末を聞かなければ、刀は抜けなかった。勝は続けた。

「山岡はね、ああいう二心殿と運命を共にするのはご免蒙《こうむ》る、と思っていたわけさ。わたしだって同じことだ。しかし、山岡は引き受けた。それは何も二心殿のためじゃない。江戸百万の市民のためさ。それで、山岡は、何人かのお偉方に会いに行った。ところが、誰も相談にのってくれなかった。そして、思い余って、わたしのところへきた。わたしが山岡に会うのを避けている、と知った上でね。わたしは、山岡の話を聞いて、本当に涙が出た。というのはね、じつは二月二十五日にわたしは上野に呼ばれて、同じことを命令されたが、ことわっていたんだ。山岡の、江戸百万の市民のため、という純な心は、わたしにはなかった。西郷が大兵を率いてやってきて、江戸を焼け野原にしても致し方ない、なるようにしかならん、と諦めていた。だが、そうじゃなかった。それは間違っていたんだ。徳川がどうなろうと、二心殿がどうなろうと、それは一人の山岡、一人の勝では、どうすることもできない。しかし、江戸百万の市民のためには、命を投げ出して全力をつくさねば申し訳ない、と悟ったのだ。で、山岡に、西郷あてのわたしの手紙を渡した」

「山岡さんは、お一人で駿府へ行かれたのですか」

「山岡がいかに剣の名手でも、一人では行きつけまいよ。だから、わたしが預かっていた薩摩の益満休之助という男をつけてやったんだ」

「要するに、降伏するということですな？」

「降伏はしないさ。江戸を焦土としないように、西郷とわたしとで話し合いをしたい、と申し入れたのさ。もし、その話し合いができないというのであれば、全兵力を動員して、西郷にその頑迷さを思い知らせてやるのみだ。そのためにも、伝習隊を動かすことはできない」

と勝はきっぱりといった。

歳三は勝を見据えた。勝は静かな目で歳三を見返した。斬りたければ斬ってもよい、といっているかのようだった。

「勝先生、この勝負、土方の負けです」

と歳三はいさぎよく頭を下げた。

「土方さん、それは違うよ。勝ったも負けたもないことなんだ。しいて勝ち負けをいうなら、負けたのはわたしの方さ」

「冗談が過ぎます」

「いや、本当のことだ」

「なぜです？」

「あんたはこの先、命のある限り、薩長と戦う覚悟であろう？」

「そうです」

「わたしにはそれができない。いや、わたしだけではない。あんたと同じように、あくまでも戦うことを強硬にいい張っている榎本も大鳥にも、おそらくはできまいね。武士は、土方歳三のようでありたい。しかし、それができるものは、いくらもいない」

「勝先生、これでご免蒙ります」

と歳三は立ち上がった。

「土方さん、一言だけ、いいたいことがあるが……」

「どうぞ」

「死に急ぎをなさるな」

歳三は、言葉を出さずに、一礼して勝の屋敷を出た。

その夜は、甲州へ発《た》つ前まで使っていた丸の内の鳥居邸に入った。

落ち着きをとり戻してみると、勝にはうまうまとしてやられたような気がしないでもなかった。

ただ、はっきりしていることは、勝という人物が、ふつうの物指《ものさし》では測れないらしいということだった。

勝は、よほどの賢者か、さもなければ、大悪党であろう。どちらにしても、一回りも二回りも、役者が上なのだ。

勝がどういおうと、こちらの負けだ、と歳三は思った。それなのに、話している間は、勝のいうように、こちらが勝っているかのように錯覚させられた。いや、たぶらかされてしまった。

(致し方あるまい。江戸百万の市民をもち出されては、どうにもならん)

歳三は、あらためて、勝という男の不思議な魅力を感じないではいられなかった。

では、このさき、どうするか、である。

伝習隊を頼りにすることはできなかった。

(ともかく、眠ろう)

歳三は、小者《こもの》に布団をとらせると、戎衣《じゆうい》のままごろりと横になった。

目覚めたのは、日が高くなってからだった。

甲州へ戻るために、馬を曳き出させたところに、小者が走り寄ってきた。

「土方さま、皆さまがお帰りになりましてございます」

「何と?」

歳三は玄関へ出てみた。

近藤が立っていた。そのうしろに、永倉や原田もいる。

「やア」

近藤がいった。ひどく力のない声だった。歳三は、聞かなくても、どうなったかを悟った。全員が疲れ切った表情だった。

3

板垣の率いる東山道軍は、甲陽鎮撫隊を一蹴したのち、破竹の勢いで八王子、府中と進み、三月十四日、新宿に本営を設けた。先鋒《せんぽう》は四谷《よつや》に進んでおり、江戸城は指呼《しこ》の間にあった。

途中、日野で板垣軍は、歳三の義兄にあたる佐藤彦五郎ら新選組ゆかりの人たちを追及した。大久保大和と称した武将が有名な新選組の近藤勇であることは、このころには、板垣らには見当がついていた。また、甲州へ行く途中で兵を徴募したことも判明していた。名目は、錦旗《きんき》に歯向かったものたちの残党詮議だったが、じっさいには、近藤らが潜伏しているものとみて、執拗《しつよう》に迫ったのである。が、彦五郎はつかまらず、その子の源之助《げんのすけ》(十九歳)がつかまった。

源之助はきびしく調べられたが、近藤らがどうなったかをまったく知らなかったので、存じませぬ、をくりかえした。ただ、尋問のさいの罠にはまって、大久保大和が近藤の変名であることを暗に認めてしまった。

板垣が近藤を執拗に追及したのは、それなりの理由があった。

前年十一月十五日、土佐海援隊長坂本竜馬、陸援隊長中岡慎太郎の両名が京都で刺客に襲われ、坂本は絶命、中岡も二日後に死亡した。

板垣は、坂本には面識はなかったが、中岡とは何度も会っており、この両名の活躍で薩長連合、さらには薩土同盟が結ばれて、維新の原動力になったことをよく心得ていた。しかし、鳥羽伏見の戦いで、山内容堂の意向もあって、土佐はその一部が参戦したにすぎず、薩長両藩からとかく軽くあしらわれていた。中岡や坂本が健在であれば、そういう悔しい思いをせずにすんだであろう、と土佐人たちは一様に感じている。

両名を暗殺したのは新選組である、というのが、もっぱらの噂であり、土佐人たちもそれを信じていた。本当は見廻《みまわり》組の佐々木唯三郎の配下のものが両名を斬ったのだが、そのことは知られていなかった。ことに副将格の谷守部《もりべ》（のち干城《たてき》）は、中岡の口から、

「新選組らしかった」

と聞いていただけに、近藤の犯行だと固く信じていた。事件後三十年たって、暗殺に加わった元見廻組隊士の今井信郎《いまいのぶお》がそれを明らかにしたときも、

「売名のために、そういうことをいっているのであって、じつに怪《け》しからぬやつである」

と憤慨し、演説会を開いて近藤の犯行である旨を強調した。

近藤にとっては、身に覚えのない濡《ぬ》れ衣《ぎぬ》であったが、この谷の思いこみが結果的には近

藤に非運をもたらすことになった。

江戸城総攻撃の日取りは、三月十五日と決定していた。

だが、山岡鉄太郎の決死の使いが成功し、勝は三月十三日、十四日の両日、田町《たまち》の薩摩邸で西郷と会見することができた。勝は、慶喜の助命を条件に、江戸開城と武器引渡しを誓ったが、海軍については、責任をもてない、とつっぱねた。榎本は自分とは違う考えのものだし、慶喜の命令といえどもきかないだろう、だからといって攻撃すれば江戸は灰となり、天下大騒乱の因《もと》となる、といった。いわば、西郷をおどしたかっこうだった。西郷としても、焦土の江戸を占領しても無意味であった。その上、イギリス公使のパークスから圧力がかかった。

「開城恭順しようとするものをあえて攻めるというのは、世界に例のないことだし、万国公法にもとる行為である」

とパークスが申し入れてきたのである。明らかに内政干渉だったが、西郷としては、新政府の弱い立場を考えると、無視することはできず、十五日の総攻撃は中止せざるをえなかった。

西郷は京へ上り、とりあえず正面衝突は回避された。東海道軍は品川で止まり、東山道軍は板橋《いたばし》に本営を据えた。千葉方面だけが空いている。

日時の流れでいうと、これより前、近藤は勝沼の戦いで肩の傷が悪化し、和泉橋の医学所に入った。と同時に藤沢陸軍副総裁の命令で、甲陽鎮撫隊は本所《ほんじょ》の大久保主膳《しゅぜんのしょう》正の屋敷へ移ることになった。大久保は前に京都町奉行をつとめたことがあり、新選組の幹部とは旧知の仲だった。

勝らの恭順派としては、新選組の残党を少しでも江戸城から引き離しておきたかったのであろう。あるいは、近藤が大久保姓を称したこととも関係があるかもしれない。大久保大和を将とする一隊が大久保屋敷にたむろしたとしても不思議はなく、のちに官軍から詮議されても弁明しうるのだ。

歳三は隊士の数を調べてみた。永倉、原田、斎藤、島田らの幹部を含めて二十数名だった。

「そういうことを調べて、どうしようというんだい？」

永倉が不審げにいった。

「知れたことだ。まだ恭順と決ったわけじゃない。かりにそうなるとしても、新選組が不問に付されることはありえない」

「あくまでも抗戦するというのかね？」

「当然だろう」

「それは近藤さんの考えか」

と永倉は不服そうに聞いた。

局長と呼ばずに、近藤さんといった。

「どうしてそんなことを聞く？」

「考えてみろよ。もう新選組はなくなってしまったんだ。甲陽鎮撫隊にしたって、解散も同然じゃないか。それに、おれたちは近藤さんの家臣じゃない。いつだったか、家臣同様にいわれたことがあったが……」

「それを根に持っているのかね？」

歳三の言い方には冷ややかなものがあった。

「そういう気分がいまもってあの人に残っていたんでは、とうていついて行けない、ということさ。はっきりいっておくが、おれだって恭順する気はない。しかし、いまさら新選組を云々《うんぬん》する時代じゃない。おれの旧友に芳賀宜道《はがぎどう》という直参《じきさん》がいるが、聞くところによると、靖兵隊《せいへいたい》というのを編成して、すでに三百人も集まっているそうだ。三十名足らずで何事かを画策するよりも、靖兵隊に加わった方がいいと思う」

と永倉は、歳三にというよりも、周囲のものの意見を問うようにいった。

「その方が強力だな」

と原田が賛成した。

「わたしはことわります」

と斎藤がいい、島田も、

「永倉さん、この期に及んで仲間割れすることはないじゃありませんか」

となだめるようにいった。

「島田君、誤解してもらいたくないな。おれは二つに割ろうといっているんじゃないんだ。芳賀のもとには、洋式調練をした歩兵が多く集まっている。これからの戦闘は銃や大砲をいかにたくみに扱うかが勝敗を決定する。ここで新しく兵を募集するよりも、靖兵隊に加わる方が賢明だといっているんだ。諸君、そう思わんか」

永倉の言葉に何人かがうなずいた。

歳三は、永倉の主張にも一理のあることを心の中では認めていた。たしかに、もはや刀《とう》槍《そう》は通用しないのである。それは、歳三にもよくわかっている。だが、靖兵隊に入れば、芳賀の隊の一分隊として扱われる。芳賀が実戦の経験に富んだ隊長であればいいが、そうではない。

(そういう指揮官の下では、おれはおれの天分を活《い》かすことはできない)

と歳三は思った。

芳賀の指揮を拒んで、土方歳三流の戦《いく》さをするようになるだろう。つまりは、靖兵隊を追ん出ることになる。

「永倉君」

と歳三は声をかけた。

永倉は身構えた。歳三が剣を抜く、と感じたのかもしれなかった。

「永倉君に同意の諸君も聞いてくれ。わたしもいまさら新選組を再興しようとは考えていない。京都にいたころは、新選組副長として、諸君にきびしいこともいってきた。しかし、こういう時勢になった以上は、お互い、信ずる道を進むしかあるまい。わたしはわたしの道を行く。一人でもそうする。ついてくるものがいれば喜んでいっしょに働いてもらうが、永倉君や原田君と行を共にしたいものはそうするがいい」

一同、しんとした。歳三の口からそのような言葉が出るとは、夢想もしなかったからであろう。

歳三は立ち上がった。

感慨がないわけではない。いや、過ぎ去った日々を思えば、ありすぎるほどにあり、こぼれんばかりである。が、生れついての性分として、それを他人に知られたくない。ただ、十代のころから起居を共にしてきた近藤や沖田、死んだ井上らには、そういう一面を見られている。だから沖田などは、

「土方さんには猫のようなところがありますね」

と遠慮のないことをいったものだった。

4

近藤は歳三から委細を聞くと、

「新八や左之は頭の押さえ手がいないものだから、いい気になりすぎている。ここへ呼んで、よくいい聞かせてやろう。そうすれば思い直すに違いない」

といった。

「やめた方がいい。いまさら何をいっても無駄だ。それに、新八にしても左之にしても、一廉《ひとかど》の男たちだ。長い間、苦労を共にしてきた仲なんだから、ここは潔く別れた方がお互いのためだ」

歳三は、本当のことをいえば、かれらはあんたの家臣じゃないのだから、といいたかったのだが、やはりそれを口にすることはできなかった。

すべての歯車が好調にかみ合っているときは、局長近藤、副長土方の意志をすみずみまで行き渡らせることができた。そういうときは、近藤の判断に多少の狂いがあったとしても、大過なく事がすんだ。ときには、それが好結果を招いたことさえあった。

そのいい例が、池田屋の一件であった。近藤は、四国屋《しこくや》へ向かった歳三らの本隊の到着を待たずに、たった五人で斬り込んだ。

宮部鼎蔵《みやべていぞう》らの居合わせた浪士たちが、近藤らの少人数を甘くみて立ち向かってきたから、七人を討ち果たし、二十三人を捕縛することができたものの、もし宮部らが、相手にならずに散っていれば、大半を取り逃がすところだったのである。それを考えれば、歳三らの到着を待つのが正しい判断だったのだ。

だが、浪士たちが散ろうとしなかったために、新選組の勇名を天下にとどろかせる結果となった。

ところが、奇妙なもので、いったん歯車が狂いはじめると、ことごとく喰《く》い違いはじめるのである。

そうなった以上は、初心に戻って一から出直すしかないのである。あの文久三年の初頭に僅かの仕度金で浪士新徴《しんちょう》に応じたときのように、志を同じくするものだけが一丸となって進めば、新しい道がひらけてくるに違いない。

井上は亡く沖田は病んでいる。それならおれたち二人だけでもいいじゃないか、と歳三はいいたかった。

近藤は、そうではないらしい。若年寄格という、歳三にいわせれば、およそ、への役にも立たない虚名のしろものに、まだ実効があると考えているとみえて、なおも永倉らを呼んでくれ、といった。

歳三は、使いを送り出すと、千駄谷《せんだがや》へ行った。植木屋平五郎《へいごろう》の別棟に、沖田が病臥《びょうが》しているのだ。沖田は江戸へ戻ったとき、和泉橋で松本良順の手当てをうけたが、人気者だけに隊士たちの見舞いが多い。どうしても、時局の話になって興奮する。

「この病気は何といっても安静が第一だ。ほかへ移す方がよろしい」

と松本がいい、その世話で移った。

歳三は気にしてはいたが、慶喜の寛永寺退隠やそれに続く甲州出動の準備に追われて、一度だけ見舞いに訪れただけだった。むろん新宿が板垣軍に占拠される前である。

まずい所へ総司を移したものだ、といまとなっては悔まれるが、歳三は平服に着がえて徒歩で行った。ついでのことに、敵の陣立てを偵察しておこうと思っている。

四谷一帯を固めているのは、赤のシャグマである。官軍独特の軍帽で、薩摩が黒、長州が白、赤は土佐である。

　銃を構えた兵が歳三を呼び止めた。

「どこへ行くのか」

　と質問しているのだろうが、土佐なまりが強くて、よくわからない。

「千駄谷へ参る」

「何用か」

　と問うているらしい。

「義弟の病気見舞いである。拙者は徳川家旗本……」

　一息ついてから、

「松平主膳《しゅぜん》」

　と名乗った。

　ここで土方歳三といえば、無事にすまないであろうことは確かである。そこに居合わせる数名の兵を斬るのは易しいが、それでは探索がきびしくなり、沖田のいる植木屋あたりへも調べに行くに違いない。また、雑兵を斬るのが目的でもなかった。

　松平姓は、大名であれ旗本であれ、由緒のある家柄である。主膳は大久保のものを借用したのだ。

「通ってよい」

　というふうに土佐兵は銃を引いた。

歳三はゆったりと歩を進めた。なかなかよく訓練されているという印象をもった。近藤から聞かされた実戦談からしても、板垣というのは、相当の男らしい、と歳三は思った。このさき戦場で出会うとすれば、赤のシャグマであってほしい。そうなれば、勝沼での敗戦の屈辱をそそぐことができる。

歳三はそんなことを考えながら、平五郎宅の別棟へ入った。元来は納屋に使っていたものを改造し、畳や家具を入れてある。

「あ」

と沖田が小さく声を出して、ふとんの上に起き直った。袖から出ている腕が白くほっそりとしている。

「寝ていろよ」

「いや、寝ているのにくたびれて起きようと思っていたところです」

と沖田は快活にいった。

「どうだ。具合は？」

「大したことはありません。それより、甲州の方は芳しくなかったようですね。先生の百万石の夢もはかなく消えたらしい」

「聞いたのか」

「うまくいけば、わたしにも三万石くれることになっていたそうじゃありませんか。まったく惜しいことをした。三万石の殿様になってみたかったのに」

と沖田はいった。

「おれは五万石のはずだったよ」

「それは残念！」

沖田は笑いかけて、口もとを手拭で押さえた。そして、同時に激しく咳込《せきこ》むと、白いその手拭が内がわから朱に染まった。

歳三は沖田の背を撫《な》でた。肉がすっかり落ちていた。

「総司、横になれよ。その方がおれも話がしやすい」

「はい」

沖田は素直に横になった。

「総司にもわかっているだろうが、新選組は名実ともになくなった」

「ということは、土方さんが何か別の手をすでに考えてあるということでしょう？」

「お前にはかなわんな」

「どうするんです？」

「江戸を出る」

「会津ですか」

「そこまで決めてはいない。しかし、東北諸藩は反薩長で結束しているようだ。江戸にいたのでは、戦えない。何しろ要《かなめ》のお人に戦う気が毛頭ないのだから、どうにもならん。しかし、すぐに会津へ行くことはしない。おそらく敵の策略だろうが、千葉方面が空いていている。江戸を完全に包囲すれば、かえって厄介なことになるとみて、故意に一方を空けてあるのだ」

「千葉で兵をかき集めるんですね？」

「難しいだろうが、やるだけのことはやってみるつもりだよ。会津を頼るのは、それに失敗してからでも遅くはない」

「いかにも土方さんらしい策ですね」

「そうかい」

歳三は苦笑いした。正直にいって、策というほどのものではなかった。江戸に居残っていれば、恭順の大波に押し流されてしまう。それを避けるためには、そうするほかに道はないのであった。

策があるとすれば、千葉から先のことについてである。一つは、館山《たてやま》沖に結集している榎本軍の海軍に合流することである。そして他の一つは、集め得た兵力が充分ならば、北関東を根拠に戦うことである。背後には会津藩があり、そこである程度の戦果を挙げることができれば、東北の列藩同盟が結成され、じゅうぶんに官軍と称する勢力に対抗できる。

「で、先生は？」

と沖田がいった。近藤も江戸脱出を承認しているか、の意味である。

「聞くまでもあるまい。近藤の陰に土方ありといわれていたじゃないか」

「京都では、みんながそういっていましたね。はじめは、わたしもそう思っていました。

でも、池田屋のあと、寝込むようになってからは、ほかの人には見えないところも見えるようになったんです。土方さんは先生の陰にいるように見えて、じつはその逆なんだということが」

歳三は虚をつかれた感じだった。

沖田はなおもいった。

「土方さんはどう思っているか知りませんが、先生は肩を負傷してから、前とは変ったように思えてならないのです。わたしはね、大きな口を叩《たた》くようですが、こんなふうに病み衰えていても、剣をとれば一人や二人は倒せます。が、先生は……」

「総司、それ以上はいうな」

たまりかねて、歳三は沖田を制した。

「ならばいいませんが、土方さんに沖田総司の最後のお願いがあります」

「最後なんていう言葉を口にするな。病は気からだ」

「先生を見棄てないでほしいのです」

「あたりまえだ」

「そう、たしかにあたりまえの話です。しかし、先生はかつての先生じゃない。だからいうのです。もし、土方さんが先生から離れたと知ったら、わたしは土方さんを斬ることになるでしょう」

沖田はそういって目を閉じた。

歳三は恐ろしいほど血の気のうせている沖田の顔を見つめた。

これが今生の別れである。双方ともにそれがわかっているのだ。

「総司、身を大切にな」

歳三は低い声でいった。低い声しか出なかった。答える代りに、沖田は手をのばすように差し出した。歳三はその手にふれた。熱がそこまできているのか、火照《ほて》った手だった。

歳三は逃げるようにして、足早に納屋を出た。

沖田総司は、この年の五月三十日に病死した。

「新選組始末記」（子母沢寛《しもざわかん》）に書きとめられている話なのでよく知られていることだが、沖田は死の直前に、植木屋の庭にきている猫を斬ろうとした。二尺ほどのところまで迫ったが、軽くひょいと振り向いた猫の目をじっと見つめ、

「おれは斬れない、おれは斬れない」

と悲痛にくりかえし、納屋に転げ込んで倒れた。そして翌日、身辺の雑用を足してくれている老婆に、

「あの黒い猫はきているだろうなア」

といって間もなく息を引き取った。

5

近藤の説得は失敗に終った。永倉、原田は十名ほど連れて去った。

近藤は歳三の意見具申を受け入れ、三月十四日、本所を出て、五兵衛新田《ごへえしんでん》（現在、足立《あだち》区綾瀬《あやせ》）に移り、名主の金子健十郎《かねこけんじゆうろう》宅を接収した。同行した旧新選組隊士は、大石鍬次郎《くわじろう》、横倉甚五郎、島田魁らである。ほかに、多摩で加入した若者らを加えると、約五十人の集団だった。

斎藤一は、歳三の命令をうけて、会津へ出発した。その剣技は折紙つきだったし、会津藩の重役たちにもよく知られている。連絡役としては、うってつけであった。

近藤は、大久保大和の名で、兵を募集した。本所を出る前に、深川《ふかがわ》にある旧幕府の武器庫へ行き、砲三門と小銃三百挺《ちよう》を入手していた。武器庫の番人たちは、まったく抵抗しなかった。

「いわれた通りにしてよい」

という指示が、どうやら出ていたらしい。恭順派としては、強硬派の近藤らに江戸に居残られるよりも、その方が好都合と踏んだのであろう。

数日後に、近藤隊は百三十人ほどにふくれ上がった。また、入れてほしいと願い出るものが後を絶たない。金子の屋敷では足りなくなって、さらに近くの二軒を接収した。

近藤はすっかり元気をとり戻し、

「この分なら、三百名になる」

と上機嫌で歳三にいった。

「人数はあまり当てにはならない。それよりここにいるのは軍略としてはまずい。川を越えて流山《ながれやま》に布陣すべきだ」

と歳三は答えた。

「どうして?」

「このあたりは田んぼに囲まれている。いざというときに、兵の集合分散が思いのままにできない。流山ならば、江戸川《えどがわ》を防禦《ぼうぎょ》に使えるし、後方もひらけている。兵の訓練をする野原もある」

「そうはいっても、松平太郎君からここに留《とど》まっていてくれという依頼が、関東郡代の酒々井半十郎《しすいはんじゅうろう》君を通じて届いている」

と近藤はいった。松平太郎は陸軍奉行並をつとめた人物で、強硬派の一人である。

「松平には戦さのことはわからない。愚図ぐずしていると、手遅れになる」

と歳三は叱りつけるようにいったが、近藤は、

「ここにわれわれが屯集していると伝え聞いて、どんどん集まってくるのだ。兵は多いほどいい。集めるだけ集めてから流山へ移ればよかろう」

「あんたにもわかっているはずだ。兵は数も大切だが、銃の扱い方も知らぬものばかりでは役に立たん。いまの人数でも相当の戦力になるから、一日も早く銃に習熟させる必要がある」

歳三はくりかえし説得し、ようやく四月一日になって流山へ進駐した。本陣は酒造業の長岡屋《ながおかや》で、三千坪の敷地がある。

兵の数はさらにふえて二百人を超えた。

歳三はこれを二隊に分け、大石と島田を小隊長に任じた。何はともあれ、銃の撃ち方から教えなければならなかった。

翌日から調練が開始された。

歳三は多忙であった。隊士たちの食糧を確保し、寝所を設営し、その合い間には、調練も監督しなければならない。からだがいくつあってもたりなかった。

三日の朝、大半の兵を調練に送り出してから、歳三は、小姓《こしょう》役をつとめている市村鉄《いちむらてつ》之助《のすけ》という十六歳の若者を呼んだ。

「いま屯営中に誰が居残っているか、大急ぎで調べてこい」

「それはわかっております。野村利三郎さんと村上三郎さんのお二人です」

「では、野村君にここへくるようにいってくれ」

野村は大坂浪人で、京都時代からの隊士である。律義な男であるが、指揮能力に乏しいために、いまもって平隊士だった。ただし、実戦の経験は豊富である。

野村は、近藤に気に入られて、いわば郎党役をつとめているため、居残っていた。

歳三は、野村に村上を連れて斥候に出るように命じた。忘れていたわけではないが、敵は江戸から出てきていまい、と楽観していた。開城に決したとはいえ、城はまだ引き渡されていない、敵が流山方向へ兵を送る余裕はない、と考えていたのだ。

野村は出発したかと思うと、すぐに戻ってきた。

「どうした？」

「約百名、菊の旗を立てて粕壁《かすかべ》方向から迫ってきております」

（しまった）

歳三は唇をかみしめ、門まで駆けた。

黒いシャグマである。

（芋か）

歳三は屋敷内に戻ると、近藤にいった。

「手ぬかりだった。敵に包囲されたが、大したことはない。おれが防ぐから、裏門から馬で走りぬけ、大石君らを指揮して戻ってくれないか」

「歳さん」

と近藤が妙に落ち着いていった。

「えッ」

歳三は、自分をさんづけにした近藤をまじまじと見た。

「このへんが汐時《しおどき》というものだろう」

「汐時？」

「そうだ」

「汐時って、何の？」

「運のないときは運のないことがいっそう重なるものだ。ここでジタバタしたところで、もはやどうにもなるまい。流れ弾《だま》に当って死ぬより正々堂々と出頭して、申し開きをする方がいい。死中に活を求める、ということもある」

「莫迦《ばか》な！」

歳三は怒号した。

初めてだった。かつて近藤に対して、そのようなことをいったことはなかった。

「怒る気持はわかるよ。当然だろうと思う」

「他人事《ひとごと》のようにいわないでくれ。出頭すればどうなるか、目に見えている」

「そうと決ったものではない。松平君からの手紙によると、万石身分以上のものについては、朝裁をもってご処置あらせられるべきことになったそうだ。わたしは運を天に任せるよ」

と近藤はいった。

若年寄はむろん万石以上であり、若年寄格の近藤もそれに準ずる扱いをうけることになる。

歳三は近藤をじっと見た。

沖田のいった言葉が思い起こされてくる。

「では」

近藤が立ち上がった。

「待ってくれ。先におれが行って、かけあってくる」

「そういって、じつは一人で斬り込むつもりだろうが、それはやめてくれ。長いつきあいだ。それくらいはわかる。ここはひとつ、思う通りにさせてもらいたい。頼む」

近藤は頭を下げた。

歳三はもはや何もいえなかった。ひそかに危惧していたように、近藤は剣を使えなくなって以後、かつての近藤ではなくなっていたのだ。

(総司、すまぬ)

歳三は目をとざした。近藤の姿を見るのがつらかった。耐えられなかった。そして、そのままの姿で化石のように坐り続けた。

転戦

1

近藤らを包囲したのは、東山道軍副参謀有馬藤太《ありまとうた》の一隊であった。有馬は薩摩藩士で、兵力は約百名だった。有馬の回想によると、降伏の交渉がはじまったのは午前中で、午後四時ごろに大砲と小銃が引き渡されたが、近藤はいっこうに出頭してこなかった。そのうち、有馬と土佐藩に属する香川敬三《かがわけいぞう》との間に議論が起こり、香川は兵をまとめて引き揚げてしまった。香川はもともとは水戸出身だったが、中岡慎太郎や田中顕助《あきすけ》と親交があって土佐陸援隊に投じており、その関係で東山道軍の監軍になっていた。

有馬の手もとに残ったのは十数名の兵だった。有馬は暗くなりかけるころに、兵一名を連れて近藤隊の本陣にのりこみ、近藤と小姓二名を連れて粕壁へ戻った。すでに夜の十二時ごろになっていた、というのである。

もし有馬のいうことが事実だったとすると、近藤といっしょにいた歳三は、いくらでも突破する機会があったにもかかわらず、あっさり降伏したことになる。また、このとき、近藤は切腹しようとしたのに、歳三がそれをとめ、板橋の総督府へ出頭して申し開きをした方がよい、とすすめたという説もある。新選組の旧隊士の手記に出ている話だが、有馬の話にしてもその手記にしても、後年の見聞が混入しているので、そのまま認めることはできない。

もし包囲しているのが十数名の小人数であるならば、むざむざと降伏するはずがないのである。まして夜になっているのだ。脱出するのは容易である。有馬は、香川が兵力の大半を率いて立ち去った、と思ったらしいが、おそらく香川は、立ち去ったとみせかけて包囲を解除していなかったに違いない。また、旧隊士は、歳三が板橋へ出頭して弁明するようにすすめたというが、近藤が板橋へ送られたのは結果であって、この時点での有馬の予定には入っていなかったことなのである。有馬は近藤に対して、粕壁へ出頭せよといったのであって、板橋とは一言もいっていない。じっさい、有馬には、近藤を板橋へ送るつもりはなかったのだ。それを考えれば、歳三が近藤に、旧隊士の手記にあるようなことをいうはずがないのである。

一夜があけてみると、有馬の知らないうちに、近藤は板橋へ送られることになっていた。有馬の手もとに置いておくと、どうなるかわからないと土佐派が考え、板橋へ送る処置をとったのであろう。板橋には、新選組を坂本、中岡暗殺の張本人とみなしている谷干城《たてき》がいるのだ。

谷は感情的になっていた。近藤に対する取調べにさいしては、薩摩の平田《ひらた》九十郎《くじゆうろう》も同席していたが、谷は平田と、近藤の扱いについて大激論をくりひろげた。

近藤は、谷の尋問に対して、流山に屯集したのは、徳川の家臣としてその分《ぶん》をつくそうとしたにすぎず、官軍に反抗するためではない、と弁明した。

谷は、そうではなくて、本当は勝に命令されたことなのであろう、と追及し、否定する近藤を拷問にかけようとした。近藤にとって不利な材料は、彼が大久保大和と称して降伏したことだった。近藤自身は、甲州へ出発するにあたって、大久保と改名し、以後はそう称していたのだから、別に矛盾はないと思っていたろうが、谷たちは、そうは解釈しなかった。

京都時代、近藤の率いる新選組は多くの志士を斬っている。それを秘匿するために変名した、と谷はみなしたのだ。たまたま谷のところに、元新選組隊士で伊東甲子太郎《きねたろう》とともに脱退した加納道之助がいた。加納は、首実検を頼まれ、障子の穴から覗《のぞ》いて確認した。

一方、薩摩は何とかして近藤を助けようとした。参謀の伊地知正治は、西郷と勝との約束に従って、近藤を京都へ送るべきである、と主張した。谷がそれに反対すると、

「維新の大業がここまで成功をおさめたのはどの藩の力によるか、わかっているのか」

とまでいった。

鳥羽伏見の戦いで、土佐は何ほどのことをしたというのか、大きな口を叩《たた》くな、というのである。

谷は歯ぎしりして悔しがったが、近藤はいったん京都へ送られることに決定した。

四月十一日、江戸城は官軍に引き渡された。

この日の早朝、元歩兵奉行の大鳥圭介は江戸を脱出して、市川《いちかわ》へ行った。伝習隊、会津藩士、桑名藩士の一部が参加し、約二千名の兵力となった。

この兵力は北上し、四月十六日、小山《おやま》で官軍の先遣隊を撃破した。官軍の隊長は香川敬三であった。

この報告が江戸に達し、大総督府は、板垣に二千名を与えて進発させた。谷はそれに同行しなければならなかったが、板垣に、

「やり残した仕事がある」

といって江戸に残った。

伊地知は板垣軍に加わっている。

谷は各方面へ工作し、ついに近藤に対する処分を変更させせることに成功した。

近藤　勇

右の者元来浮浪の者にて、初め在京新選組の頭《かしら》を勤め、後に江戸に住居いたし、大久保大和と変名し、甲州並びに下総《しもうさ》流山において官軍に手向いいたし、或《あるい》は徳川の内命を承り候等と偽り唱え、容易ならざる企てに及び候段、上は朝廷、下は徳川の名を偽り候次第、その罪数うるに暇《いとま》あらず、よって死刑に行い梟首《きょうしゅ》せしむるものなり。

というのが、近藤に対する断罪文である。

もし板垣軍が進発せずに江戸に留《とど》まっていたならば、こうした処分変更が簡単に行われたかどうか……。いいかえれば、伊地知がいなくなったために、近藤は浮浪の徒として斬首されてしまったのだ。

その近藤の非運は、歳三の行動とじつは微妙にからみあっていた。なぜなら、小山の官軍を撃破した大鳥隊に、歳三が身を投じていたのだから。

歳三は、近藤が粕壁へ連行され、さらに板橋へ送られたと知ると、単身、江戸へ入った。勝と大久保一翁に会い、近藤の助命について官軍に働きかけてもらうためだった。

勝が歳三に会ったという記録は残っていない。この時期、彼は克明に日記をつけているが、近藤の一件については一行も触れていない。おそらく勝は会わなかったであろう。勝にとって、近藤一人の生死よりも、徳川家がどうなるかがはるかに大事であった。近藤の死によって、土佐の気持が鎮まるならば、それでよかった。

歳三は流山に戻った。

近藤に対する思いを断ち切ったわけではなかったが、流山に残してきたものたちを見棄《みす》てることはできなかった。それに歳三に会ってくれた大久保一翁の、

「わかりました。薩摩の有力者に話してみよう。近藤さんは、徳川家にとっても無類の忠義者だった。そのことは、わかってもらえるはずです」

という言葉も、わずかな慰めとなっていた。

2

流山に戻った歳三は、野村を呼んで、残っている人数と武器を調べさせた。

「約四十名です。大砲は差し出しましたが、小銃はまだ五十挺《ちょう》ほど残してあります。ただし、弾丸は一挺につき十発程度しかありません」

「ほう、そんなに残っていたか」

と歳三はいった。

近藤が降伏する前は、二百名を超えていた。しかし、大将が敵に降《くだ》った以上、雲散霧消していたとしても、不思議はなかったのである。

もっとも、歳三自身の決意は何名であろうと変ることはない。薩長、いや、こんどは土州を加えて薩長土を相手にとことん戦うつもりであった。

かれらは、官軍とか王師とか称している。あたかも正義の旗を掲げているがごとくである。それは、かれらが帝《みかど》を戴《いただ》いているからだが、その帝や帝を取り巻く公卿《くぎょう》たちによってつくられている朝廷なるものは、それ自体には何も力はなく、力あるものによって思うままに動かされ利用されているにすぎない。

かつて、歳三らが京へ上った文久三年の初夏、長州藩は攘夷《じょうい》令を実行し、馬関《ばかん》で外国船に砲撃を加えた。朝廷は長州藩を嘉賞《かしょう》した。だが、長州の力を増すことを警戒した薩摩が会津と手を組んで追い落すと、長州は一転して朝敵になってしまった。

　そしていま、長州は朝廷を牛耳っている。鳥羽伏見の一戦で勝ったからなのだ。敗れた徳川や会津は、王師に逆らう賊ということになってしまった。

　負けるには負けるだけの理由があった、と歳三は思っている。第一、総大将たるべき人物があのていたらくでは、勝てる道理がなかった。が、それをこの期に及んでとやかくいっても致し方ない。力ずくで奪われたものを奪いかえすには、力によるしかないのである。そして再び敗れるならば死ねばよい。それがいやなら這《は》いつくばって命乞いをするしかない。

(そんなことは、まっぴらご免だぜ)

　歳三の胸中の思いを言いあらわせば、その一言につきた。

　歳三は独りになっても戦う覚悟なのである。四十名も残っていることは、心強い限りではないか。

　とはいえ、四十名ではどうにもならぬ。兵力とはいい難い。文久三年の壬生《みぶ》村で新選組が産声をあげたときは十三名だったが、その十三名はいわば一騎当千のつわものだった。とうてい比べることはできないのである。

　歳三は、四十名を集めて、

「諸君、これからわが隊は日光《にっこう》へ向かう」

といった。日光には徳川家に縁の深い東照宮や輪王寺がある。かなりの兵力を収容できるし、背後に男体山《なんたいさん》を背負い、前面は大谷川《だいやがわ》で守られている。この天険の地に拠《よ》って戦えば、押し寄せてくるであろう敵軍に、小兵力でも対抗できる。

箱根から西の諸藩は、いまや強いものに靡《なび》いて官軍に兵を差し出している。かつては譜代大名の筆頭で大老職を出した彦根藩までもが、旧主を攻める側に回っている。しかし、東北の諸藩は、会津、庄内を軸として、同盟が進んでいる。また関東には、小さな藩が多く、向背を決しかねている。さらに、官軍は江戸の治安を確保しておかなければならない。

こういう情勢の下で、日光に立て籠った一軍が官軍を悩ませていれば、寄せ集めの官軍は動揺をきたすに違いない。そうなれば、天下分け目の大博打《おおばくち》をもう一度うつことができる、と歳三は思っている。が、四十名ではその大博打の元手にはならない。四十名をふやして、少なくとも一千名にしなければ、勝負にならない。

「諸君、これから南へ出発する」

と歳三はいった。

一同、きょとんとした。日光を目指すなら北である。

歳三は笑って、種明かしをした。

江戸には、恭順に不満のものがいる。そのものたちが江戸を脱出するには、市川へ出るしかない。

市川は流山の南にある。土方隊は市川にあって、江戸から脱出してくるものを収容する。そうすれば、土方隊は脱走軍の本隊となれる。

そううまくいくか、と危ぶむものもあったが、歳三らが市川の町はずれの鴻《こう》ノ台《だい》という高台にある廃城跡に布陣すると、はたして身を投じてくるものが続出した。

旧幕臣、天野雷四郎《あまのらいしろう》（のち米田桂次《こめだけいじ》）、小菅辰之助《こすげたつのすけ》、吉沢勇四郎《よしざわゆうしろう》……。

歳三がもっとも喜んだのは、会津藩士の秋月登之助《あきづきのぼりのすけ》が数名の同志を連れて加わったことだった。会津藩へはすでに斎藤一を送ってあるが、秋月が土方隊へ入ってくれれば、連絡がとりやすくなる。日光へ立て籠るにしても、孤立無援の籠城では先が見えているのだ。東北の雄である会津と提携してこそ、力を発揮できる。

さらに、桑名藩の立見鑑三郎《たつみかんざぶろう》（のち尚文《なおふみ》）らが砲二門をもって合流し、この噂《うわさ》を伝え聞いて馳《は》せ参ずるものも多く、数日間で千八百名にふくれ上がった。

「さすがは土方先生、お見通しのとおりになりましたね」

と野村は感心したが、歳三は、単純に喜んでばかりもいられなかった。

これだけの人数になると、その兵糧を調達するだけでも一苦労なのである。それに、数は多くても、そのなかには、食わせてもらうことが目的で入ってきたものもかなり混じっている。そういう連中は、いざ実戦というときに、はたして役に立つかどうか大いに疑わしい。むしろ、兵力としては計算に入れない方がいいだろう。下手《へた》をすると、足手まといになりかねない。

歳三は秋月を招いて、

「これ以上の長逗留《ながとうりゆう》は無駄です。諸隊を編成して北へ向かいたい。そこで全軍を指揮する総督を決めなければならないが、あなたに引き受けてもらいたい」

「土方先生、それはいけません。わたしは会津藩士、先生は幕府の大番組頭、身分が違います」

「秋月さん、その幕府というのは、もう消え失《う》せている。直参《じきさん》だの陪臣《ばいしん》だのと考える必要のないことだ」

「そうはいっても、このさき敵と戦うにさいして、わたしは土方先生のように用兵の妙を得ておりません」

「秋月さん、そこだよ。総督がつとまるか否かは、第一に将兵から信頼されているか否かなんだ。作戦用兵は参謀に任せればすむことだ。わたしは自分のことはわかっている。総督には適していない。だが、戦闘のかけひきならいささか心得ているつもりだ。先鋒《せんぽう》隊を指揮する役をやらしてもらいたい」

「お気持はわかりますが、やはり承服致しかねます」

　と秋月はつっぱねた。

「いうまでもないことだが、指揮官のいない軍は、烏合《うごう》の衆、雑兵の群れと同じだ。どうしようというのかね？」

「天野さんや立見さんの考えを聞いてみましょう」

　と秋月はいった。

　天野は伝習隊の士官であり、立見は桑名の砲隊の隊長である。両名ともフランス士官の調練はうけたが、実戦の経験に乏しい。

（どうかな？）

と歳三は思ったが、秋月はさっさと立って二人を呼んできた。

秋月の説明を聞くと、立見は、

「土方先生がいるというだけで、みんなが奮い立っているんです」

といったが、天野は黙っている。どうやら不承知らしい。

「天野さん、いかがです？」

と秋月がうながした。すると天野は、

「ご両所とも総督役をご辞退なさっておられるが、このままではいつまでたっても決りそうにない。わたしに一案があるのだが、虚心に聞いていただけるかな」

と待っていたかのようにいった。

「どうぞ」

「ついさきほど、伝習隊大手前大隊指図役の小笠原新太郎君がわたしをたずねて参った。小笠原君のいうには、大手前大隊四百名の大半は、恭順には不服で、歩兵奉行の大鳥圭介殿に率いられて開城前に江戸を去り、わが方と合流したいそうだ。大手前大隊はフランス陸軍のブリュネ殿から調練をうけた精鋭です。それに、大鳥殿については、ご承知のようにフランス式砲兵歩兵の権威です。総督として仰ぐには、これ以上の適任者はあるまい、と思われるが、いかがでござる？」

大鳥については、歳三も知っている。元来は播州《ばんしゅう》の村医者の子で、大坂の緒方洪庵《おがたこうあん》の適塾《てきじゅく》で蘭学《らんがく》を勉強し、ついでフランス語を学んで兵書を訳した。それがきっかけでフランスが派遣してきた軍事顧問団に配属され、大鳥自身もその調練をうけて直参に取り立てられた。こういう出世ぶりは、この時期、大鳥ひとりではなかったが、要するに秀才官僚といってよく、近藤や歳三のように剣光弾雨をくぐりぬけて幕臣になったものとは対照的な人物だった。

（まずいことになった）

と歳三は思った。一言でいえば、もっとも嫌いな型の能吏だった。

じゅうぶんに洋式調練をうけた四百名は欲しいが、本音をいえば、大鳥は不要なのである。

「大鳥殿であれば、わたしは異存ありませんが、土方先生は？」

と秋月はいった。

いまさら、おれが総督をつとめよう、とはいえなかった。

「秋月さんに任せるが、一つだけ注文がある」

と歳三はいった。

「何です？」

「大鳥君の伝習隊が加わると、二千名以上になる。それだけあれば、前軍、中軍、後軍と分けた方がいい。そうすれば、各軍の行動が軽快になる。そこで、秋月さんとわたしで前軍を指揮し、桑名の砲二門と砲隊も前軍に属する編成としたい」

と歳三はいった。

烏合の衆は大鳥に任せて、精鋭と砲隊をもらって以後の戦闘を一手に引き受けよう、という狙いである。

3

大鳥は、総督就任の要請を実戦経験の不足を理由にいったんは辞退し、歳三を推した。見えすいた芝居である。引き受けるつもりでいるのだが、衆に推戴されたという形を踏みたいのだ。

「わたしに指揮をとれといわれる理由は？」

と歳三はあえて問いかえした。

「わたしが辞退する理由とつまりは同じことです。あなたには、実戦の経験がおありだ。作戦用兵の妙をこれからの戦《いく》さにおいて発揮していただけると思う」

「そういう理由ならおことわりする」

「なぜです？」

「この隊の主力は、あなたの率いてきた大手前大隊になる。フランス式の調練をうけてきた隊であって、わたしのやり方とは違う。だから、わたしは秋月さんといっしょに前軍を受け持ち、中軍は大手前大隊を主力にして、あなたが総督として指揮するのがよい。むろん、後軍も必要だが、そういう編成がもっとも実戦的です」

「あなたがそういうなら、お引き受けしよう。ただし、あなたが前軍の参謀ということで」

と大鳥はいった。

すぐに三軍の編成が進められた。

前軍は第一大隊とし、砲二門を有する桑名隊を含めて約八百五十名。大隊長は秋月。中軍は第二大隊とし、伝習隊を主力として約八百名。大鳥総督の直属とする。後軍は残りの約六百名で、大隊長は天野。

十二日。歳三の第一大隊は水海道《みつかいどう》、下館《しもだて》を経て宇都宮《うつのみや》を目指して出発し、大鳥は小山から鹿沼《かぬま》を経て日光へ向けて出発した。

このころ、官軍は宇都宮に有馬、香川の軍が駐屯し、結城《ゆうき》に長州の祖式金八郎の軍があった。ただし、指揮官は薩長土から出ているものの、兵は、彦根、因州、館林《たてばやし》などの寄せ集めであった。しかし、時の流れを背負っているから、付近の小藩は官軍に帰順し、日光に退隠していた元老中の板倉勝静《かつきよ》・万之進《まんのしん》父子は官軍に捕えられて宇都宮に幽閉されていた。

歳三らは十六日、まず下妻《しもつま》へ到着した。ここは一万石の小藩である。江戸の官軍本営へは帰順する誓約書を送っていたが、あっさり降伏して、士卒十名を供出した。

歳三は秋月にそこを任せ、翌十七日、二百五十名を率いて下館藩へ向かった。下館は、前に若年寄をつとめたことのある石川若狭守《わかさのかみ》の居城である。石川もまた官軍に帰順していたが、兵力はわずか百名。指揮官が土方歳三であると聞いただけで、開城した。

歳三は、ここで武器、食糧を供出させたのち、秋月と合流して、宇都宮の南の蓼沼《たてぬま》に布陣した。

一方、大鳥らの中軍は、その後、江戸を脱出した小さな隊がいくつか加わっていた。そのうちの一隊が小山で官軍とぶつかった。官軍といっても、旧式装備の館林兵らだったから、官軍はひとたまりもなく敗北した。指揮の祖式は、そのあまりの弱さに呆《あき》れて宇都宮へ退いた。

この報告が江戸へ届き、板垣がみずから征討に向かうことになったわけである。そして、近藤の運命もそれによって決したのだが、歳三はそのことに気がついていない。このあたり、じつに微妙なところであった。

大鳥はこのあと壬生《みぶ》を目指したが、壬生にはすでに官軍の増援隊が入っていることを知ると、栃木へ出て、十九日に鹿沼へ入った。

この日、歳三らは宇都宮へ攻撃をしかけた。

宇都宮城を守っていたのは、宇都宮藩兵と彦根を主力とする約三百名だった。

有馬は、攻撃してくる敵の兵力を知って、城門をとざし、籠城作戦をとった。兵力比が三対一なのだから、当然の策である。大手門の堀は深く、攻める側がそれを突破するのは容易ではない。

歳三は秋月に諮《はか》った。

「どう攻めるべきか、あなたの考えをうかがいたい」

「大手門からの攻撃は、損害をふやすだけでしょう。ここは大手から攻めるとみせかけて、南の搦手《からめて》に主力をぶつけるべきだと思います。搦手は、雑木林もあるから、兵をかくして攻めるのに好都合だし、堀も浅いし、一部は干上がっています」

「お説の通りだが、それだけでは充分ではない」

「どうすればいいのです？」

「火攻めですよ。突入したら、すぐさま火を放つ」

「お言葉ですが、火を用いた場合、城を攻略することはできても、そのあと、使いものになりません」

「秋月さん、この城を取ったからといって、この城を守る必要はない。どうせ敵は大兵力を動員して、この城を奪い返しにやってくる。この守りにくい城では、十日も保《も》たんでしょう。われわれの目標は日光にある。その場合、この城を無疵《むきず》で残しておくと、敵の有力な中継地になる。それをつぶしておくのです」

「恐れ入りました」

と秋月は頭を下げた。

戦闘は朝九時ごろからはじまった。

秋月は砲二門をもって大手から攻めかかった。

といっても、兵力の損耗をさけるために、攻めかかるふりをするだけである。

その間に、歳三は約三百名を率いて、搦手に回った。

夕暮れまで、歳三は動かなかった。

雑木林に隠れているうちはいいが、城に取りつけば、矢弾《やだま》の的になるだけである。

城方は、大手門の防備に兵の大半を振り向けた。形の上では、何度も撃退したことになっている。

ようやく暗くなった。

その間に、歳三は、秋月のもとから、立見の率いる砲隊と砲一門を回送させている。歳三はいった。

「合図したら、あの城門をつぶしてもらいたい」

立見はうなずいた。

歳三は、堀のすぐ近くまで兵を進め、仁王立ちになった。

「撃て！」

同時に立見が発射した。

一発目、続いて二発目も命中し、門扉が吹っ飛んだ。

「砲隊は撃ち方、やめッ」

歳三は剣を抜いた。

「行くぞ！」

疾風のように突進し、砕かれた門扉を飛び越して城内へ突入した。

数人が銃をすてて逃げようとしている。歳三は追って斬った。

有馬は、すぐに大手門の兵を振り向けようとした。だが、火の手が上がったのを見て、

「よし、大手門を開いて一団となって突出するんだ」

と号令した。

これが秋月らの大手門の攻撃隊の虚をつく形となった。有馬らも必死であった。搦手は火が回っているので、逃げられないのである。

薩人の有馬には、降伏という考え方はない。

その凄《すさ》まじい勢いに押されて、寄せ手は二つに割れ、有馬らを逃がした。だが、有馬は負傷し、後送された。

歳三は、城が燃えるに任せた。当分は使用不能にしておくのが、はじめからの狙いなのである。

その夜は、城外に宿営した。

この火を、鹿沼にあった大鳥が望見し、翌日、中軍を率いてやってきた。

「お手柄でした」

と大鳥はいった。が、すぐに、

「一晩じゅう燃え続けたらしいが、どうして火を消さなかったのです？」

「土方先生のご指示に従ったのです」

と秋月は答えた。

「土方さん、惜しいことをしましたな。これでは、再建するのに時間がかかる。敵はそれまで待ってはくれぬでしょう」

「再建する?」

「そうです」

「これは信じられん考えだ」

歳三は哄笑《こうしょう》した。

大鳥はむっとしたように、

「どうなさる気か、聞かせていただこう」

「この城は守る必要はありませんよ。敵が来る前にさっさとここを出て、今市《いまいち》から日光にかけて布陣すべきです」

「せっかく奪った城を棄てるといわれるのか」

「もちろん」

「これは異なことを承るものだ。古来、奪った城を棄てるというのを聞いたことがない」

「では、この城を守るおつもりか」

「当然だと思うが……」

「この城はね、守れば負けるように作られているんです。つまり守るだけの値打ちがない。それに、わが軍二千余名をここに入れてしまえば、食糧を調達するのにも苦労する。その点、日光はうしろに山を背負っているし、山伝いに越後《えちご》やさらには会津とも連絡がとれる」

「それはわかっている。しかし、この城を抑えておけば、敵が日光を攻めるとき、脅かすことができる。兵を二つに分けて、ここに駐屯させるべきだ」

「兵を二つに分けていい時と悪い時がありますよ。ここで二つに分けるのは、下の下の策です」

「お言葉だが、わが軍がここを取ったことが天下に知れ渡ったなら、奥羽《おうう》の諸藩にも士気を高めさせることができるし、官軍と称する連中も大いに動揺するはずだ」

「それは何カ月も保ちこたえればの話だ。日光ならそれはできても、宇都宮では無理だ」

「わたしは総督として、ここに滞陣することを布告します」

と大鳥は一方的にいった。

4

大鳥圭介は相次ぐ勝利で、すっかり気をよくしていた。彼自身は小山で旧式装備であるにせよ、まず官軍を敗走させ、ついで歳三の前軍が下妻、下館両藩を制圧し、さらには宇都宮城を攻略したのだ。北関東の諸藩がこの勢いに恐れをなして靡《なび》くだろうと予測したのも、不思議ではなかった。

また、大鳥だけではなく、秋月さえも、

「土方先生、兵も疲れております。せめて数日間はここで休養させたらいかがでしょうか」

　と仲をとりもつようにいった。

「総督が滞陣を布告するという以上、それに従わざるをえない。しかし、いうべきことはいいますぞ。わが軍はできるだけ速やかに宇都宮を去って日光に籠るべきです」

　と歳三はいった。

「ご意見はたしかに承った」

　大鳥はとりすました声で応じた。

　大鳥の中軍は焼け残った藩校の修学館に夜営したが、歳三は城外の野営地を動かなかった。日光へは行かないが、城内に入らないという形で、大鳥の命令を無視した。秋月はしきりと気をつかい、自分が隊をあずかるから、歳三は市内でゆっくり休息したらどうか、とすすめた。

「秋月さん、お言葉はありがたいが、わたしはここがいい。総督は、北関東がすでにわれわれに服したかのように思っているようだが、それは錯覚にすぎない。下妻や下館は、要するに面従腹背というやつで、いまごろは江戸表《おもて》へ密使を送っているに違いない」

「密使を江戸表へ？」

「その通り」

「何のためにです？」

「心ならずも敵のいうなりになったが、その苦しい気持をお察し下さいというふうな弁明のためさ」

と歳三は吐き棄てるようにいった。

「まさか」

秋月は呟《つぶや》いた。下妻藩は一小隊と賄《まかないがた》方を提供したし、下館藩は武器、食糧を供出して開城した。そのさい応接にあたって重役たちは、口を揃《そろ》えて、

「徳川家の御為《おんため》に弊藩もお役に立てて幸甚に存じます」

などといっていたのだ。

「秋月さん、わたしはあの連中を咎《とが》めようとは思わない。われわれに逆らえば殺されると考えて、頭を下げただけのことだ」

「しかし、武士たるものがそういう二枚舌を使うとは、信じられませんが……」

と秋月は憮然《ぶぜん》として腕を組んだ。

じっさい、歳三の考えたように、両藩は江戸の官軍本営へ使者を出していた。下妻藩は、一小隊を出さざるをえなかった窮情を弁明し、官軍のお役に立ちたいから何か命じてほしいということを、

「君臣一同、涕泣《ていきゅう》哀訴奉り候」

という最大級の形容で請願し、下館藩の場合は、歳三の前軍を、

「賊徒の儀は……」

と表現し、そのいうなりになっているが、

「さりながらもとより勤皇の儀は二心これなく」

と誓っていた。

歳三は、その密書を読んだわけではなかったが、重役たちの表情から、それくらいのことは平気でする連中だ、とみなしていた。秋月はいまもって、

「武士たるもの……」

というが、歳三にいわせれば、その名に値するものは、もはや消え失せつつあるのだ。

いまにして思えば、乱暴なことこの上ない男だった芹沢鴨《せりざわかも》にしろ、歳三からすれば裏切者だった伊東甲子太郎にしろ、武士という名に値する者だった。かれらは死を恐れずに、自分の生き方を貫いた。

あるいは、局中法度に触れて死んだものたちもそうだった。理窟の多かった山南敬介にしても、町人上がりの河合耆三郎《かわいきさぶろう》にしても、下妻や下館の重役に比べれば、はるかにいさぎよかった。

といって、歳三は、面従腹背の連中を責める気はなかった。

「秋月さん、その話はもうよそう。いずれ敵は必ず巻き返してくる。そのときのことを考えた方がいい」

「わかりました。それからさきほど小耳にした話ですが……」

「何かね？」

「後軍の米田氏の隊に、江戸からやってきた一隊が加わったそうです」

「結構なことだ。人数は？」

「五十余名で、靖兵隊と称しているのですが、そのなかに新選組の方々もいるとか」

「そうか」

歳三は短くいった。

靖兵隊ならば、永倉新八や原田左之助たちだろう。

「せっかくの機縁というものです。わたしから総督に進言して、前軍に配備してもらいましょう」

「秋月さん、それはやめていただこう」

「なぜです？」

「永倉も原田も役に立つ男だ。わたしとしてもなつかしい。だが、もう新選組というものはなくなったのだ」

歳三は声を抑えていった。

その気持を察したとみえ、秋月はそれ以上何もいわなかった。

だが、後軍に永倉らがいるという話は、すぐにひろまったらしい。野村利三郎がその日のうちに永倉をたずねて行き、戻ってきて消息を伝えた。それによると、原田は、江戸をいっしょに脱出したものの、

「新八、すまねえが、おれはやはり江戸に戻る。わけは聞かねえでくれ」

といって、岩井宿《いわい》から去ったという。永倉は野村に、

「左之助には、京にいたころねんごろになった女がいて、その女が子供を生んだという手紙をよこした。それで、危ないのを承知で、また京都へ行こうというんだ。危ないからよせ、ととめたんだが、聞く耳は持たぬという感じでな。子供の顔を一目でもいいから、見て死にたい、といいやがった。まったく呆れた野郎だ」

といって、涙ぐんだという。

歳三は、その女なら知っている。島原にいた女で、お琴《こと》といい、原田は休息所に囲っていた。色の白い、豊満な感じの女で、原田は京を去る前ごろは、正式に妻に迎えたい、といっていた。

（莫迦《ばか》な！）

と歳三は、野村から聞いて、心の中で舌打ちした。

お琴が原田の子を生んだなどというのは、作り話に決っているのだ。そういって、原田から金を送らせようとしたに違いない。

新選組が京から伏見へ移ることになったのは、去年の十二月十一日なのである。その夜は、隊士たちに休みを与えた。

原田も一晩外出した。

お琴に、ごく最近に子供が生れたのであれば、そのころお琴は、五カ月の身重だったことになる。

それをお琴は原田に告げずに別離をいったのだろうか。

そんなことは考えられなかった。京女のたちの悪い手練手管に、根が単純な原田はころりとひっかかってしまったのだ。

その夜、歳三は夢を見た。

場所は、京都らしい町並の一角である。歳三が歩いていると、しきりに袖を引くものがある。

歳三は振り向こうとしなかった。袖を引くものを曳《ひ》きずるようにして進んだ。

「旦那様」

曳きずられているものが呼びかけてきた。お志乃の声らしかった。

歳三は振り向いた。しかし、誰もいなかった。

再び歩きはじめると、またもや袖を引くものがある。

「お志乃、ふざけるのはよせ」

「旦那様、志乃はふざけてはおりませぬ」

「袖をはなせよ」

「いやでございます」

「聞きわけのないやつだ。容赦はせんぞ」

「わたしをお斬りになりますか」

「斬る」

「お斬りになることはできませぬ。志乃は旦那様のお胤《たね》を宿しております」

歳三は何かいいたかったが、言葉が出せなかった。そしてしだいに息苦しくなり、その息苦しさで目が覚めた。

5

中軍の大鳥圭介から伝令がきたのは、朝食をとり終えたころだった。

敵の主力が南の壬生城に入ったが、壬生藩の藩士に内応するものがあり、味方を先導するというので出陣することになった、前軍は夕刻までに、宇都宮と壬生の中間にある安塚《やすづか》へ進出し、宇都宮街道の西方に布陣せよ、というのである。

歳三は伝令に聞いた。

「敵主力の兵力はどれほどか、総督はおわかりだろうな?」

「約千八百名だと内応した壬生藩士が申しておりました」

「主将は?」

「土佐の板垣退助である、と聞いております。十八日に江戸を出発し、昼夜を分かたぬ行軍で古河《こが》を経て壬生に入った様子です」

「わかった。では、わが軍はすぐに出陣する」

と歳三はいった。

伝令が馬を飛ばして帰って行くのを見て、秋月がいった。

「大鳥総督はどうして宇都宮を出て攻勢に転ずる気になったのか、ちと解《げ》せませんが……」

「小山で勝ち、宇都宮でも勝った。これで二戦二勝、敵を甘く見て、戦さをしかける気になったのだろうよ」

「危険ですね」

「それはやむをえまい。危険のない戦闘はないものだ」

と歳三はいった。

大鳥軍は、全軍合わせて二千名以上の兵力になっている。数だけなら、板垣軍を上回っている。また、江戸から昼夜兼行でかけつけてきたからには、その兵は疲れているはずだった。戦機をとらえる点においては、大鳥の判断は間違っていない。このまま宇都宮に居《い》坐《すわ》るよりも、はるかにいい。

「土方先生」

と秋月がいった。

「何かね？」

「気を悪くされると困るのですが、きのうまでとは、ちと違うような気がします」

「わたしがか」

「ええ」

「そうかもしれん。じつをいうと、ゆうべ夢を見たんだ。京都にいたころの女の夢をね」

「これはきついご冗談を……」

と秋月は笑った。本気にしないらしかった。

一方、板垣軍の主力は、高知以来の土佐兵と因州兵で、ほかに大垣兵や少数の薩長兵も加わっていた。

江戸の官軍大総督府は、このころ三つの難問をかかえていた。第一は江戸市内の治安警備であり、第二は北陸方面の戦況であり、第三は大鳥軍の存在だった。

江戸に進駐してきた官軍の多くは、地方育ちの下級武士である。勝者になったことですっかり気がゆるみ、遊里に溺れた。その帰りを、何者かが襲った。彰義隊《しょうぎたい》である。西郷は布告を出して、官軍兵士の気持を引き緊《し》めようとしたが、その命令は徹底しなかった。

第二の北陸方面は、旧幕府の歩兵指図役だった古屋作左衛門の兵八百名が転戦し、精兵千五百名を有する長岡《ながおか》藩が反旗をひるがえしていた。

そして、第三が北関東である。

西郷は、北陸に黒田了介《くろだりようすけ》（清隆《きよたか》）と山県狂介（有朋）を送り、北関東については、

「板垣先生にお願い申す」

といった。

ついでに書いておくと、彰義隊三千名をどうするかは、京都からくる軍防事務局判事大《おお》村益次郎《むらますじろう》に一任することになった。

新政府の泣き所は、江戸をいまさら戦火にかけて灰にできないことだった。官軍兵士を襲う彰義隊をまとめて処置できるか否かに、新政府の権威がかかっていた。

もっとも、大村の着任を要請したのは、西郷ではなかった。西郷は、大村益次郎という

稀代《きたい》の兵略家を、このときはまだよく知らなかった。

大村を送ったのは、京都にいた木戸孝允《たかよし》だった。

板垣は、大鳥軍が宇都宮を奪って駐屯していると知ると、

「敵は戦法を知らぬとみえる。わが腹中に入ったようなものだ」

と側近にいった。

しかし、四月二十一日夕刻までに、安塚へ敵が出現したという報告をうけると、

「甘く見ていたのは間違いであった。敵にも知恵者がいるものと思える」

といい、大砲を擁する因州兵を宇都宮街道へ進め、西の茂呂山《もろやま》に土佐兵を配置した。このとき、土佐の砲隊は指揮官の谷守部（干城）とともに江戸に残留しており、北関東へは出陣していなかった。土佐兵の武器は、小銃と刀槍《とうそう》であった。

戦闘は二十二日の早朝からはじまった。どんよりと雲の垂れこめた日だった。

大鳥は中軍を指揮して街道を南下した。大鳥からみて、右翼の茂呂山よりに前軍、左翼に米田桂次の指揮する後軍を配置した。永倉はこの後軍にいる。

因州兵は、街道に出現した中軍を見ると、砲撃を開始した。

その砲声が空を覆っている分厚い雲の天井にハネ返って、歳三のところに遠雷のように聞こえてくる。

大鳥の作戦は、砲撃に負けたふりをして後退する。それを追ってくる因州兵を左右から挟撃して、敵の砲を奪取しようというのである。

(子供だましだ)

と歳三は思った。

この程度の仕掛けは、作戦というに値しない。

板垣退助がどういう作戦家か、歳三にはわかっている。そんな単純な仕掛けにひっかかるはずはないのである。

「どう出てきますか」

と秋月が質問した。

「わからない。わたしなら、あの山に砲隊をひそかに隠して置いておくが……」

と歳三は茂呂山を指した。

砲声はしだいに北へ移った。中軍は、予定通りに退却とみせて、敵を誘いこんでいる。

「秋月さん、いまこそ出撃しよう」

「敵の砲隊を踏みつぶすわけですね。じつに愉快だ」

「そうじゃない。このまま南下して、壬生城を攻略するのだ。敵は、ごく少数を残して、ほとんど出ているに違いない。わが軍だけで乗っ取ることができる」

「ああ……」

秋月は感嘆の声を放った。

前軍は、因州兵の退路を断つ感じで、いっせいに動き出し、すぐさま、一部を残して、主力は壬生を目ざした。一部を残したのは、因州兵の反撃に備えたのである。

板垣は、茂呂山の中腹から、この動きを見ていた。

板垣はむろん大鳥の作戦を看破していた。だから、予定の退却をする敵の中軍を因州兵に追わせずに、弱兵の大垣兵にその役を与えた。

因州兵が誘いこまれたとみれば、左右から挟撃してくるはずである。そのときこそ、敵は茂呂山に背を向けて、うしろからの攻撃に耐えきれなくなる。

だが、板垣の予期に反して、歳三の前軍は壬生へ向けて前進しはじめた。

板垣はうろたえた。敵は、挟撃しようとせずに、いっきょに本拠を突こうとしているのだ。

彼は、隊長の大石守高《もりたか》に、

「敵は作戦を変えた。前軍に新選組の残党がいるという噂は、どうやら本当だったらしい。きみは因州兵の援護をやめて、敵を追え」

と命じた。

土佐兵は、大石の命令で、いっせいに山を下りた。

「きたな」

歳三は雀躍《こおど》りせんばかりにいった。これで甲州の仇《かたき》はとれるのだ。

「あいつらはわたしが引き受けるから、あんたは壬生へ進めてくれ」

と秋月にいった。

すぐに喊声《かんせい》が起こり、土佐兵が襲ってきた。

歳三は、手もとの兵約二百名で、突進してくる敵に一斉射撃を命じた。

「死ね！」

土佐兵は猛烈な勢いで突っこんできた。

歳三は抜刀した。

こうなれば白兵戦である。歳三はシャグマの敵兵のなかで、大声で指揮をとっている男を目ざして駆けた。

一刀両断であった。あとでわかったことだが、歳三が斬ったのは大石だった。しかし、相手の士気は衰えなかった。

(土佐兵は強悍《きようかん》だ)

敵は死ぬことを恐れていない。やはり本物の武士の集まりらしい。

「こなア」

と歳三には何のことかわからぬ雄叫《おたけ》びを発して斬りかかってくる。

歳三はその切先をかわしながら、

(そういえば、京にいたころ、諸国の浪士たちのなかで、新選組にもっとも強くはむかってきたのは土佐の連中だったな)

と思いかえすだけの余裕があった。三条大橋の制札取りこわし騒ぎなども、捕えてみれば土佐人だった。

会津へ

1

白兵戦が続いているさなか、壬生《みぶ》城をめざしていた先鋒《せんぽう》の秋月隊が、応援するつもりか馳《は》せ戻ってきた。

「たわけが！」

歳三は、群らがる敵兵の中を駆け抜けて秋月の姿を求めた。

乱戦になっているので、秋月がどこにいるか、わからない。

土佐兵は、歳三ひとりに攻撃を集中しはじめた。指揮官の大石をすでに失い、代って指揮をとっていた真辺戒作《まなべかいさく》も負傷していたのだが、さらに安岡覚之助《やすおかかくのすけ》が板垣の命令で、本隊の一部を率いて加わり、兵たちを指揮した。

さすがに、土佐兵はよく訓練されていた。

それにひきかえ、歳三の前軍は、はっきりいって、よせ集めに近かった。集団戦闘の訓練が不十分だった。歳三が指示を与えても、それが実行されない。

歳三は、ようやく秋月を探しあてると、

「どうして戻ってきた？　ここはわたしに任せて、早く壬生城を抜くのだ」

とどなった。

「壬生へは、一隊を向かわせてあります。それより、あなたを失ってはならない」

「わたしは大丈夫だ」

そういったとき、皮肉なことに流れ弾《だま》が歳三の右足に命中した。

鋭い痛みを感じて、歳三はその場に倒れた。

秋月は顔色をかえた。

歳三は刀を杖《つえ》にして立ち上がった。

「土方先生、ここはわたしが引き受けますから、いったん退いて下さい」

「気にしたもうな。これしきの傷で死にはせんよ」

歳三はいい、秋月に早く壬生城攻略に戻るようにいった。しかし、秋月はきかなかった。

このとき、豪雨が戦場一帯に降りはじめた。

板垣の明治後年になってからの回想によると、十メートル先は見えなかったほどの激しい雨であるために、敵味方の識別ができなくなり、日没も重なって自然に引き分けの形で戦闘が終ったという。

板垣軍は茂呂山の山麓にとどまり、歳三と秋月は安塚の北の幕田《まくた》で兵をまとめた。

板垣が、あとで胆《きも》をひやしたのは、秋月隊の一部の約五十名が、壬生城までたどりついて攻撃をしかけてきた、とわかったときだった。

このとき、城に残っていたのは、十数名にすぎなかった。負傷して後送された真辺戒作がその十数名を指揮して城門をとざし、一斉射撃を加えた。攻め方は、それにひるみ、一戦もまじえずに後退した。相手がわずか十数名だったとは、気がつかなかったのだ。

「まことに危ないところだった。敵にしっかりした指揮官がいれば、わが軍は壬生を失っていただろう。そうなれば、情勢は大いに違ったものとなっていた」

と板垣はいう。


雨が上がったのは、夜になってからだった。

大鳥は全軍をいったん宇都宮へ集結し、軍議を開いた。

歳三の傷は思いのほか深かった。大鳥に聞かれたとき、

「なに、大したことはござらぬ。足さきを弾がかすったまでのこと」

と答えたが、じっさいは骨の一部がくだけており、歩行困難であった。

歳三は、

「一日も早く日光へ移るべきです。ここを守るのは、自殺するようなものだ」

と主張した。

「そうは思わない。安塚では、五分五分に戦った。野戦で互角だったのだから、城に籠れ

ば有利になる」

と大鳥はいった。

「それは城を守る側に、応援の軍が期待できるときのことです。いま、北関東で戦っているのは、わたしたちだけだ。それとも、会津から兵がくるとの連絡でもありましたか」

「いや、ない。使いは出してあるが、まだ何もいってこない」

「それなら、ここは棄《す》てるべきです」

と歳三はいった。

ほかに発言するものがいなかった。総督と参謀が対立しているのだ。

気まずい軍議になった。大鳥は、

「明朝、再びお集まり願いたい」

と宣言して、この夜の軍議を終えた。

歳三も予想していなかったことが、翌朝になって起きた。

板垣軍が夜のうちに進出してきて、宇都宮城を包囲したのである。ただし、東口だけは空けてある。

前日の戦闘で、大鳥軍は約六十名を失っていた。

板垣軍も同じ程度の損害を出したはずである。進撃してくるのは、早くても二日後だろう、と歳三は考えていた。銃砲の整備をするにも、丸一日はかかるのだ。

ところが、板垣はこの常識をぶち破って、全軍を進発させた。この日に、結城方面から薩兵約三百名が参謀伊地知正治に率いられてくるという報告をうけ、一気に決着をつける作戦をとった。

大鳥は、西に第一大隊、北の大手門に第二大隊を配備し、南を靖兵隊に任せた。

戦闘は午前九時ごろから開始されたが、はじまってすぐに大鳥自身が負傷し、ついで第一大隊長の秋月、第二大隊長の本多幸七郎《ほんだこうしちろう》も負傷した。いずれも、狙撃されたものだった。薩兵のもっていた新式のライフル銃が威力を発揮したのだった。

大鳥は、もはや守りきれぬと判断し、日光への転進を命じた。

板垣が東を空けておいたのは、それを誘ったのだ。

板垣は日光街道をふさぎ、バラバラに逃げてくる大鳥軍を攻撃した。大鳥軍の一部は降伏し、結局約一千名が裏道をぬけて今市から日光へ走った。

兵力半減である。その上、負け戦《いくさ》で全員が沈みこんでいる。

歳三、秋月ともに負傷したこともあって、もはや、前、中、後の三軍編成は、無意味になっていた。

大鳥の負傷は足に破片が入ったもので、歩行に支障はなかった。彼は、歳三と秋月の陣へ見舞いにきて、

「わたしの失敗だった。その責任をとって、総督を退きたい」

といった。

「誰に指揮をゆだねるつもりです？」

歳三は問いかえした。

「むろん、あなただ。ほかに人はいない」

「わたしはことわる」

「そういわずに、引き受けてもらいたい。一千名に減じたが、日光の天嶮《てんけん》をもってすれば戦える。それがあなたの当初からの持論だったはずです」

「それは負ける前のことだ。敗兵を建て直すには時間がかかる。山をぬけて、会津へ行きましょう」

と歳三は進言した。

大鳥は渋った。

会津へ行けば、会津藩の指揮系統に組み入れられる。それがどうもおもしろくないらしい。が、妥協して、

「では、あなたと秋月君に先発していただこう。わたしは、兵をまとめてからあとを追う」

といった。

一方、板垣は宇都宮を攻略したのち、すぐに城を出て、今市に布陣した。さすがに兵略家であった。宇都宮は守りにくいところであることを見抜き、伊地知に任せた。

このあたり、官軍も意思統一ができていなかった。

板垣の目は、日光の大鳥軍よりも、会津街道から南下してくる敵軍に向いていた。

その一隊は、旧幕臣沼間《ぬま》慎次郎（守一《もりかず》）に率いられた約六百名だった。主力は会津兵で一部は旧伝習隊の洋式軍である。

沼間は、江戸を出ると、会津へ行き、西郷頼母《たのも》に依頼されて、会津兵に洋式調練をほどこした。

約一カ月で、彼は戦国時代ふうの陣立てのままだった会津兵に、号令一つで離合集散のできる洋式陸軍のやり方を教えた。

その訓練がきびしすぎたために、会津兵は反感を抱き、

「沼間のやり方は、長州や薩摩と同じである。伝習隊出身というが、じつは間者《かんじゃ》なのではあるまいか」

と陰口をきいた。

「莫迦《ばか》なことを」

沼間は落胆し、西郷頼母にいって、旧伝習隊の生き残りといっしょに、大鳥軍に合流することを望んだ。

西郷は、

「せっかくだから、訓練したわが藩兵も加えましょう」

といい、沼間の独立を認めた。

西郷としては、洋式調練をほどこしてもらったものの、武器が旧式のままでは、どうにもならぬことを悟ったのである。

分隊、小隊単位の離合集散を軸に戦闘をするには、新式銃を前提にしなければならないが、会津兵の銃は、旧式のものばかりであった。一発撃ってから、先込めで弾を込めるようでは、どうにもならないのである。

そういう旧式軍でありながら、会津は、それでも官軍と互角に戦えるつもりであった。

2

歳三は、四月二十九日、会津若松《わかまつ》城下に入った。

その四日前の四月二十五日に、近藤は板橋の刑場で斬首されていた。近藤は板橋の官軍本営へ送られ、きびしい調べをうけている間に、おのれの運命を悟達していたのであろう。

その心境を次の七絶に託した。

他ニ靡《なび》ク今ノ日復《また》何ヲカ言ワン
義ヲ取リ生ヲ捨ツルハ吾《われ》ノ尊ブ所
快《ただ》ク受ケン電光三尺ノ剣
只将《まさ》ニ一死ヲモツテ君恩ニ報イン

右の詩は、子母沢寛の「新選組始末記」に紹介されていて、四月四日の作となっているのだが、はたして近藤の作か否か。字句の用い方が稚拙で、漢詩としては評価のしようのない作といってよく、また、捕われた直後の四日に、近藤が斬刑を覚悟していたかどうか大いに疑わしい。筆者は、後人の偽作ではないかと思っているが、それはそれとして、近藤がつねに徳川家のために、一死をもって君恩に報いようとしたことは確かであった。

その徳川家は、官軍からの照会に対して、近藤について、

「先達、脱走に及び候者にて当家は更に関係つかまつらず……」

と回答した。

徳川家としては、一近藤の非運などにかまっていられなかった。官軍は、この回答を根拠に、近藤は、

「浮浪の者にて……徳川の名を偽り候次第、その罪数うるに暇《いとま》あらず……」

として梟首《きょうしゅ》にしてしまった。

勝と西郷との話し合いによって、徳川家の大官の処分は、京都において決定されることになっていた。従って、徳川家が官軍の照会に対して、

「近藤は大番組頭取であり、甲州への進発は了解ずみのものである」

と答えていれば、東山道軍の判断で処刑はできなかったはずなのである。

近藤が君恩を感じていた徳川家は、近藤に対しては、このように非情であった。

後年、近藤、土方をよく知っていた松本良順が、殉節両雄之碑を建てようとして、その碑の題字を、徳川慶喜に頼んだ。その撰文《せんぶん》の一節に、

「流山ニ於テ官軍襲イ而《しか》シテ之《これ》ヲ囲ム、昌宜（近藤）竟《つい》ニ縛ヲ見ル、四月廿五日之ヲ板橋

二斬リ京師ニ梟首ス」

とあった。

慶喜は一言も発しなかった。その文章に目をとめたまま、涙をこぼした。

近藤の死のころ慶喜は水戸へ退いていたから、近藤が脱走者であると回答したことに、直接の責任はなかった。とはいえ、近藤が、徳川家のために戦って命を捨てたことに変りはない。その哀惜の情が彼の涙を誘ったものかどうか……。いや、慶喜には、そのような部下への思いやりはなかっただろう。部下を置き去りにして保身をはかった人物なのだ。近藤が自分のために死んだからといって、泣くことはない。とすれば、彼の涙は何なのか。


歳三の宿は七日町《なぬかまち》の清水屋《しみずや》だった。

足の傷は膿《うみ》をもって腫れている。その手当てをすませたところへ、斎藤一が入ってきた。

「土方先生、力不足でお役に立てず、まことに申し訳ありません」

「会津藩も内情はこみ入っているらしいな。おぬしの力不足のせいではない。むしろ、これからのことが大事だ」

「そのことについては、のちにくわしく説明しますが、江戸から良くない知らせが入っています」

「何だ？」

「近藤先生のことです」

とだけ斎藤はいった。

歳三は、全身の血が音を立てて引いて行くような感じに襲われた。

「死んだのか」

斎藤はうなずいた。

歳三はかすかな望みをつないで聞いた。

「切腹か」

「そうではありません。板橋で斬首、太刀《たち》取りは、岡田《おかだ》藩の指南役、横倉喜惣次《きそうじ》なる人物だったそうです。顔色ふだんとさらに変らず、じつに見事な最期だった由……」

「うむ」

歳三は瞑目《めいもく》した。

自然に涙が溢《あふ》れ出してくる。とめたいと思うがとまらない。肩がふるえてきた。胸の奥を何か熱い塊のようなものが駆け巡っている。

歳三は嗚咽《おえつ》した。

斎藤がそっと立って出て行った。

歳三は正座した。足の痛みも感じなかった。

(勇《いさみ》さんよ、だからいったじゃないか！)

歳三の内部に、何かえたいのしれない怒りがこみ上げてきた。

投降するなんて、愚か極まることだったのだ。官軍と称するやつらが、新選組局長をどう扱うかは、わかりきったことだった。

むろん、命惜しさに投降したのではないことは、わかっている。近藤は剣をふるえなくなったおのれに、みずから愛想をつかしたのだ。

その夜、歳三の部屋の灯は、一晩じゅう点《とも》っていた。歳三がその夜をどうやって過したかは、斎藤らにはわからない。

歳三は、朝になると、秋月登之助をたずねて、墓碑の手配を依頼した。秋月もすでに聞いていたとみえ、悔みの言葉をいった。歳三は、

「じつは、お願いがある。近藤が存命中にもっとも縁が深く、かつそのお人柄を尊敬していたのは会津公です。わたしは、死せる近藤のために墓碑を建てたいと思うが、どこかご領内の土地を拝領したい」

「さっそく言上致しましょう」

秋月は登城して、重役を通じて松平容保《かたもり》に願い出た。容保はすぐに許可した。

歳三は、愛宕山《あたごやま》の中腹の天寧寺《てんねいじ》の裏山を選んで、近藤の墓碑を建てた。戒名は、容保が与えた。

――貫天院殿純義誠忠大居士
である。その上に、丸に三つ引の定紋をきざんだ。

斎藤をはじめ、このころ会津に参集していた旧隊士、会津藩士で近藤を知っていたものたちが焼香した。

すべての行事が終り、人びとが去ったあと、歳三は独り居残って切り株に腰をおろした。流山で近藤を引きとめようとして失敗したときのことが、鮮明に思い出されてくる。あのときは、歳三としては精いっぱい近藤を思いとどまらせようと努めたつもりだった。しかし、いまにして思えば、はたして全身全霊を傾けて近藤をとめた、といえるだろうか。心のどこかに、

（仕方がない。ここは好きにさせよう）

という投げやりな気分があったのではないか。

歳三には、刑場に引き据えられている近藤の姿を思いうかべることができなかった。近藤が全盛時代に、供回りを従えて二条城へ出仕して行く姿にも、子供のころから近藤を知っている人間の目からみると、何かしらそぐわないものが感じられたのだったが、首の座に据えられた近藤は、もっとふさわしくなかった。

歳三の知る近藤勇がもっとも近藤勇らしいのは、小石川の道場で、多摩からきた門弟や、江戸の門弟たちに、丁寧に剣を教えているときの姿だった。

沖田は面倒がって、容赦なくあしらい、ときには相手が気絶することもあったが、近藤は決してそのような荒稽古をつけることはしなかった。少しは上達した弟子がたくみに打ちこみを決めたときには、わざと一本とらせて、

「ようし、その呼吸を忘れないように」

と励ました。

門弟数千を数える北辰一刀流や神道無念流らの大流派に比べれば、天然理心流は、とるに足らない小流だった。多摩でこそは、少しは知られていたが、江戸では、多くの人が、

「そんな流派があるのか」

と首をかしげたであろう。

そのころの近藤の、天然理心流四代目として最大の願いは、講武所の師範役となって、流派を人びとに認めさせることだった。そのために、近藤は涙ぐましい努力をした。しかし、その努力はまったく実を結ばなかった。山内容堂が主催した各流対抗の試合にも、天然理心流は一人も招かれなかった。

「歳《とし》、無念というか口惜《くや》しいというか、じつに心外だなア」

と呟《つぶや》くようにいった近藤の表情を、歳三は思い出すことができる。そして、天然理心流が無視されているのは、

「わしの努力が足りんからだ」

などと大まじめにいっていた。

「そういうことじゃないよ。あんたは、人の二倍も三倍も努力しているさ。うちが呼ばれないのは、道場の実力のせいじゃない。おれたちが多摩の農民だからよ」

と歳三がいっても、近藤は、

「それは僻《ひが》みというものだ。お前はどうも素直じゃない。それでは剣も人も大成しないぞ」

と鹿爪《しかつめ》らしい口調で訓《さと》したものであった。

歳三は、そういう近藤勇が煩わしくもあり、同時に好きでもあった。沖田なども、

「うちの師匠《せんせい》はくそまじめすぎて、かなわないなア」

とよく歳三にこぼしていたが、じっさいには、それが近藤の最大の長所であることも知っていたのだ。

その近藤がいまはこの世に亡い。死んだのだ。いや、官軍と称するやつらに、切腹の場をも与えられずに首を斬られたのだ。

歳三は目をあけた。

眼下にひろがる天地は、多摩の清流や背後の山々の煙る風景とは、およそ別のものだった。

(ここは、あんたにふさわしい場所じゃないし、おれにもふさわしくない。そう長くは待たせる気はないが、いましばらく天のどこかで見ていてくれ)

歳三は立ち上がった。小石を一つ、ポンと蹴り、墓碑を一瞥《いちべつ》してから山を下りて行った。

3

大鳥圭介の率いる隊は、沼間慎次郎の伝習隊と合流して、なおも野州《やしゅう》の山岳地帯で戦った。

ことに、今市に滞陣していた板垣の中軍を、約一千名の兵力で攻撃したときは、あと一

息で敵を敗走させるところだった。

沼間の作戦用兵は巧妙をきわめ、板垣隊は余力をほかに回して三百名に減っていたせいもあって、大いに苦戦した。

沼間は、会津街道、宇都宮街道に攻撃の主力を配したが、自分は一隊を率いて険しい間《かん》道《どう》を抜けて壬生街道に回った。

板垣は、不意に背後から現われた沼間隊に攻め立てられ、

（きょう、死ぬだろう）

と覚悟したほどだった。

ところが、大鳥は、

「宇都宮城などは放っておくのです」

という沼間の忠告を無視して、一隊を割いて、宇都宮へ送った。そこには、陽動作戦のために、板垣が送った二小隊が駐屯していた。大鳥は、その二小隊からうしろを攻められることを恐れ、事前につぶしておこうとしたのである。

このため、今市への攻めが手薄になった。

それを看破した板垣は、一隊をもって囲みを突破させ、逆に大鳥軍の背後を衝《つ》かせた。

大鳥隊はうろたえ、会津街道へ退却した。こんどは、沼間隊がぽつんと取り残されたかっこうだったが、沼間は日光を経て何とか本隊へ合流した。

大鳥の頭には、フランス軍の操典がびっしり詰めこまれていたが、実戦となると、それ

が少しも活用されなかった。

この戦闘を最後に、野州は官軍の制圧するところとなった。

五月十五日、上野にこもった彰義隊がわずか一日で敗れ去り、江戸の治安も回復した。大総督府は、奥羽征討白河口総督に、公卿《くぎよう》の鷲尾隆聚《わしのおたかつむ》を任命し、薩長軍のほかに土佐軍を加える最強の編成を行った。薩、長、土が各四中隊、ほかに大垣、忍《おし》から各一小隊で、計二千名。

これより先、奥羽越の二十五藩は白石《しろいし》に会して同盟を結び、新政府に建白書を提出した。また、江戸湾に残っている榎本武揚の艦隊が脱走兵を海路運び、ついには輪王寺宮《りんのうじのみや》まで仙《せん》台《だい》へ移したので、奥羽の天地には、反政府の気運が大いに漲《みなぎ》った。

しかし、その勢いも一時的なものであった。

六月二十四日、征討軍は白河を発し、棚倉《たなぐら》、守山《もりやま》、三春《みはる》と相ついで攻略し、一カ月後には二本松に迫った。

二本松の城主は丹羽《にわ》長国《ながくに》、その兵は旧式装備だったが、戦意は旺盛だった。官軍はすこぶる苦戦したが、最後には大砲がモノをいって城中に火災を発生させ、ついに陥落させた。

この敗報を聞いて、福島の城主板倉勝尚《かつひさ》は一戦もまじえずに逃亡した。また、七月二十四日には、越後の長岡も鎮定され、会津は孤立した形となった。官軍はここで補給し、兵力も増強して、約二千五百名とした。指揮官は、板垣（土）、伊地知正治（薩）、桃村発蔵《ももむらはつぞう》（長）の三名である。ほかに、佐土原《さどわら》、大垣、大村の各藩からも兵が送られてきていた。

対する会津の兵力は、大鳥隊や沼間隊をふくめて約八千名だった。しかし、老人、女子供を含めてなので、戦力は約三千名、ほとんど互角といっていい。

それに官軍には、不利な点があった。冬になる前に、是が非でも攻略しなければならないことだった。主力の三藩は、南国育ちの兵ばかりだった。東北の冬の寒さというものを知らない。また、冬の装備も用意していなかった。

八月二十日、官軍は本営を発し、会津領の中山村《なかやま》へ向かった。

会津へ攻めこむには、二通りの道があった。中山を突破して猪苗代湖《いなわしろ》北岸へ進む道と、南の山岳地帯を踏破して南岸へ出る道である。いずれも西岸の戸口村《とのくち》でいっしょになり、滝沢《たきざわ》峠を通って、会津若松城へ進むことになる。

板垣は、兵を二手に分けることを主張した。

北岸を進むには、その前に母成《ぼなり》峠の堅塁を抜けなければならず、また磐梯山《ばんだいさん》から流れて湖に注ぐ川をいくつも渡らなければならなかった。これは攻めるに難く、防ぐに容易である。だから、北へ攻めかけるとみせ、その間に南へ回って戸口村を奪取すれば、中山村の敵は立ち枯れになる。しかし、伊地知は反対した。

「会津の手のうちは、鳥羽伏見で知れている。一気に押しつぶせばよろしい」

板垣は大いに怒り、単独で南へ回ろうとしたが、長州が間に入って、両者の仲を取りもった。

歳三の傷は完全に回復していた。

若松城では、毎日のように軍議が開かれている。

この席に、会津藩以外のもので出席を許されているのは、大鳥のみであった。歳三も沼間も、出してもらえなかった。

沼間が地図を持参して、歳三をたずねてきた。

「聞くところによると、母成、滝沢の両峠に兵を送ることは送るが、主力は城にあって、籠城戦をやるつもりらしいですよ。土方さんは、どう思います？」

と沼間はいった。

「本気でそんなことを考えているのかね？」

「本気も本気、大本気のようです。籠城ならば、冬まで持ちこたえるし、冬がくれば、敵は退却するか凍死するか……」

「のんきなことだ」

と歳三は呆《あき》れた。

「同感です」

「沼間さん、あんたが敵将ならどうやって攻めるかね？」

「兵を二手に分けますよ。湖の南北から滝沢峠をめざす」

「その通りだ。それをやられたら、勝ち目はない」

「しかし、そうはならんでしょう。本営方面へ出した諜者《ちょうじゃ》の知らせでは、全軍が母成峠をめざすようです」

「それはよかった。まだ、天はわれわれを見棄てないらしい」

「母成と滝沢とに、各一千名を送って固めておけば、敵は立ち往生するでしょうな」

「そして残りの一千名をもって磐梯山を踏破し、敵の背後に出る」

「あッ」

と沼間は小さく叫んだ。

「おかしいかね?」

「逆です。わたしはそこまで考えつかなかった。磐梯山は敵も味方も抜けられぬものと決めていました」

「そう、抜けられないかもしれぬ。が、それを抜ける以外に会津が生き残る道はないとあれば、できるだろう」

「大鳥さんに進言しましょう」

「それより、秋月君へじかにいった方がよかろう」

「それもそうですな」

沼間はにやりとした。大鳥には、この二人が何となく煙たい存在になっているのだ。

だが、軍議は、籠城を主体とすることに決した。ただし、母成峠の守りは、大鳥軍と伝習隊に任せる、というのである。

このとき、両隊あわせて、兵力は約五百名に減じていた。

さすがに、これでは少なすぎると思ったのであろう、会津藩士田中源之進《げんのしん》が二百名を率いて加わることになった。

4

歳三らが母成峠に布陣したのは、八月十九日だった。官軍が本営を発する、わずか一日前である。

歳三は、若松を出る前に、せめて大砲を付けてくれるように求めたが、ことわられた。最前線に置いたのでは、もし敗れたときに敵のものとなる恐れがあるから、城の守りに使うというのである。

「土方さん、どうも会津の人には、いまの戦争というものがわかっていないようですね」

と沼間はいった。

「致し方ないことさ」

「小銃だけでは、どうにもなりませんよ」

「いや、ほかにも武器はある」

「何です？」

「これだ」

歳三は刀の柄《つか》を叩《たた》いてみせた。

「正気ですか。そんなものは、もう役に立たぬ時代です」

「たしかに、鳥羽伏見のときは、そう感じたよ。しかし、ここの地形では役に立つ。岩場が多いからね。そこに身をひそめて敵の弾を避け、機を見て斬りかかるのだ。銃隊の指揮はお任せするよ」

と歳三はいった。

戦闘は、二十一日の朝からはじまった。官軍は総兵力を一気に前進させた。

伝習隊は銃をもって反撃したが、官軍より基本的に銃の数が劣っている。しだいに追い立てられた。

日が傾き、付近の山野は官軍で満ちた。

歳三は、小高い岩場の陰に、約百名とともにひそみ続けて、この時を待っていた。

勝ったと思っている官軍は、兵糧を使っている。

歳三は抜刀すると、岩の上に飛び上がった。

「全軍、討ち込め！」

歳三は一気に駆け下りると、敵兵の中へ斬り込んだ。

「ぎゃッ」

と声を発して、歳三の前に立ちはだかったものは倒れる。

(勇さんよ、見ているかね)

そう考えるだけの余裕が、歳三にはあった。

ラシャ地の戎衣《じゆうい》が、返り血でみるまに赤く染まった。官兵たちは、このころ、小銃のほかに長刀を帯びるのを嫌っていた。重い刀を腰にさして行軍するのは、ひどく疲れる。そのために、脇差《わきざし》を用いるものが多くなっていた。

歳三は、愛用の和泉守兼定《いずみのかみかねさだ》である。つぎつぎに斬ってから、官軍が山のように積み上げておいた米俵に火をつけ、土釜を打ち砕いた。このため、官兵は米が不足して、二日間はかゆで我慢しなければならなかった。

歳三が望んだわけではなかったが、死傷者は土佐兵に多かった。

半隊長の近藤楠馬《くすま》は死亡、六番隊長衣裴《いび》武彦、十四番隊長桑津一兵衛が重傷を負って、後送された。

歳三は夜になって猪苗代城に戻った。城といっても堡塁《ほうるい》に近い。

沼間は、

「土方さん、幽霊かと思いましたよ。敵の悲鳴で、戦果の上がったことはわかったけれど、あなたも戦死したかと早合点しました」

「こういう戦闘には馴《な》れている。めったなことでは死なんよ。それより、大鳥総督はどうした？」

「戦況報告に若松城へ戻りました」

「うむ」

歳三は失笑した。

そんなことは、伝令を使えばすむのである。要するに、体《てい》のいい戦場離脱である。

「ここは守れない。火を放って滝沢峠へ行こう」

沼間はうなずき、休んでいた兵たちを動員した。

二十二日、伝習隊と土方隊は、滝沢峠まで後退した。猪苗代城の火を見た官軍はいっせいに進撃したが、城は使いものにならなくなっていた。

歳三らが滝沢峠に布陣すると間もなく、城から使いがきた。松平容保が士気を鼓舞するために、本陣まで出張してくるというのである。

「この忙しいのに、迷惑なことだ」

と沼間はこぼした。藩主がくるとあっては、防塁工事の手を休めて迎えなければならない。いまは、猫の手も借りたいほどに忙しい時なのに……と沼間はいいたいようであった。

歳三も思いは同じだったが、

「仕方あるまい」

といって沼間を説得した。

やがて容保が現われた。つき添うものの多くは、まだ十代の少年である。

歳三は、いたましい思いで、容保らを迎えた。

「おお！　土方ではないか」

歳三を見た容保が叫んだ。歳三は頭を下げた。

「御意《ぎょい》」

「どうします？」

「土方は母成峠で戦死したと聞いたのだ。予だけではなく、隊長兵卒に至るまで落胆しておったが、ここで元気な姿を見るとは、まるで夢を見ているようである」

と容保はいった。

「ありがたきお言葉、身の置きどころもございません」

そう答えた歳三の目に、大鳥の姿が映った。

つい皮肉がでた。

「敵の銃撃はなかなかの勢いでございましたが、元来、目も鼻もないはずの鉄砲玉めが、この土方にはなぜか避けて通ります。多くの同志を失いたるに、まことに面目なき次第……」

大鳥は顔をそむけた。

さっさと城へ帰ったことをなじっている、とわかったのだ。

容保は、歳三の進言もあって、その日のうちに帰城した。

翌二十三日、官軍はまず大砲の斉射を浴びせてから、攻撃を開始した。

会津藩兵を含めて、伝習隊、土方隊も応戦したが、いかんせん、数と性能において劣っていた。

沼間の周りには伝習隊、歳三の周りには流山以来の同志が自然に集まってくる。たびたびの戦闘で、兵士たちは、どの指揮官といっしょにいるのがもっとも安全かを、肌身に感じているのだ。

（ここは守り切れぬ）

と歳三はみなしている。

あとは、城へ籠るか、それとも会津からほかへ移るか、である。

まだ死ぬわけにはいかない、と歳三は考えている。城へ入れば、おそらく一カ月は保《も》つだろうが、それが限度である。そのさい、全員、城を枕に討死するか、それとも降伏するか。

歳三は斎藤を呼んだ。

「城へ入って食い扶持《ぶち》を減らすより、よそへ移った方がよさそうだ。米沢《よねざわ》から仙台を目ざすから、全員に伝えてもらいたい」

「わかりました。ですが、わたしは残らせていただきます」

「なぜ？　おれといっしょにいるのが、もういやになったのか」

「とんでもない。できることなら最後までごいっしょしたいが、わたしは会津藩には義理がある身なのです。京都では明石浪人として新選組に入りましたが、わたしの亡くなった父は、この藩の武士でした。山口五郎というのが、わたしの本名なのです」

山口五郎は、頭を下げた。

「そうだったのか。まったく気がつかなかった」

「正直にいうと、余人はともかく、あなたは気がついているのではないか、と思っていました」

「山……いや、やはり斎藤君と呼ばせてもらおう。ここに残るもわたしと行を共にするもきみの勝手だが、どちらの道を進むにせよ、生は難い」

「その通りであろうと覚悟しておりますよ」

「一つだけ注文しておこう。剣の名手であるきみにこんなことをいうのは、屋上屋を架すようなものかもしれんが、どんな難局にあっても、死中に活を求めることは忘れないでもらいたい」

「わたしからも副長に申しあげたい」

「副長？」

「そうです」

　歳三は苦笑した。

「久しぶりに耳にした言葉だな」

「京にいたころであれば、こわくてね、こんなことは口にできなかったでしょうが、副長も、死に急ぎをしないでいただきたい」

「わかった。では、達者でな」

「失礼します」

　山口五郎は静かにいって立ち去った。

北征

1

歳三は約二百名を率いて米沢街道を北上した。米沢藩は、謙信《けんしん》以来の名家である上杉斉憲《うえすぎなりのり》が藩主である。はじめは奥羽列藩同盟の有力な一員だったが、このころはすでに新政府への帰順を決定して、重役の黒井小源太《くろいこげんた》、斎藤主計《かずえ》を政府軍本営へ送っていた。上杉氏が土佐の山内氏と姻戚関係にあり、土佐兵を率いていた板垣退助が密使を派遣して、帰順を説いたのである。

歳三は、そのことを知っていたわけではないが、母成《ぼなり》峠の戦闘の前に、会津から米沢へ向かった旧老中小笠原長行《ながみち》、板倉勝静らが米沢城内に留《とど》まっていないことを聞いて、城下で一泊しただけで、すぐさま仙台へ向けて出発した。上杉としては、小笠原や板倉に滞留されては迷惑な事情があるらしい、と察したのだ。

じじつ、米沢藩は九月四日に降伏したが、歳三がそのことを聞いたのは、仙台に到着してから数日後だった。

仙台は政宗《まさむね》以来、伊達《だて》氏の居城である。このときの藩主は陸奥守慶邦《むつのかみよしくに》。東北きっての大藩だったが、藩主重臣ともに凡庸であった。嘉永以来、どの藩も時代の流れに応じて藩政改革につとめ、才能のある人物を抜擢《ばってき》していたが、ここだけは例外で、いぜんとして門閥が重んぜられ、兵制も旧来のままだった。にもかかわらず、大藩意識だけは強烈にあり、諸事尊大にかまえるので、他藩の評判は芳しくなかった。秋田方面で共同戦線を張った庄内藩の隊長は、

「仙台兵は重要戦線には立たしめ難し」

とか、仙台兵は、

「敵なきの地に入りて意気揚々たり」

などと酷評するものさえあった。

仙台藩としては、はじめのうちこそ列藩同盟の盟主として、官軍参謀の世良修蔵《せらしゅうぞう》を斬り、薩長は名のみの官軍で、真の勤王、王政復古は東北から行うべし、と威勢はよかったのだが、会津藩をまたたく間に孤立させた官軍の実力をみて、及び腰になってしまった。

ところが、八月二十四日、旧幕府の軍艦長鯨丸《ちょうげいまる》が、ついで二十六日は旗艦開陽丸が石巻《いしのまき》港に入ったことで、藩論は再びぐらつきはじめた。

開陽丸は二千八百十七トン、砲二十六門を有する戦艦である。艦長は沢太郎左衛門、司令長官は榎本武揚。

榎本が兵員約二千名を乗せて江戸湾を脱出したのは八月十九日であった。

旗艦開陽丸のほかに、回天丸、蟠竜丸《ばんりゆうまる》、千代田形丸《ちよだがたまる》、咸臨丸《かんりんまる》、長鯨丸、神速丸《しんそくまる》、美賀《み か》保《ほ》丸《まる》の計八隻だった。

だが、犬吠埼《いぬぼうざき》沖で暴風にあい、まず美賀保丸が坐礁《ざしよう》し、咸臨丸は下田《しもだ》から駿河湾に流された。蟠竜丸が救援に向かったが、官軍は富士山丸、飛竜丸《ひりゆうまる》、武蔵丸《むさしまる》を送り、蟠竜丸は脱出したが、咸臨丸は脱出できず、乗員の多くは戦死するか捕えられるかの非運に陥った。しかし、千代田形丸、神速丸は九月五日に仙台沖に入り、ついで回天丸、蟠竜丸も入港した。

仙台藩のなかで、王政復古を認めたのは、参政の三好監物《みよしけんもつ》だったが、彼は四月に一藩士の告げ口で退けられた。三好が、

「殿様が馬鹿だからどうしようもない。あんなものは腹を切って死ぬよりほかにない」

と放言したというのである。

さらに八月十四日、薩長人をかくまっているという疑いで、藩の捕吏《ほり》が門前に至ったとき、自刃した。

要するに藩主慶邦が愚物で、そのときどきの気分で動いていたから、榎本艦隊を目のあたりにすると、にわかに強気になり、九月三日に城中で会議を開いた。

この席に、榎本をはじめ、江戸からいっしょに脱走してきた松平太郎、永井尚志《なおむね》、遅れて会津からやってきた大鳥圭介らとともに、歳三も出席した。

歳三は、その前に、榎本と顔を合わせている。この年の初めに、大坂から退去したとき

以来である。榎本は、まず近藤の死について、じつに惜しい人物を失ったと悔みの言葉をいった。

「天命というものでしょう」

とだけ歳三はいった。ほかにいいようもなかった。

このころ、歳三は、ある意味では運命論者になっていた。官軍、歳三流にいえば西方《にしがた》との戦いがこのさきどうなるか、歳三には見当がついている。

北関東で戦ってきた体験や会津での戦闘から考えると、主力になっている薩長土の三軍は、何よりも最新式の銃火器を装備している点において旧幕府側を上回っている。個々の兵員の勇気や能力だけをいうなら、会津藩兵はかれらにひけをとらなかったし、むしろ凌《しの》いでいるといってもよかったが、軍としての綜合《そうごう》力ということになると、はるかに下だった。だから局所の戦闘には勝っても、全局的には押されてしまうのである。

会津藩は、滝沢峠を突破されてのち、城に立て籠り、西方はそれを包囲している。薩長土三藩だけの兵力では、とうてい包囲しきれないが、西方には、多くの藩が兵を提供している。その連中は、主力同士の会戦にはまるで役に立たないが、こうした攻囲戦になると、出口をふさぐ役は果たすのだ。籠城する側にとっては、その兵力の差が負担になる。

唯一の望みは、仙台藩が起《た》って、西方の包囲網をうしろから突き崩すことである。そうなれば西方はたまらずに東北から撤退するだろう。むろん態勢を立てなおして再度北上してくるにしても、それは春になってからである。その間に、東方《ひがしがた》も銃火器を買い入れて軍備を充実することができる。

だが、そうなるかどうか。いいかえれば、仙台藩を動かすことができるか否か。

歳三は、自分がいかに説得につとめても、それでは動くまい、と判断していた。

歳三の見るところでは、仙台藩では、いぜんとして身分や格式が重んぜられている。洋式調練の講釈をさせたら比肩するものはいないが、実戦の指揮能力となるとおよそ無能で、旧伝習隊の隊士からも軽蔑されている大鳥圭介が、その格式と旧幕時代の履歴の故に、仙台では厚く遇されているのだ。そして、旧幕府では大番組頭《がしら》にすぎなかった歳三は、軽く見られており、何かといえば、

「あの新選組の副長だった土方君」

といわれるのだ。

言葉をかえていえば、浪士の集団にすぎなかった新選組の、たかだか副長にすぎなかった男というふうに、仙台では見られているのである。

それもこれも全ては天の定めだ、と歳三は達観している。元来、宗教心のあるたちではないのだが、鳥羽伏見以後の転変がそういう心境に立ち至らしめているのだった。

といって、全てを諦めているというわけではなかった。榎本艦隊の出現は、歳三に希望をもたせるに充分だった。榎本は、旧幕府では海軍副総裁という高位にあった。格式においては若年寄相当である。現に和泉守でもある。

歳三は榎本に聞いた。

「このさきどうするつもりです？」

「それに答える前に、会津がどうなるか、土方さんの見通しをうかがいたい」

と榎本は問いかえした。

(用心のいい男だな)

と歳三は思った。本心を吐露する前に、相手の歳三の気持をさぐっておこうというのだ。

「おそらく一月《ひとつき》とはもたないでしょうな」

「鶴ケ城《つるがじょう》は天下に聞こえた名城だ。まして会津武士の強悍《きょうかん》ぶりをもってすれば、そうあっさり落城するとは思えないが……」

「男だけなら一月はおろか、三月《みつき》はもちこたえるでしょうが、藩士の家族をかかえこんでしまっては兵粮《ひょうろう》が尽きてしまいますよ。起死回生の策は一つしかありません」

「それは？」

「米沢藩は当てにできないが、庄内藩はまだ戦う力を残しています。あなたの艦隊をもって酒田《さかた》へ回り、陸兵を上陸させて西方を撃つ。そして、山越えに会津の救援に向かえば、見込みはあります」

「陸戦に関しては、わが陣営においてあなたにかなうものはいまいと思うが、それにしてもいささか解しかねますな」

「何がです？」

「一口に艦隊を酒田へ回航するといっても、じっさいには容易なことではない。それより仙台藩がわが陣営に入ってくれれば、包囲陣を背後から突き崩せるように思えるが、いかがなものであろう？」

「仰せの通りですが……」

「ならば、あなたが藩公や重臣の方たちを説くべきではありませんか」

「わたしが進言したとしても、相手にされませんよ。もしそういう説得に耳を傾けてくれるものありとすれば、榎本さん、あなたしかいない」

「どうして？　わたしよりも、歴戦の雄であるあなたの説得の方がよほど力をもつと思うが……」

「わたしには、この藩の人びとに耳を傾けさせるだけの徳がないらしい」

と歳三はいった。徳という言葉を、旧幕府における格式といえばわかりやすいが、そうはいいたくなかった。あとは榎本がそれを察するかどうかである。

榎本はしばらく考えたのち、

「では、自信はないが、わたしが説得してみよう。ただし、わたしは海軍のことであれば、城中の会議で、いかようにも、熱弁をふるえるが、陸戦のことになれば、陸軍奉行並である土方さんに語ってもらわねばならない」

「陸軍奉行並？」

と歳三は驚いていった。

「いかにも」

「それは……」

「土方さん、幕府はもうなくなった。だが、わたしはそれに代るものをつくろうと考えている。あえていうなら、薩長の牛耳る政府とは別の政府をつくるのです」

「できますか」

「できます。万国公法をもってすればできるのです。さきほどのあなたの問いに対する答えでもあるが、領国は蝦夷《えぞ》です。かの地に渡って新しい政府をつくり、未開の土地を開拓する。むろんそれには軍資金を必要とするが、大坂城から運び出した十八万両のほかに、松平君が銀座《ぎんざ》と浅草《あさくさ》の銭座《ぜにざ》から持ち出してきた十五万両がある。そして、すでに海軍があり陸軍があるのです」

「その陸軍において、わたしは奉行並ということか」

「あなた以上の適任者は、おらんでしょう」

「夢物語ですな。だが、おもしろい」

歳三はうなずいた。

2

オランダに約五年留学した榎本は、この時代における最高の知識人であり科学者であり、かつまた海軍の実戦指揮官であった。彼は仙台藩の要路のものたちに、この年の一月に列国が京都の政府と江戸の政府の対立について局外中立の宣言を発している事実を指摘し、その証拠として、横浜に到着した甲鉄艦ストーンウォール号がいまもって京都政府に引き渡されていないことを挙げた。

ストーンウォール号は、一千三百五十八トン、最新鋭の砲艦で、徳川幕府がアメリカから買ったものだったが、代金が一部未払いのせいもあって、アメリカは米国旗を掲げたまま横浜沖に繋留《けいりゅう》していた。新政府の財政を担当した大隈重信《おおくましげのぶ》が大坂の富豪連中から金策し、その引渡しを求めたが、アメリカは、平和になるまで渡せないといって、引渡しを拒否していた。

榎本も、注文したのは徳川政府なのだからといって働きかけたのだが、アメリカは応じなかった。それを逆手にとって、榎本は説得の材料に使ったのである。

さらに彼は、自分たちの艦隊には、フランス士官のブリュネらが乗艦していることも公表した。

だから、九月三日の青葉《あおば》城の会議では、藩論は榎本支持に傾き、後半はほとんど作戦会議のようになった。

海上の戦闘は榎本艦隊一任でいいとしても、当面は陸戦の総督を誰にするかが問題である。

格からいえば、歩兵奉行をつとめた大鳥になるが、すでに大鳥には任せられないという空気が支配的だった。旧幕臣たちの人気は歳三である。しかし、仙台藩士たちは、陸軍奉行並だった松平太郎を望むものが多かった。天保十年生れだから年は若いが、松平姓を許された旗本であり、要するに名門である。早くから蘭学に興味をもち、洋式調練をうけた。好んで洋式の戎服《じゆうふく》を着用したが、それがよく似合った。鳥羽伏見のときには大坂城に留め置かれて戦場へは出られなかった。大鳥と違って、明るい性格であり、未知の魅力があった。

だが、榎本は、仙台藩士たちに、

「総督の任にあたる人は、土方歳三君をさしおいてほかにあるとは考えられません」

といい、かたわらの松平を見た。両者の間にはすでに話がついていたらしい。

「わたしもそう思います」

と松平がいった。

歳三としては、総督には松平になってもらい、自分はその下で参謀をつとめる方がやりやすかった。歳三の立案する作戦を松平に命令してもらうのである。その方が、権威に弱い仙台藩士たちを動かしやすい。

藩士たちは、しばらくは無言だった。

(やはりな)

と歳三は心の中で苦笑した。

「せっかくのお言葉だが……」

といいかけたとき、仙台藩士のなかから膝を進めたものがあった。額兵隊《がくへいたい》長の星恂太郎《ほしじゆんたろう》という若者である。早くに脱藩して横浜へ行き、洋式兵学を修めたのち、帰藩を許されて額兵隊を組織した。

「土方先生、ぜひともお引き受けいただきとう存じます」

と星はりんとした声でいった。

ほかの藩士たちは、差し出がましいことをいう男だ、といわんばかりの表情である。すると榎本が歳三の方を向いて、

「お聞きの通りです。いろいろお考えもあろうが、お引き受けなさい」

といった。

歳三は榎本を見た。どうやら本気らしい。

「身に余る大役ですが、ご列席の方々にご異存なくば、あえて辞するものではありません。ただし、お引き受けする前に、おたずねしたいことがある」

「何なりと仰せあれ」

と藩士を代表する形で家老の伊達将監《しょうげん》がいった。

「では、申しあげる。不肖《ふしょう》土方歳三、一軍を指揮するからには、軍令をきびしく守っていただかねばなりませんが、もし命に背くものあれば、ご大藩の重役であろうとも、この歳三が三尺の剣にかけて斬らなければなりません」

「生殺与奪の権を与えよ、ということでござるか」

「仰せの通りです。いかが思召《おぼしめ》すか、ご存念のほどを承りたい」

と歳三はいい、一同を見据えた。

藩士たちは顔を見合わせた。大半のものは京都へ行ったことがない。噂《うわさ》でしか、土方歳三という男を知らない。

（どうも大変な人物が総督になりそうだ。かなわんな）

と感じたものが多かった。

その気配を察して榎本が、

「軍律をきびしくするは当然のこと、それをあらためて問うまでもありますまい。貴君の覚悟をわかっていただくだけで充分でござろう」

といった。

結局、そのことはうやむやに終った。

あとで松平が歳三にいった。

「あそこまでいわなくてもよかったような気がしますがね。仙台藩の人たちは気を悪くしたようですよ」

「それは承知の上だった」

「ならば、なぜ口にされたのです？」

「本気で西方と戦う覚悟があるかどうか、それを知りたかったんですよ」

「あるからこそ、われわれを呼んだわけでしょう」

「それならいいが……」

と歳三はいった。

主戦論と帰順論が藩内に渦巻いていて、藩主の腰が定まっていない、と歳三は見ているのだ。

その危惧は、数日後に現実のものとなった。伊達家の縁戚である宇和島《うわじま》藩の伊達宗城《むねなり》から使者が送られてきて、政宗以来の名家が浮浪の賊に曳《ひ》きずられて、汚名を千載に残すのを黙視することはできない、速やかに降伏するように、と説得された。使者はそのさい、朝廷が宗城に下した勅書を持参した。陸奥守慶邦父子の官位を止め、これ以上朝命に従わないなら討伐する、という内容である。

慶邦は、文久三年に免職にした遠藤文七郎《えんどうぶんしちろう》を召し出して、執政に任じた。遠藤は、仙台藩には珍しい尊王攘夷《じょうい》論者で、藩主の義父にあたる近衛忠煕《このえただひろ》の関白就任にさいして使者として上京し、薩長の有志と交わりをもった。だから、官軍のなかにも遠藤を知るものが多く、この年の四月に江戸の総督府は、遠藤を登用すべしと仙台藩に命じたくらいなのである。しかし、そのとき慶邦は、

「遠藤は病気でその任にたえません」

とことわった。

その遠藤を起用したのである。慶邦は勅書を見てふるえ上がったのだ。

同時に、主戦派の執政である但木《ただき》土佐と坂英力《さかえいりき》が退けられた。両者とも、奥羽列藩同盟の強力な推進者だった。二人ともものちに江戸へ送られ、翌年五月斬首。

3

九月十五日、仙台藩は正式に降伏した。ついで九月二十二日には会津が落城し、同月二十七日には庄内藩も降伏した。

榎本艦隊は十月十二日、松島《まつしま》湾を出港した。江戸を出たときは八隻だったが、二隻を失って六隻になっていた。その六隻のうち、千代田形丸は石巻にあった長崎丸を伴って酒田へ赴いたのだが、長崎丸は難破し、千代田形丸はまだ合流できずにいる。従って残るは四隻だった。

仙台にあった旧幕兵は、このとき約三千名だった。それに額兵隊も加わったので、五隻では、とうてい収容しきれない人数である。榎本は、旧幕府が仙台侯に貸与していた蒸気船大江丸《おおえまる》と帆船鳳凰丸《ほうおうまる》の返還を求めた。というよりも、実力で取りかえしたといっていい。また、出港後間もなく、気仙沼《けせんぬま》沖で海賊をしていた千秋丸《せんしゆうまる》を押収して北上した。

出帆に先立って、榎本は、官軍の四条隆謌《しじようたかうた》総督あてに弁明書を送った。自分たちが蝦夷地（北海道）へ行くのは、同地を開拓して徳川家の家臣らの生活を助けるためで、決して朝廷に反逆するためではない、という内容である。

旗艦の開陽丸には、旧幕時代には榎本よりもはるかに高位だったものたちが乗艦していた。老中だった板倉勝静、同じく唐津《からつ》藩世子の小笠原長行、京都所司代だった桑名藩主松平定敬《さだあき》、若年寄永井尚志、若年寄並陸軍奉行竹中重固《しげかた》らである。世が世ならば、榎本、松平らは平伏して口をきかなければならない相手だったが、いまでは何の役にも立たない居候同然の身の上だった。

榎本はかれらには何事も諮《はか》らず、すべて松平と歳三に相談した。もっとも、朝廷に出した弁明書については、歳三には話さなかった。いえば反対される、と思ったらしい。

歳三にとっては、弁明書などはどうでもよかった。それが通用するもしないも、要は実力である。榎本艦隊と三千の兵力をもって、新しい国をつくれるものかどうか。

艦隊は十三日に宮古《みやこ》湾に入り、三日間停泊して燃料と食糧を補給してから出港した。南部《なんぶ》藩は、八月下旬までは奥羽同盟の有力な一員で、同盟に不参加だった秋田藩に出兵したこともあったのだが、米沢、仙台と相ついで降伏したことを知ると、主戦派の家老楢山佐渡《ならやまさど》を解任して十月三日に降伏を申し入れた。

官軍の代表として、土佐海援隊出身の石田英吉《いしだえいきち》が盛岡に入ったのは十月十日であった。そして、藩主父子と楢山佐渡が官兵に護送されて盛岡を離れたのが十三日だった。宮古湾に榎本艦隊が入ったという報告をうけても、石田としては、兵を動かすような余裕はなかった。

十月十九日、開陽丸は噴火《ふんか》湾（内浦湾《うちうらわん》）に入った。

榎本は、長官室に歳三をはじめ、荒井郁之助《あらいいくのすけ》、沢太郎左衛門、大鳥、松平らを集め、地図を前にして、

「いまわれわれは鷲《わし》ノ木《き》村という漁村の沖にいるが、あす、後続艦の到着を待って上陸す

る」

といった。

歳三は黙っている。箱館（函館《はこだて》）の北方十里で、途中には山がある。どうして箱館へ上陸しようとしないのか。

榎本はなおもいった。

「兵は二手に分け、本隊は大鳥君、支隊を土方君に指揮してもらいます。本隊は箱館へ直進し、支隊は海岸ぞいに迂回《うかい》して湯ノ川《ゆのかわ》から攻める」

榎本は、公式の場では君呼びしたが、そうでないときは、さんづけを用いた。

打合わせがすむと、榎本は去ろうとする歳三を呼びとめた。

「土方さん、あなたの隊の方が難路を行くことになるが、よろしく願います」

「それは気にしないが、どうしていきなり箱館湾に上陸しないのです？」

「そのことだが、箱館湾には外国の船が入っているからです。あそこの弁天《べんてん》砲台がわれわれに発砲した場合、外国船に損害をあたえる恐れがあり、そうなっては、新しい政府をつくるどころではなくなる」

「なるほど」

「それに、わたしは十代のころ、箱館へ行ったことがあるのです」

「それは初耳ですな」

「そうでしょう。あまり人には語っていない。というのは、十七歳のころ松前《まつまえ》藩の内情をさぐったり、遠く千島《ちしま》の方まで行ったりした。箱館奉行堀織部正《ほりおりべのしょう》殿の小姓ということになっていたが、じっさいは密偵同様の仕事でしたからね」

「ほう」

歳三はあらたまった思いで榎本を見た。

仙台で再会して以来、出帆まで事あるごとに顔を合わせていたし、出帆後はいうまでもないことである。しかし、歳三は、この人物がどうもつかみきれないでいた。

榎本家は代々の直参《じきさん》である。ただし、彼の父親榎本円兵衛《えんべえ》武規《たけのり》は、備後国《びんごのくに》箱田《はこだ》村の郷士で本名は箱田良助《りょうすけ》といった。天文方の伊能忠敬《いのうただたか》の弟子で、文政《ぶんせい》元年に金千両を払って、榎本家に養子として入り、家つき娘の琴と結婚した。このあたり、勝海舟の祖父が男谷《おたに》家の株を三万両で買ったのとやや似ている。三万両と千両の差は、男谷家一千石と榎本家百俵との差であろう。

釜次郎という名前で明らかなように、彼は次男だが、幼時から秀才の誉れ高く、十二歳で昌平黌《しょうへいこう》に入った。五年後に卒業すると、ジョン万次郎《まんじろう》こと中浜《なかはま》万次郎に英語を学び、さらに長崎の海軍伝習所に入り、文久二年にオランダへ留学した。

帰国したのは慶応三年二月で、すぐさま軍艦奉行に任命され、オランダに注文建造した開陽丸の船将を兼ねた。そのときから、和服の船員服を洋服にあらため、本人もフロックコートに似た上着にズボンの士官服を好んで着用した。また、オランダ時代にたくわえた髯《ひげ》を帰国後も剃《そ》らずにいる。戦国時代までは武者髯は珍しくなかったが、徳川幕府が確立してからは、髯をたくわえる武士はめったにいなかった。

一言でいうなら、歳三の目から見ると、榎本はほとんど外国人といってよかった。現に榎本は、艦長の沢と会話をかわすとき、オランダ語で喋《しゃべ》ったりする。沢とは留学仲間でもあった。

とはいえ、大鳥のような秀才官僚とも異質であった。大鳥も播磨国の医者の子で、蘭学を学んでから幕臣に取り立てられ、歩兵奉行にまで累進したが、彼には、榎本の和泉守のような位階がなく、そのことを心中ひそかに残念に思っているらしい。

ところが、榎本は歳三に、

「大鳥君には内緒のことだけれども、わたしの和泉守はじつは洒落《しゃれ》なんですよ」

といたずら好きの少年のような表情でいったことがある。

「洒落？」

「軍艦奉行を仰せつけられたとき、釜次郎ではサマにならんから改名するように、といわれてね、そのさい神田の和泉町《いずみちょう》に役宅を拝領したものだから、自分で和泉守とつけたんです。武揚というのは、代々が武の字を使うのでわたしも使わなければならない、とおやじ殿にいわれたとき、ふと庭を見ると楊柳《ようりゅう》の木が見えたので、そうつけた」

といって榎本は笑った。

「武揚はともかく、和泉守がそういう由来だったとは驚きますな。そういう位階を与えたこともないのに怪《け》しからぬ、と叱られませんでしたか」

「叱られたら、守をとるつもりでしたが、なぜかそのまま通ってしまった。考えてみれば、幕府もそれだけタガがゆるんでいたということでしょう」

と最後は真顔になって呟《つぶや》いたことがあった。

（いい気なものだ）

と歳三はそのときは思った。そういうふざけたことが許されるのは、榎本が代々の直参の出身であり、それにふさわしく昌平黌、海軍伝習所を経てオランダ留学の機会をあたえられた秀才だからだろう。自分の歩んできた道を考えると、歳三には考えられないことだった。本人は洒落だといっているが、要するに苦労知らずなのだ、と歳三はみなしていた。

しかし、十七歳のころに密偵同様の仕事をしたというのだ。箱館は幕府の直轄であるが、西の松前には松前藩が居城をかまえている。旧幕時代、各藩は自治独立国のようなものだから、密偵と看破されたら殺されても文句はいえない。榎本はかつてそういう任務に従事したことがあるというのだ。

松前藩といえば、歳三は永倉新八のことを思い出さざるをえなかった。永倉は、百五十石取りの江戸定府《じょうふ》の家に生れたから、松前へは行ったことがない。また脱藩といっても、剣術修行に身を入れすぎたためのもので、父親も藩の重役も暗黙の了解をあたえての藩籍離脱だった。だから永倉は小石川の試衛館に寝泊りするようになってからも、ときどきは父親のところへ帰っていた。

その永倉が歳三にこういう話をしたことがあった。

「松前藩は安政《あんせい》二年に幕府に領地を召し上げられたことがあるんだ。おれは行ったことはないが、乙部《おとべ》から木古内《きこない》という、あのあたりでは一番いいところの三万石の領地だそうだ。代りに陸奥《むつ》の梁川《やながわ》、出羽《でわ》の東根《ひがしね》というところをくれるというのだが、比べものにならない土地だった。ご老中は堀田《ほった》備中守《びっちゅうのかみ》様だったが、うちのおやじ殿の話では、蝦夷地などへは行ったことのないご老中が、驚くほどにくわしくご承知なので、応接に一苦労したそうだ。幕府の密偵は大したものだ、といっていた」

その永倉が靖兵隊の芳賀といっしょに会津から米沢へ行ったことは、歳三は聞いていたが、その後はどこへ行ったか、消息はつかめていなかった。ただ、永倉とも別れた原田左之助については、仙台で会った彰義隊の生き残りから、上野で銃弾を受けて死んだと聞いた。

「とうとう……」

歳三は呟きかけて、眼前の榎本に気がついた。

「さよう、とうとう蝦夷へきましたな」

と榎本がいった。

とうとうおれ独りになってしまったかという孤独な胸中が、榎本には通じないとしても、

（不思議はないさ）

と歳三は思うのである。

4

十月二十日、遅れていた他の艦船も到着したが、この日は降雪が激しく、風も強かった。

榎本は、旧幕臣人見勝太郎《ひとみかつたろう》、本多幸七郎の二人を呼び、兵三十名をつけて、箱館へ使者として先発するように命じた。

箱館には、すでに公卿《くぎょう》の清水谷公考《しみずだにきんなる》が府知事として赴任しており、その付属の官軍としては、松前藩兵のほかに、弘前《ひろさき》、備前、福山《ふくやま》、越前大野《おおの》の各藩兵が守備していた。

榎本が人見らに持たせたのは、朝廷への弁明書であった。

蝦夷地はかねて徳川家から、しばらくの間所領として使わしてもらいたい、と朝廷にお願いしてあるが、許可もなければ返事もないままに、やむをえず官軍に抗戦するようになっているのであって、それは決して本意ではない——という内容だった。

人見らは二十日の夕刻、降雪をついて上陸し、翌日、箱館へ向けて出発した。

本隊は二十一日朝から上陸を開始した。この日は、前日とはうって変って好天だった。

歳三の指揮する支隊は、海岸沿いに進み、川汲峠《かっくみ》を越えて湯ノ川から箱館へ進むことになっているが、驚いたことに、ごく大雑把な地図一枚あるだけなのである。

(これでは敵が待ち伏せしていたら、ひとたまりもないいな)

と歳三はがっかりするよりも、むしろ呆《あき》れていた。

榎本は、箱館で新しい独立政府をつくるようなことをいっていたが、それならば、その独立国の領地のきちんとした地図くらい前もって用意しておくべきではないか。

しかし、この期に及んでそれをいってても仕方がない。

歳三は、彼の支隊に配属された仙台藩脱走の額兵隊長星恂太郎を呼んだ。星はようやく二十代なかばを過ぎた年齢で、

「土方先生とごいっしょできるようになれるとは、夢にも思っておりませんでした。男子の本懐これに過ぐるものありません」

と日ごろからいっていた。

「星君、この地図を見てもらいたい」

歳三は、榎本から渡された地図をひろげた。星はのぞきこみ、

「いかにも大雑把な地図ですが、もっと精密なものがないと、うかつに兵を進めることはできないと思います」

「その通りだ。しかし、地図はこれしかないのだ」

「無茶です。これには、山と川の位置と道が図示されているだけで、人家や橋や間道など、まったく出ていません。どこで宿営するのか、それさえも決めようがないではありませんか」

「宿営地は、敵の夜襲に備えられるところでなければならない。しかし、この大雑把な地図でも見当がつくが、どこにしろ、山が迫っていて、その山に敵兵が隠れていて、こちらが眠りこけているところを坂落しに攻撃してくれれば、味方は全滅するだろうな」

「そうです」

「どうしたらいいと思う？」

「いい思案もうかびませんが、まず物見の兵を出し、敵情を探索しながら本隊を進めるしかないでしょう」

「わが軍の迂回路は箱館まで、ざっと二十五里はある。その正攻法で進んだ場合、何日かかると思うかね？」

「川汲峠まで七日、峠を越えるのに、すでに積雪もあるでしょうから二日、越えてから湯ノ川まで三日というところでしょうか」

「それでは少なくとも十二日を要することになる。きょうは二十一日、あす朝から前進を開始するとして、十一月三日にようやく湯ノ川だ。おそらく、ここには敵も強力な防衛陣を設けているだろうから、箱館へ突入できるのは、四日以降になる」

「そういうことですが……」

「わたしはその半分の日取りで、つまり二十七日までに箱館へ入城したい、と思っている」

と歳三はいった。

星は声もなく歳三を見ている。正気でそんなことをいっているのか、といいたげな表情だった。

「星君、わたしは気が狂っているわけではない。無理を承知でいっているのだ。大鳥さんの本隊は、森《もり》村の本道を行って山越えで箱館まで十里の道のりだ。こちらの半分以下である。ふつうに進めば六日もあればよい。早ければ二十六日、遅くても二十七日には、北から箱館に迫るはずだ。そのとき、わが支隊が戦場に達していないようでは、敵に余裕をあたえて、わが軍に勝ち目はない」

「本隊の進撃をこちらに合わせてもらえばいいではありませんか」

「それはできない」

「なぜです？」

「十二日分の糧食をもって進むのでは、その運送のために、兵力を減らすことになる。同じことは、わが隊についてもいえるのだ。だから六日で湯ノ川まで行く。そのために、伝習隊よりも雪になれている額兵隊に先頭に立っていただく。つまり額兵隊全員が物見をかねて進む」

「もし敵が山間《やまあい》に兵を伏せていれば、額兵隊は全滅する恐れがありますね」

「その通り。しかし、額兵隊の諸君だけを死なせるようなことはせんよ。この歳三も諸君といっしょに行く」

「先生とごいっしょできるなら、どういう結果になろうと本望です」

「ありがとう」

　歳三は星の手を握っていった。

　宇都宮以来の歳三の戦いぶりは、東北諸藩の間にもひろく知れ渡っている。だが、星が憧憬をもって見ているのは、京洛《きょうらく》に名を馳《は》せた新選組副長としての土方歳三であるらしい。

歳三としては、こそばゆくもあるが、それはそれでいい、と思っている。

新選組はすでに消えている。泣く子も黙るほどの勢威をふるったのは過去のことなのだ。いまにして思えば、わずか十数名から出発した新選組があれほどの働きを見せることができたのは、時の流れに乗っていたからであった。

過激な攘夷を主張していた長州藩が、薩摩と会津の同盟によって、京都から追い落とされ、その上、四国連合艦隊によって叩《たた》きのめされた。

新選組は、その会津の手足となって働いた。隊士も多いときは三百名に近かった。猛威をふるえたのも当然だった。

そういう時の流れは、いまや逆である。会津はすでに亡《ほろ》び、薩摩は長州と手を組んでいる。

歳三は、ふと西郷を斬ろうとしたときのことを思い出した。

会津藩に迷惑をかけまいとして、独りで決行しようとした。永倉や原田に声をかけ、他の隊士を動員すれば、確実に西郷を倒すことはできたであろう。あの大男こそが会津を籠絡し、さらには土壇場で裏切った大芝居の座頭《ざがしら》なのだ。

その悪賢さに比べれば、長州の連中はまだしも可愛《かわい》気《げ》がある。はじめから反幕府の旗幟《きし》を鮮明にして、ひところは藩が滅亡する寸前まで戦った。

あの池田屋で闘死したなかには、何人かの長州浪士がまじっていた。あるいは、新選組の隊士が市中を巡察しているとき、挙動不審で捕えられたり、逃亡をはかって斬られたりしたもののなかにも、長州人は決して少なくなかった。要するに、死にもの狂いで戦い、時の流れが自分たちに向くのを待った。

が、薩摩はそうではなかった。

むろん、西郷一人を斬ったからといって、時の流れが変ったかどうかはわからない。おそらく変ることはなかったろう、と歳三も思っている。そして、変ることはなかったにせよ、あのときどんな策を用いてでも、やはり斬っておかねばならなかったのだ。

しかし、いまさら悔んでも後の祭りである。

（おれとしたことが……）

歳三は苦笑する思いだった。

ここまでくれば、残された道は一つである。命ある限り、戦って戦って戦いぬくしかない。それが近藤や沖田への手向《たむ》けであると同時に、新選組と戦って倒れた戦士たちへの義務でもある。

5

本道を進んだ大鳥圭介指揮の本隊は、二十二日の夜、峠下《とうげした》村で宿営したとき、政府軍百名の襲撃を受けた。

本隊には、旧新選組の島田魁、相馬主計《そうまかずえ》、野村利三郎、横倉甚五郎らが加わっていた。

上陸後に、本隊と支隊が編成されたとき、歳三は、旧新選組の大半を本隊に入れたのである。

榎本はそのとき、歳三になぜそうするかをたずねた。

「もう新選組でもないでしょう。ただ、あえていわしてもらうなら、島田君たちは、戦いのこつを心得ております。きっと役に立つはずです」

と歳三は答えた。

じじつ、歳三の見越した通りになった。島田は、小隊長格だったが、宿営に先立って大鳥に、半里先に立哨《りっしょう》することを申し出た。このため、政府軍が夜襲してきたとき、いちはやく本隊に急報し、さらには、攻めこんできた兵を通したのち、その背後を断った。百名の政府軍は、袋のネズミ同然に討ちとられた。

大鳥の本隊は、勢いに乗じて南下し、二十四日には、七重《ななえ》村に達し、別隊が右翼から大野村を占拠して、箱館と松前との連絡を遮断した。

二十五日、政府軍は全兵力を七重村に集結した。

このとき、川汲峠を固めていた松前藩兵の一部は、とつじょとして大軍が出現したのを見て、これを箱館の本陣へ急報した。

府知事の清水谷公考は、それを聞くと縮み上がってしまった。

清水谷には、軍監として長州の堀真五郎がついていた。松陰《しょういん》門下生の一人で、高杉晋作《たかすぎしんさく》の御殿山《ごてんやま》の英国公使館焼打ちに加わって以来、禁門の変、幕長戦争、鳥羽伏見と戦ってきた歴戦の士である。

「何かの間違いではないか」

と急報してきた兵に問いただした。

堀は、仙台の官軍本営から、榎本艦隊が蝦夷へ向かったという情報を受けていた。その兵力が約三千名だということも聞いている。

これに対して、政府軍は、松前藩兵が五百五十名、他は寄せ集めの六百名にすぎなかった。全部ひっくるめて、約三分の一である。

堀は、青森へ使いを送って、援軍を求める一方、手持ちの兵力で榎本軍と一戦をまじえるつもりだった。三千名の兵力というが、それがすべて来襲するはずはない、と予測した。兵略の常識として、先陣、中軍、後詰《ごづめ》の三隊に分かれて進んでくるであろう。

その先陣を七重村で食いとめ、その間に、背後から松前城の兵力によって襲いかかる、という作戦を立てていた。そして十一月までもちこたえれば、敵軍は雪中に放置された形で身動きできなくなる。そこへ援軍が上陸すれば、政府軍が勝つ。

堀は、榎本軍が二手に分かれ、川汲峠から湯ノ川へ出てくるとは、夢想もしていなかった。

「間違いではございません」

と報告にきた兵はいい、それを裏付けるように、一戦もせずに退却してきた兵たちが、

「賊の大将は、土方歳三である、と名乗っておりました」

と申し立てた。

堀は、そくざに撤退を決意した。敵をはさみ討ちにするどころか、逆に箱館の政府軍がはさみ討ちにされようとしているのだ。堀は清水谷のもとへ行き、

「ここはひとまず青森へ移るしかございません」

といった。

清水谷は否も応もない。府知事という職にあるが、もとより飾りものにすぎない。榎本艦隊が北へ向かったと聞いたときから、おろおろしていたのだ。

堀はすぐに船を手配したが、用意できたのは、漁船だった。

「こんな小さな船には、麿《まろ》は乗りとうない」

と清水谷は駄々をこねた。

やむを得ずに、堀は、外国船二隻をやとい、二十五日の夕刻に箱館を脱出し、翌日、青森へ着いた。

二十六日の昼ごろ本隊が五稜郭《ごりょうかく》に入り、ついで夕刻には、土方支隊も入城した。

榎本は、これよりさき、開陽以下の艦隊も箱館沖へ回航して、湾内の様子をうかがっていたが、外国船二隻がにわかに出現したのを見るや、政府軍の撤退を推察して上陸した。

二十七日、全軍が五稜郭に集結し、日の丸の旗を掲げたのち、榎本は幹部を呼んで軍議を開いた。

席上、榎本は、

「これより外国公館に、この地における新政府樹立を通告しなければならぬが、その前に

どうしてもなしとげておかねばならないことがござる」

といった。

諸将は互いに顔を見合わせた。政府軍は箱館にはもう残っていないのだ。いったい、何をしなければならぬというのか。

榎本は語をついだ。

「松前城にはまだ藩主志摩守殿をはじめ、かなりの兵力が健在である。これを手中におさめない限りは、蝦夷地を平定したとは申しがたい。よって、一日も早くこれを攻略しなければならぬ理は、どなたもおわかりであろう」

歳三は、榎本の次の言葉を予感した。その指揮を歳三にとれ、というに違いない。

「しかし、そういう理は理。各隊とも兵員は馴《な》れぬ寒さもあって疲れ切っているのもご承知の通りです。理をとるか実をとるか、諸君のご意見をお聞かせ願いたい」

と榎本はいった。

自分の考えを押しつけずに、衆議によって決しようというのだ。

（これが榎本流か）

と歳三は思った。

新選組にしろ会津藩にしろ幕府にしろ、こういうやり方で物事を決めたことはなかった。どこでも軍師格の人間が決めたことを大将の名で布告する。新選組なら副長、藩なら重役、幕府なら老中が決めてきた。否も応もなかった。

「松平君、どう思われる？」

と榎本は指名した。

「そうですな。肝心なことは、雪で身動きできなくなる前に松前城を攻略できるかどうかでしょう。できないのに論じても致し方のないことです。ついては、戦《いく》さ巧者の土方さんにうかがってみたい。松前城を短期間に落せるものかどうか」

この軍議に出ているのは、歳三、榎本、松平太郎のほかに、大鳥圭介、永井尚志、渋沢成一郎、荒井郁之助、人見勝太郎、沢太郎左衛門、甲賀源吾《こうがげんご》らである。小笠原長行、竹中重固、塚原昌義らは出ていなかった。旧老中やそれに匹敵する家格のものは、もはや出る幕がなくなっているのだ。かれらは、幕府の勢威が盛んだったころは、それなりの仕事をした。それは個人に能力があったというよりも、その職に権威があったということだろう。

その個人に備わっている実力をもって、この席に出ていることにおいては、歳三の右に出るものはいない。戦さ下手《べた》で定評のあった大鳥は、峠下村の一戦でかろうじて面目を保ったが、それも歳三が付けた島田らの働きがあったからである。松平がそういうのも、ごく自然だった。

「土方君、いかがです？」

と榎本がうながした。

「これはまた迷惑なおたずねですな」

と歳三はぶっきらぼうにいった。

「城が落ちるか落ちないか、そのようなことは、この土方にはわかりかねます。いや、誰であろうとわからぬこと。はっきりしているのは、松前城を取らねば、われわれの新しい政府ができないというのであれば、遮二無二《しゃにむに》取るしかないということではありませんか。それとも、取れそうもなければ、ここで諦めて薩長に降伏なさるおつもりか。そうしたい方があるなら、そうするがよろしい。だが、わたしはご免蒙《こうむ》る。いかなる事態になろうとも、縛について憐《あわ》れみをこう気はない」

「土方君、言葉が過ぎはせぬか。そんな気は誰にもない」

と大鳥がいった。

「それは結構。ならば道は一つ。準備のできしだい、松前城へ向けて兵を進めることです」

「では、その指揮をとっていただけるか」

と榎本がいった。

「おことわりする」

歳三は一言のもとにハネつけた。別に拗《す》ねているわけではなかった。

政治においては、衆議にかけて方針を決めるのは悪くはない。だが、戦争は政治の一形態であっても、個々の戦闘は政治ではない。榎本がそれを混同している限り、将来《さき》は知れている。

「これは困りましたな」

榎本はいった。心底から困惑した様子だった。

ほかのものは無言だった。この場合、わたしに任せていただこう、といえるのは、松平と大鳥の二人だが、二人とも勝てるという自信をもっていない。

彰義隊出身の渋沢成一郎、伝習隊の人見勝太郎の二人が膝を進めた。

「土方さん、なぜことわるのです？　衆目の見るところ、おそらくは防備を固めている松前城を落せるのは、あなたしかいない」

「榎本さんも同じ考えだからこそ、指揮をとってほしいといっているのではありませんか」

とこもごもいった。

歳三は苦笑した。世話のやけることだ、と思った。

「戦さは、わたし一人でできるものではない。それだけのことだ」

榎本はさすがに悟ったようだった。

「土方君のいう通りだ。蝦夷地における独立まで、すべての責任と指揮は、不肖この榎本がとります。松前へは、開陽、回天、神速の三艦をもって海から攻め、その指揮はわたしがする。陸路は、土方君が、星、渋沢、人見君らの諸隊を率いて進む。これをもって、軍議は終りである」

と榎本は宣言した。

蝦夷の春

1

十月二十八日、歳三は、約七百名を率いて出発した。

それに先立って、島田魁《さきがけ》がたずねてきた。

「どうして、われわれを連れて行ってくれないのです？　もう大鳥の下にいるのは、まっぴらですよ」

「それはわかっている」

「ならば、榎本さんにかけあって、われわれを編入して下さい」

「島田君、新選組はもうなくなっているのだ。こだわるのはよくない。それに、諸君らを大鳥のもとに残しておく理由は、ほかにもある」

「教えてもらうわけには参りませんか」

「おい、いやに遠慮した口のきき方をするじゃないか」

と歳三は笑った。

「笑い事じゃないですよ。ほかのものはいざ知らず、わたしは、京にいたころの副長をよく覚えていますからね。何か決められたことについて、そのわけを教えてもらいたいなんていえなかった」

「ここは京じゃない。蝦夷地《えぞち》だぜ」

「しかし、土方さんであることに変りはない」

「いや、変りはあるさ。あのころのおれは、政治向きのことを考えなくてもよかった。だが、いまはそうもいかん。誰が何を企《たくら》んでいるか、それを配慮しながら事を進めなければならない。厄介なことだ」

「わたしの見るところ、失礼ながら、局長は政治好きだったが、政治には適《む》いていなかった。そして、土方さんは政治好きではなかったにしても、じっさいには局長よりもはるかに適いていた」

「そりゃ、違う」

「そうですかね」

「適き不適きとは別に、近藤勇は人に将たるの器をもっていた。それが土方歳三との違いだよ。流山《ながれやま》で近藤さんが敵の陣営へ出頭するといったとき、おれは泣いてとめた。それでも近藤さんが出て行ったのを見て、おれは、伏見で狙撃されて剣をふるえなくなったせいだ、と思った」

「じつは、わたしもそう思いましたよ。いつだったか、島原で書きものを頼まれたとき、江戸撃剣師匠と書いていましたからね。剣がすべてだった人が自慢の虎徹《こてつ》を使えなくなって、生きる張合いをなくしたんだろうと……」

「うむ」

歳三は、試衛館の道場で、天然理心流独特の太い木刀を裂帛《れっぱく》の気合いもろともふるっていた近藤の勇姿を、このとき瞼《まぶた》に思いうかべた。

通いの弟子に対する稽古では手加減するところのあった近藤も、住込みの歳三や沖田にはきびしかった。

「島田君」

歳三はやや感傷的になって続けた。

「流山からすでに半年たった。ようやくわかってきたのだが、あのとき近藤さんが敵の軍営に単身で赴いたのは、おれたちを助けるためにおのれを殺したのだ。それを思えば、おれは戦いぬくのみだ」

「われわれも同じ覚悟ですよ」

「三千名すべてのものがそうなら、見込みはあるが、うわべは強いことをいっても、心の中では別のことを考えているものもいる。といって、そのものたちをいまここで切り棄《す》てるわけには参らぬ。引っぱれるところまで引っぱらねばならない。きみらを残しておくのはそのためだ」

「わかりました」

「島田君、京の冬は底冷えがしたが、ここはその比ではないな。十月だというのに、この雪だ」

「まったくです。しかし、この地にも春がくるでしょう」

島田はそういって本隊へ戻って行った。

歳三指揮の七百名は、茂辺地《もへじ》、木古内、知内《しりうち》を経て、十一月四日、福島に達した。戸数約三百戸の港町である。

約二百五十名の松前兵が守っていたが、土方隊を見るなり、町に火を放って退却した。

すでに夕刻だった。渋沢は、

「兵も疲れています。今夜は宿営しましょう」

と提案した。

「敵はおそらくそれを待っているだろう。このまま夜通し松前へ進む。休むのは、城を落してからでいい。それに、あす五日には、艦隊が海から砲撃を加える手筈《てはず》になっているのだ」

と歳三はいった。

土方隊はそのまま前進し、五日の昼前に、松前に達した。

このとき、蟠竜丸《ばんりゅうまる》が箱館から来航して、城を砲撃した。もっとも強力な戦艦である開陽丸、それにつぐ回天丸は、汽缶《きかん》に故障を生じて、出航できなかった。

城方の砲台もこれに応戦した。この城は、安政元年十月に築城したので、海防の思想が盛りこまれており、他の藩の城と違って、砲台が海へ向いていた。

その数弾が命中し、蟠竜丸は沖へ退いた。

土方隊は、蟠竜丸の砲撃と前後して、攻めかかった。

歳三は、渋沢に搦手《からめて》をゆだね、自分は星とともに大手門に向かった。

城を守っているのは、家老の蠣崎民部《かきざきみんぶ》であった。藩主の松前徳広《のりひろ》はとうに城を脱出して、はるか北の熊石《くまいし》に避難していた。

城方は、土方隊の攻撃に対して、奇妙な戦法をとった。

大手門の内がわに英邁《えいまい》の誉れ高かった前藩主伊豆守崇広《たかひろ》が鋳造した大砲二門を据え、攻め方が射程距離に入ると、門を開いて押し出し、発射した。それが終ると急いで門内に引き戻して城門を閉ざす。その間に大砲に弾《たま》をこめ、攻め方が再び進むと、門をあけて押し出し、発射するのである。

（やるな）

歳三は微笑した。すぐに伝令を渋沢のところへ送り、

「城の裏手にある小山を占領して、城中へ小銃隊をもって撃ちこめ」

と命じ、自分は星直属の銃隊を連れて、大手門の前面に出た。

「危険です。退《さが》って下さい」

と星は蒼《あお》くなっていった。

「大丈夫。あの銃は旧式だ。ここまで弾は飛んでこない」

「小銃よりも大砲が厄介です」

「額兵隊の小銃は元込めだ。あの大砲に勝てるぞ」

「まさか」

星は呆《あき》れた。小銃が大砲に勝つ道理がないのである。

「見ていたまえ。敵は大砲の使い方を誤っている。ああいう大砲は、福島を守るのに使うべきだったのだ。そうしていれば、こちらは苦戦したろう」

歳三は、そんな講釈をしながら、門の開閉の間合いを測っていた。そして、自軍の最前戦から城門までの距離を目測した。約三百歩である。

門の開閉は、当然のことながら弾込めの時間と一致している。かなり練度が高いらしく、三百歩を駆けぬける時間とほぼ同じであった。

「星君、腕のいい銃手を二十人、選んでくれ」

すぐに星は指名した。歳三はいった。

「敵が門を閉じかけたら、二手に分かれて突っ走るのだ。おそらく、城門五十歩のあたりで開く。そのとき、右半隊は右の砲の砲手を、左半隊は左の砲手を狙って撃ちまくれ。いいか。決して立ちどまってはならん。走りながらでもかまわんから撃ち、門内に飛びこむのだ」

歳三は、洋式軍衣に帯を巻き、刀を差した。

「星君、小銃を」

「土方先生が撃つのですか」

「当りまえだ」

歳三は銃を手にして伏せた。

「よし。声を挙げよ」

星隊が、

「うおーッ！」

と吶喊《とっかん》の声を発した。

城門が開き、大砲が唸《うな》り声を発した。轟音《ごうおん》と同時に砲弾が炸裂《さくれつ》し、星隊の後列の兵が何人か吹っ飛んだ。

すぐに門がしまった。

歳三は左手に大刀を、右手に銃をもって駆けた。

星と二十名の銃手が続いた。

火事場の糞力《くそぢから》と同じで、五十歩手前どころか、門が開いたときには、十歩のところに達していた。

「あッ」

城方が仰天して悲鳴に似た声を発したとき、星隊の一斉射撃が轟《とどろ》きわたり、砲手はバタバタと倒れた。

あわてて閉じようとするより早く、歳三は飛びこみ、気合いもろとも斬った。このとき、後方の山を占拠した渋沢隊が銃砲撃を開始した。城方は大混乱に陥った。

「もはやこれまで」

蠣崎は敗兵をまとめて北の江差《えさし》へ逃げた。わずか半日の戦闘であった。

2

諸隊の入城が終ると、歳三は、

「とりあえず食事をすませて休息せよ」

と命じた。

松前は落城したが、江差、熊石にはまだ敵軍がかなりの兵力を有して抗戦の姿勢を示している。藩主の松前志摩守徳広もそのどちらかにいるはずだった。

歳三は手早く食事をとると、巡察に出た。守将をつとめた蠣崎民部の抜け目のない戦いぶりからみて、金銀財宝の類はとっくに避難させてあるだろうが、食糧は籠城覚悟だったからかなりの備蓄があるはずだった。それがどれほどの量か、早急に調べておく必要があった。

榎本は仙台を出港するさい、二カ月分の食糧を用意していた。だが、その先をどうするか、である。

冬期の蝦夷地で食糧を入手することは不可能であろう。約三千名の兵をどうやって食わせるのか、榎本だけではなく、松平太郎も大鳥圭介もまったく考えていないようだった。

北関東で戦っていたときには、現地で調達することも可能だった。何といっても、関東には徳川三百年の威令が行きわたっていたし、官軍と称する西方《にしがた》に対する反感も強かった。また、会津藩からも支援があり、食うものに事欠くことはなかった。

その後の会津での戦いにしても、仙台へ行ってからも、賄いの心配はなかった。

しかし、これから先はそれほど簡単ではない、と歳三は思っている。箱館にはそれなりの備蓄はあるだろうが、榎本軍が占領してしまえば、本土からの輸送は絶えることを覚悟しなければならない。

昔から、

「腹が減っては戦《いく》さはできぬ」

というが、それはその通りなのである。

京にいたころ、歳三が副長としてたえず気を配っていたのは、そのことだった。隊士たちに、食事に関する不満は持たせないようにしてきた。食うものが貧しくなると、隊士の士気は落ちた。逆に、じゅうぶんに食えるというだけで、満足する隊士もあった。ことに浪人してから食うに事欠いていたものは、腹いっぱい食べられることで、新選組隊士となったことを自覚したかのようであった。

それが、武士らしくないことだ、とは歳三は思わなかった。

「武士は食わねど高楊枝《たかようじ》」

というが、それは武士たるものの心意気をうたっているのである。空腹の兵は、たっぷり食事をとった兵にはかなわない。

歳三の目からみると、榎本はのんきすぎるのであった。民家から掠奪《りゃくだつ》すれば兵を養うことはできるだろうが、それでは恨みを買ってとうてい治めることはできない。

歳三は、城内を丹念に調べて回った。

北東にある倉庫らしき建物の前へ立ったとき、ガサゴソという音とともに女の悲鳴が聞こえてきた。

歳三は扉に手をかけたが、内から錠がかけられているらしい。

歳三は、扉を蹴破った。

数名の兵が三人の女を取り囲んでいる。

「そこで何をしている?」

と歳三は鋭くいった。

兵たちは、逆光のために歳三であることがわからなかったらしい。

「馬鹿野郎、見りゃわかるだろう。てめえも仲間に入れてやるから、早く扉をしめろ」

と頭目らしい男がどなりかえした。

中央の女は気品のある顔立ちである。まだ若い。それをかばうように、両わきの御殿女中が懐剣を抜いて構えているものの、顔は蒼白《そうはく》だった。いかに抵抗しても、自分たちがどういう目に遭うかが、わかっているのだ。歳三は、

「仲間に入れ、というのか」

「いやなら邪魔をしねえで、あっちへ行ってくれ」

「このおれを土方歳三と承知の上で、誘うのか」

そういったとたんに、男たちは潰れたような唸り声を発し、一塊《ひとかたまり》になって逃げ出した。

歳三はあえて追わなかった。追って取り押さえれば、何らかの処分をせざるをえなくなる。どういう動機であれ、蝦夷まで渡ってきた男たちなのだ。軍律に反したことを理由にその命を奪いたくなかった。

「お女中たち、いかがなされた？」

と歳三は近寄っていった。

「お退りなされませ」

懐剣を構えた一人が必死の形相で叫ぶようにいった。

歳三は苦笑した。腰の大刀をはずして右手でさげた。何もしないことの意思表示である。

その上で、

「あなた方に乱暴するつもりはない。わたしは、城攻めの指揮をとった土方歳三と申すものだ」

「土方歳三殿？」

まん中の若い女がいった。

「さよう」

「新選組の土方殿か」

「新選組をご存知だったとは」

歳三はさすがに驚いた。京を遠く離れた最北の地で、まさか新選組を知る女がいるとは思わなかったのだ。

（それにしても、この女たちは何者であるか）

それを察したかのように、相手は身分を明らかにした。志摩守徳広の正室と奥女中たちだというのである。徳広は土方軍の攻撃の前に城を脱出していたが、夫人は身重《みおも》であるために、城に残された。たった半日で落城するとは考えていなかったらしい。

戦乱の世の習いとはいえ、薄情なものだ、と歳三は思った。

「わかりました。このまま城にお残りになっても何かとご不便であろう。といって志摩守殿のもとへお送りしても、われわれが攻める以上は同じことが起こるかもしれぬ。お望みとあれば、青森でもどこへでも、お送りします」

「そのようなことが、できまするか」

「できます。箱館には外国船が出入している。かれらは、青森といわず江戸へも航行しています」

「では、江戸へ」

「よろしい」

歳三は外へ出ると、通りかかった兵に星恂太郎を呼んでこさせ、事情を説明した。

「信頼のできるきみの部下を選んで、箱館まで送り届けてもらいたい。それから先のことは榎本さんあてにわたしが手紙を書いておく」

「承知しました。しかし、驚くというより呆れたものではありませんか。藩主も藩主だし、後事を託された家来も家来です」

「乱世とはそういうものさ」

と歳三はいった。

星は二名の部下を選び、歳三の手紙を持たせて、彼女たちを箱館へ送り届けた。

榎本はこのとき、江差を海上から攻撃すべく、開陽丸の出航準備に忙しかったが、すぐにイギリス商館と連絡をとり、次の便船で横浜へ行けるように手配した。

歳三は、十一月六日、松前を発して江差へ向かった。江差までは十八里である。

途中に、大滝山《おおたきやま》という山がある。

蠣崎の指揮する松前兵が、この山に大砲を据えて待ち伏せしていた。

松前から江差へ行くには、どうしてもこの山を抜けねばならない。蠣崎が早目に城を棄てたのも、この地形を利用して、地理不案内の土方軍を撃破しようとする企てをもっていたからだった。

歳三はひとまず兵を後退させた。先を急いだために、松前城で捕獲した大砲は持ってこなかったのだ。いまさらそれを取りに戻ったのでは時間もかかるし、その間、兵の士気は萎えるだろう。

歳三は星をはじめ各隊長を招いて、松前城で押収した地図を前にして作戦会議を開いた。

正面からの攻撃は無理である、というものが多かった。それより、ここは海軍に出撃してもらい、敵の背後の江差を占領してもらえば、大滝山の敵軍は、自然と立ち枯れになる。

「それも一策だ」

と歳三はいった。

「ほかに何か策がありますか」

と星がたずねた。

「敵の背後を突くという考え方は正しい。だが、それを海軍に頼むというのは賛成できんな」

「では、どうしようというのです？」

「わたしが山麓を迂回《うかい》して敵のうしろに回るよ」

と歳三はあっさりいった。

3

この作戦は、口でいうほど容易なことではなかった。敵に気付かれたら一巻の終りである。

歳三は、二百名の兵を選び、星には、

「あすの朝から銃隊で正面攻撃をしかけてくれ。ただし、本気になって攻める必要はない。敵が反撃してきたら、挫折したとみせかけて退却し、しばらくたったら再び攻勢をとってみるのだ。夕方までに、七、八回くりかえしてくれればいい」

「敵の注意を惹《ひ》きつけておくわけですね？」

「その通りだ」

「土方先生、背後に迂回する任務はわたしにお任せ下さい」

「それはいかん」

「わたしにはそのような難しい役はつとまらない、とおっしゃるのですか」

「そうではない。仙台この方、きみの卓《すぐ》れた指揮能力や勇猛ぶりには大いに敬服しているよ」

「ならば、なぜいけないといわれるのです？」

「それは……」

歳三は躊躇《ちゆうちよ》した。

迂回隊は、敵に発見されたら全滅する恐れがあった。その危険な任務を人に押しつけたくなかった。が、そうはいえず、

「わたしが考えた作戦だからね、自分の手でやりたいのさ」

「では、あとの指揮は誰がするのです？」

「きみだ」

「わたしは陪臣《ばいしん》だし、とうていお歴々を指揮することはできません。辞退いたします」

「星君、ここまできて、陪臣も直参《じきさん》もあるものか」

お歴々の一人である渋沢成一郎や人見勝太郎が、

「星君、土方さんのいう通りだ」

とこもごもいった。

「では」

星は承服した。

歳三は翌早朝、二百名を率いて出発した。そして、道なき道を北進し、夕刻までに大滝山の北山麓に到着した。

その夜は宿営し、翌未明に行動を起こした。

松前兵たちは、ほとんどなすところなく敗退した。

歳三が本隊と合流したとき、星から報告を受けた。歳三が出発したあと、渋沢が提案して、松前城へ使いを出したというのである。迂回隊が成功すればいいが、必ず成功するとは限らない。そのときのことを考えれば、城から砲隊の応援を求めておくべきだ、というのである。

星はその意見に逆らえなかった。

「その必要はない、とわたしは思ったのですが、なにぶんにも渋沢さんに強くいわれますと、わたしとしては拒めませんでした」

と星はいった。

「まア、よかろう。気にするな」

歳三はなぐさめた。もはや陪臣も直参もない、といったとき、渋沢も賛成したはずだったが、心のどこかには、やはり古い考えが根強く残っているらしい。星の危惧したようなことが起こったのだ。

結果としては、砲隊の応援がなくとも、大滝山の松前兵を敗走させることができたが、渋沢の意見にもとづいて松前城へ赴いた使者の要請が、思いもかけない惨事をもたらすことになった。

使者が到着したとき、箱館を出港した開陽丸が寄港し、榎本が上陸していた。榎本は江差を海上から砲撃するつもりだったが、大滝山での苦戦を聞くと、予定を早めて夜中に出港した。

江差沖に到着したのは、夜明けだった。

しかし、この日は北風が猛烈に吹き荒れ、午後からは降雪も激しくなった。榎本は上陸をあきらめ、ひとまず錨《いかり》を下ろした。

夕方になると、完全に暴風雪となった。そのために開陽丸の錨が切れ、浅瀬に乗り上げた。

風浪がおさまったのは三日後だった。榎本らはようやく上陸できたが、江差はすでに土方隊が占領していた。開陽丸は何の役にも立たなかったのだ。

それはいいとして、浅瀬に乗り上げた開陽丸は、三日間の風浪のために船体が傾き、機関がなかば海底に埋もれてしまった。榎本は何とかして離礁しようと操艦したが、艦は動かなかった。

榎本は電信を使って、箱館から、回天丸、神速丸を呼び寄せた。この電信機は榎本がオランダから持ち帰ったものだった。榎本の考えは、二艦に開陽丸を曳航《えいこう》させようというのである。

運の悪いことに、この作業をはじめて間もなく、再び風浪が強くなり、そのために小艦の神速丸が坐礁《ざしょう》してしまった。

その上、風はいっこうにやまなかった。そして浅瀬に乗り上げてから十日後に、開陽丸はついに船体そのものが破損してしまった。北海の大自然の猛威であった。

開陽丸は排水量二千八百十七トン、四百馬力の補助機関をもった三本檣《ほばしら》の軍艦で、砲二十六門を備えていた。当時としても優秀な戦闘艦であり、官軍にとってはもっとも恐ろしい存在であった。また榎本が独立政府を作ることを考えたのも、この強力な艦があればこそだった。

天災といってもいいが、星にとっては、その遠因が自分にあるように思われてならなかった。渋沢の意見を断固として退けておけば、松前へは応援要請は行かず、榎本の出航が早まることもなかったであろう。そうすれば、開陽丸の江差到着も遅くなり、投錨《とうびょう》することなく暴風雪をさけて松前へ戻っていたに違いない。

ただ、榎本艦隊にとっての救いは、山形へ行っていた千代田形丸が戻ってきたことだった。

しかし、戦闘艦として使えるのは、いまや回天、蟠竜、千代田形の三隻だけとなった。残りの長鯨丸らは、運送船だった。

土方軍と箱館から二股口《ふたまたぐち》を経て江差に入城した松岡四郎次郎《まつおかしろうじろう》の隊は、十九日に熊石へ向けて進発した。

志摩守徳広はこれを知ると、熊石から小舟に分乗して津軽《つがる》へ逃れた。乗り切れなかった五百名は、土方軍に降伏した。

蝦夷地はいまや完全に榎本の支配下に置かれることになった。

十二月二十五日、榎本は百一発の祝砲を放って蝦夷地平定を祝い、臨時行政府を設けることを宣言した。行政府であって、独立政府ではなかった。このあたり、微妙なところである。榎本としては、日本の一部ではあるが、アメリカの州政府と同じように、外交を除いた権限を有するもの、としたのである。

この日、榎本は、士官クラス以上のもの全員の投票によって、総裁の選挙を行った。一位は榎本であった。

歳三にも七十六票が入ったが、順位は第六位であった。

総裁となった榎本は、以下の人事を発令した。

副　総　裁　　松平太郎
陸軍奉行　　大鳥圭介
海軍奉行　　土方歳三

軍艦奉行　荒井郁之助
箱館奉行　永井尚志
開拓奉行　沢太郎左衛門
松前奉行　人見勝太郎
江差奉行　松岡四郎次郎

歳三は、

「総裁におたずねしたい。わたしを海軍奉行にというが、何かの間違いではないだろうか」

「いや、間違いではござらん。土方さんには、来年の春には予想される来島《くるしま》軍との戦闘で主力となる海軍の指揮をとっていただく。あなたが戦さ上手であることは、衆目の認めるところだ」

「そういわれてもね、わたしには海軍のことはわからない。海軍奉行には、もっとふさわしい人がいる。荒井さんが軍艦奉行となっているが、海軍奉行を兼任してもらう方がはるかにいい。それに、わたしが海軍を指揮しても、失敗することは目に見えている」

「なぜそういえるのです？」

「海や軍艦のことに無知のものが命令しても、船員はいうことをきかんでしょう。そうなると、わたしは命令に従わぬものを斬らねばならぬことになる。わたしは、やはり陸軍がいい」

聞いていた大鳥が不快そうに横を向いた。

榎本も困ったようだった。

「余計なことかもしれないが、わたしは陸軍奉行にせよ、といっているのではない。奉行並ということで結構です」

と歳三はいった。

榎本はほっとしたように、

「では、そのようにお願いする」

といった。

4

行政府はできたものの、榎本が困ったのはこの行政府に金がないことだった。江戸を脱走するときに積んでおいた軍用金は、これまでに大半を費消していた。

そこで榎本は、外国船に入港税をかけることにした。世界じゅうどこの港でも徴収している税金である。

これに対して、イギリス商館が、

「独立政府でもないものに対して、税金を支払う必要はない」

と通告してきた。

榎本は反論した。

税金というものは、政府が徴収するとは限らないものである。地主が小作人に対して土地の使用料をとるが、それと同じことである。行政府は現に箱館港を所有している。従って、港の利用者から使用料をとる権利がある。

イギリス側は、どうしても徴収するというなら、東洋艦隊にきてもらう、とおどした。榎本は、イギリスがしばしばそういう恫喝《どうかつ》手段を用いることを知っている。

「喜んでイギリス艦のお手並を拝見いたす」

という返事を送った。

この強硬な態度にイギリス商館は屈伏し、入港税の支払いを承諾した。他の諸外国もこれにならったが、冬になって入港する外国船はめっきり減っている。とうてい行政府の費用を賄うことは不可能だった。

困りはてた榎本は、

「町民のすべてに税金をかけるしか財源はないが、どうしたものであろう」

と各奉行に諮《はか》った。昔からある人頭税である。

「致し方ありませんな。背に腹はかえられぬ、ということです」

と大鳥がいった。

たまりかねて歳三はいった。

「そりゃ、やめた方がいい」

「土方君、そういう税金をかけない方がいいことは誰だって承知しているのだ。しかし、行政府を維持するためには、必要やむをえないではないか」

「税をとるのはいい。しかし、人頭税だけは絶対にかけるべきではない。われわれの政府がいつまで続くかわからないが、人頭税を課したとなれば、その悪名は永久に消えぬでしような」

と歳三はいった。

いつまで続くかわからぬ、とは、思い切った発言だった。誰もが胸の奥で感じていることだが、口に出すのをはばかっていることなのである。

榎本はさすがに将器の持ち主だった。豪快に笑い、

「土方さんにはかなわない。たしかにその通りだが、ここで解散するわけにもいかんでしょう。いま、税をとるのはいい、といわれたが、ほかにいい案がありますか。あったらお聞かせ願いたい」

「税はほかにありますよ」

「何です？」

「娼家《しょうか》が箱館にも松前にも江差にもある。そこから、娼妓《しょうぎ》の人数に応じて税を徴収するのです。この税ならば、一般町民は不服をいいません。かえって喜ぶものもいるはずです」

「なるほど」

「ほかに賭博税というものもある。賭博は天下の法度ということになっているが、そのくせ、これほど目こぼしされているものはない。そして胴元がテラ銭をとることも、天下周

知です。ならば、胴元から税をとればよろしい」

「名案です」

と榎本はそくざに裁断を下した。

散会してから、榎本が歳三を呼びとめた。

「土方さんの名案がなければ、千載に汚名を残すところでしたよ」

「わたしもそれを考えたので、あえて発言した。しかし、いわずもがなのことも口に出した」

「たしかにいつまで続くか……」

榎本は口をつぐんでから、

「じつは、江戸から手紙が届いた。さきごろ入港したアメリカ船が運んでくれたものですが、文中、あなたにも礼をいってほしい、とある」

「誰からです？」

「松前藩主の奥方からです。そして、江戸の動きも細かに伝えてくれている。どうやら、かれらは甲鉄艦をアメリカから申し受けることに成功し、三月になるのを待って、こちらへ回航してくるらしい」

「甲鉄艦を？」

「そうです。ストーンウォール号です」

と榎本は沈痛にいった。

この軍艦は、幕府が前金を払ってアメリカから買ったものだが、到着したときには、幕府はすでに倒れていた。

アメリカは新政府の要求をことわって、中立を守っていたが、北海道を除く日本全土を完全に掌握したのをみて、残金支払いを条件に引渡しに応じた。

排水量は千三百五十八トンで、回天と似たようなものだが、艦体は甲鉄で強化されており、弾丸をはねかえす。機関は千二百馬力で、三百ポンドの巨砲をもっている。

唯一、この強力艦に対抗しうる開陽丸は、すでに失われていた。

「榎本さん、海軍のことはわからないが、甲鉄艦がくれば、どうにもなりませんか」

「こちらには、回天、蟠竜、千代田形の三艦があるが、こちらの艦砲では、正直にいって歯が立たない」

「負けですな」

「土方さんに虚勢を張っても看破されるでしょう。海戦に関する限りは、負けると思います」

「回天の砲弾では、甲鉄を破れませんか」

「無理です」

「諦めるのはまだ早い。策はありますよ」

「どんな？」

「甲鉄艦は江戸を出ると、どこへ寄りますか」

「甲鉄一艦であれば、仙台だけでいいが、ほかの艦を同伴するはずだから、仙台のあと、宮古、青森に寄るでしょう」

「宮古に？」

歳三の顔に、にわかに精気が漲《みなぎ》ってきた。

「さよう。仙台以北では、あの湾しか大艦隊が寄れる港湾はない」

「われわれが寄ったところですな。あそこに敵が寄るのであれば、わが軍にも勝ち目はある」

「土方さん、あの湾内での艦隊決戦は無理です」

「わたしはね、甲鉄艦の奪取を考えたのです」

「奪取を？　どうやって奪取するのです？」

「回天らに、わたしたち陸兵をのせて行くのです。そして、甲鉄艦にぶつけてもらう。あとは任せていただきたい」

「土方さん、イギリスの海将のネルソンをご存知か」

「知りませんな」

「今日のイギリス海軍の基礎を作った名将ですが、帆船時代の提督です。そのころには、そういう戦法はあった。しかし、機関に動力を用いるようになったいまでは、不可能というものだ」

「敵もそう思っているでしょう。だから成功する見込みがある」

歳三はきっぱりといった。

榎本はうなずいた。彼としても、歳三の作戦にかけるしかなかったといっていい。

榎本は歳三と相談し、なぐりこみ艦隊を編成した。

回天丸、蟠竜丸、高雄丸《たかおまる》の三艦をもって決行し、旗艦回天丸に荒井と歳三を乗りこませる。艦長は古強者《ふるつわもの》の甲賀源吾。

高雄丸は陸兵の輸送にあたるが、回天丸と蟠竜丸は敵艦の攻撃にあたる。陸兵はむろん甲鉄艦を乗取るためである。

歳三は、なぐりこみの陸兵を選抜した。

当然のことながら、新選組の旧隊士が多かった。野村利三郎、相馬主計らである。島田魁も加わったが、歳三は、大半を高雄丸に乗せ、その指揮は島田に任せた。

問題は、敵がいつ宮古湾に入ってくるか、であった。

「この作戦の成否は、それを確実につかめるかどうかにかかっている」

と歳三は榎本にいった。

「心配はない。横浜にわが軍の諜者《ちょうじゃ》がいて知らせてくる。出港の日どりさえわかれば、宮古へいつくるか、計算できます」

「諜者というと？」

「イギリス商館のものですよ。かれらは、どっちが勝ってもいいように、二股《ふたまた》をかけている」

「呆れたものですな」

「外国人は、そういうものです」

榎本は割り切っていた。

三月九日、甲鉄艦は七隻を率いて品川を出た。このうち四隻は輸送船である。

榎本は、十日には、この報告をうけた。電信によって横浜から箱館へ連絡が行き、すぐに榎本に伝えられたのだ。

榎本は歳三を呼んだ。

「敵が宮古に入るのは、十七日か十八日でしょう。天候にもよるが、補給のために、少なくとも三日は停泊するはずです」

「では、いつこちらを出ればよいか」

「二日で行ける。十八日箱館出港で間に合います」

歳三は五稜郭から回天丸へ行き、甲賀艦長に伝えた。

「二日では行けないかもしれません」

と甲賀はいった。

「なぜです？」

「計算ではそうなっても、海では何が起こるかわからない。せめて三日は必要です。それに高雄丸は船足が遅い」

「わかった」

歳三は引きかえした。

榎本に、甲賀の言葉を伝えると、

「早く着きすぎると、かえってまずいことになる。やはり二日でいい」

と榎本はいった。

専門家にそういわれると、歳三としては承服するしかなかった。甲賀艦長も、

「わかりました。総裁がそういわれるのであれば、わたしは従いますが、一にも二にも、土方さんが頼みの綱です」

「艦長、わたしは陸軍だよ。海のことはわからんのだ」

「しかし、戦闘のことは誰よりもご存知だ」

甲賀は厳粛にいった。

5

なぐりこみ艦隊が箱館を出港したのは、三月二十日の真夜中だった。予定よりも二日遅れであった。

歳三は二十一日の朝を南下する回天の艦上で迎えた。この日はよく晴れており、前後して進む高雄、蟠竜の僚艦もよく見えた。

「春ですね」

と近寄ってきた野村がいった。旧新選組の一人である。近藤が流山で官軍に降《くだ》ったとき

にも居合わせた男だった。はじめのうちはごく平凡な隊士だったが、転戦につぐ転戦ですっかり逞《たくま》しい風貌になっている。

「ああ、春がきているな」

「いまごろ東国は桜が満開でしょうね」

「そうだな」

歳三はうなずいた。むかし日野にいたころ詠んだ句が思い出されてくる。

水の北山の南や春の月
公用に出て行く道や春の月
あばら屋に寝て居て寒し春の月
山門を見こして見ゆる春の月

いずれも春の月を詠んだものばかりだった。

(そういえば、おれの句には春を季題にしたものが多いが、どうしてだろう)

夏、秋、冬の句は、どうしてか少ないのである。

(あのころのおれは、いつの日かおのれの人生にも春が巡ってくることを、心のどこかで待ち望んでいたのかもしれぬ)

と歳三は思った。

そして、春は訪れたのか。

然《しか》り、ともいえるように思えるし、否、という方が適《かな》っているようでもある。

（どっちでもいい）

春であれ秋であれ、力の限り生きてきたことに悔いはなかった。もしいくらかでも悔いが残るとすれば、近藤や沖田と生きたまま別れたことである。死を急ぐつもりはないが、自分だけが生き残って再び春を迎えたことが何とも不思議に思えてくるのだ。

そのとき、甲賀が足早に近寄ってきた。

「土方さん、お知らせしたいことがあるのですが」

歳三はすぐさまきびしい表情に戻った。

「何です？」

「宮古まで、二日では無理であることがはっきりしました。本艦だけなら行けるのですが、高雄丸の船足が試算よりもかなり遅いのです。襲撃隊の人員を乗せすぎたためかと思われます」

「宮古へ着くのはいつごろになりそうかね？」

「このまま順調に三艦が航海できるとして、二十三日の昼ごろでしょう」

「昼ではまずいな。襲撃は夜明けがいい」

「では、南部領の大津港に寄って時間を遅らせましょう。敵の動静をさぐるためにも、そうした方がいいかもしれません」

「甲賀さん、万事お任せする。敵艦隊の停泊しているところまで運んでくれれば、あとはわたしがやる」

と歳三はいった。

しかし、予期しなかった障害がかれらの前途に立ちはだかった。

二十二日の夜から風が強くなり、二十四日の朝まで吹きまくった。三艦はちりぢりになったが、前もって大津で落ち合うことにしてあったので、回天丸は米国旗を掲げて大津に入った。

間もなく高雄丸が露国旗を掲げて入ってきた。

他国の国旗を掲げるのは、このころまでは必ずしも違法ではなかった。

歳三は、荒井、甲賀と相談し、蟠竜丸を夕方まで待つが、再会できないときは、二艦をもって宮古へ向かうことにした。それ以上待って、敵が宮古から出てしまうようなことがあれば、折角の苦心も水の泡になる。

日が、無為に、暮れた。

「行きましょう」

と歳三は荒井にいった。

荒井はうなずき、甲賀に出港を命じた。

そのあと、不運な出来事が起きた。高雄丸の補助機関に故障が生じ、帆走に頼るしか航海できないことになったのだ。

その上、夜である。高雄丸の速力に回天丸のそれを合わせることもかなり難しいし、合わせていたのでは、いっそう遅れてしまう。

「かまわない。回天だけでやりましょう」

と歳三はいった。

箱館を出る前に入手した情報では、敵は甲鉄艦を旗艦に八隻なのだ。

八対一、である。

荒井も甲賀も、

「勝てますか」

という不安を口に出さなかった。

歳三の悠揚とした態度を見ていると、むしろ勝てるという気がしていたであろう。じじつ、歳三はそのつもりでいる。歳三に不安があるとすれば、分捕ろうとする敵の甲鉄艦に回天丸がうまく接舷《せつげん》できるかどうか、の一点だった。

襲撃隊の主力を高雄丸に乗せたので、回天丸に乗り組んでいる陸兵は、約百名なのである。この人員がいっせいに敵艦になぐりこめればいいが、接舷の如何《いかん》によっては、それが不可能になる。

が、それは歳三の力の及ばないことである。甲賀の操艦を信頼するしかなかった。

夜明け前、回天丸は宮古湾口に達した。

しばらく待ったが、僚艦はついに現われなかった。

甲賀は米国旗の掲揚を命じてから、回天丸を湾内に入れた。

「土方さん、うまくいきそうです。敵は眠りこけている。その証拠に煙突から煙が出ていない」

「なるほど」

歳三は、洋式士官服に帯をまき、長刀を差し、さらに小銃を持っている。

回天丸はスルスルと甲鉄艦に近寄って行き、米国旗を日の丸に変えるや否や、十三門の砲を甲鉄艦に向けてぶっ放した。

全弾、ほとんど命中した。

だが、全弾、その装甲でハネ返されていた。

甲鉄艦は回天丸の右舷方向にあった。

甲賀は舵《かじ》を右に切り、さらに左に切りかえた。回天丸の右舷と甲鉄艦の左舷を平行にして接しようとしたのである。

ところが、回天丸の舵は、左への利きが悪かった。甲賀はむろんそれを心得ており、その癖を計算した上で操艦したのだが、このもっとも肝心なときに、その癖がいっそうひどくなった。

「どすん」

と音がして、回天丸の船首が甲鉄艦の左舷に突き刺さる形で入った。

横付けになるものと思っていた回天丸の陸兵たちは、右舷に集中している。

歳三は艦橋を仰いだ。

甲賀がいったん後退させようとしている。

甲鉄艦上に敵兵が飛び出してきた。歳三は小銃を構えて撃った。

「艦長、このままでいい」

歳三は大声で叫び、

「船首から飛び移れ！」

とどなると同時に、自分も走った。

船首の近くにいた大塚波次郎《おおつかなみじろう》という旧幕臣が、

「先頭！」

と怒号して甲鉄艦に飛び乗った。というよりも、落ちた。回天丸の方が甲鉄艦よりも、甲板位置で一丈（三メートル）も高かったのである。

続いて野村が飛び下りた。

（やるな）

歳三は微笑した。

何番目かに歳三が飛び下りたとき、敵の一人が短槍《たんそう》を突っかけてきた。歳三は小銃で払いのけ、つんのめる相手の頭を銃の台尻で力まかせに叩《たた》いた。

敵兵はその凄《すさ》まじさに恐れをなしたか、甲板から船室に退き、いっせいに撃ってきた。

歳三はそれを撃ち返しながら、

「縄を下ろせ」

と回天丸の乗組員にどなった。飛び下りたもののなかには、足をくじいたものがおり、うずくまっている。それをめがけて、甲鉄艦のマスト近くにあったガットリング砲が火をふきはじめていた。この砲は機関銃の前身で、一分間に数十発を撃てた。榎本軍にはなかったが、官軍はアメリカから買い入れていた。

五稜郭

1

この間、回天丸の砲は、近くに停泊している官軍の飛竜丸、戊辰丸《ぼしんまる》めがけて撃ちまくった。官軍側で反撃したのは、のちの元帥東郷平八郎《とうごうへいはちろう》が砲術士官として乗組んでいた春日丸《かすがまる》だけであった。

その一弾が回天丸の艦橋近くに落ち、飛びはねた弾片が甲賀の左足をえぐった。甲賀はすぐに起き上がり、なおも指揮をとり続けた。

甲鉄艦上の戦闘は、歳三の意に反して、射撃戦になっていた。そうなると、銃の数の差がモノをいう。歳三の見たところ、飛び下りてきたのは約三十名である。これでは劣勢だが、回天丸に残ったものが甲板の高さを利用して撃ちまくるので、何とか支えている形だった。

しかし、厄介なのは、ガットリング砲だった。

（あいつを始末できれば、こっちのものだが……）

歳三の位置は低いので、銃では射手を狙えない。ほかの雑兵はいいから、あの砲の射手を回天丸から倒してもらうしかない。

歳三は回天丸を振り仰いだ。

甲賀はガットリング砲の砲火を一身に受けようとするかのように、艦橋で仁王立ちになっている。

その目が歳三の目と合った。

「引き揚げなされ」

というように、甲賀は手を振った。歳三はその悲壮な姿を見て、この勇敢有能な艦長の真意を悟った。自分を標的にして、なぐりこみをかけた陸兵を戻そうとしているのであろう。

甲鉄艦の甲板は、死屍累々《ししるいるい》であった。が、どちらかといえば、味方が多い。

(どうやら汐時《しおどき》だな)

と歳三は判断した。

このままでは全滅しかねない。自分の命は惜しくはないが、陸兵の指揮官として、できる限り多くのものを帰還させる義務があった。それに、分捕りには失敗したが、敵の心胆を充分に寒からしめたことは確かであろう。

「よし戻れ」

歳三は号令をかけた。

回天丸から垂らされた綱をよじのぼって帰還したのは、十数名だった。そして、艦長の甲賀源吾は右腕、顎を射抜かれて戦死していた。

艦の指揮は荒井がとった。全速力で宮古湾を出てから損害を調べてみると、戦死十九名、負傷三十名だった。戦死のなかには、野村利三郎も含まれている。

官軍の損害は、戦死六名、負傷二十名、行方不明十四名だった。海に落ちたまま、死体が見つからなかったのだ。官軍側がいかに狼狽《ろうばい》したか、これをもってしても明らかである。

回天丸は北上した。途中で蟠竜丸《ばんりゆうまる》に出合い、襲撃はすでに終ったことを告げて、共に箱館へ向かった。

不運なのは、はぐれた高雄丸であった。回天丸が去った二時間後に出港してきた官軍の甲鉄、春日、丁卯《ていぼう》、陽春《ようしゆん》の四艦に発見された。

そのとき、距離は八里であった。高雄丸は北へ逃げたが、速力が比べものにならなかった。みるみるうちに追いつかれそうになった。

艦長の古川節蔵《ふるかわせつぞう》は高雄丸を浅瀬に乗り上げ、乗組員、陸兵とともに火を放ってから逃げた。地名は壇之浦というところだった。

結局、この月の二十九日に大半のものは南部藩に降伏するのだが、一部の陸兵と乗組員は漁船を奪って箱館に戻った。

そのなかに、島田魁がいる。

歳三が島田と再会したのは、四月三日だった。近藤と別れて、ちょうど一年たっている。

「よくぞ戻った」

歳三は島田の手を握りしめた。すると、歳三自身がまったく予期しなかったことが起こった。

目頭が熱くなり、涙がこぼれた。

「土方さん、いや、副長」

島田が声をつまらせていい、歳三の手を把《と》って顔を伏せると、全身を慄《ふる》わせた。

「もう会えないか、と思っていた」

と落ち着くのを待って、歳三はいった。心の底からの言葉だった。

「そう簡単には死にませんよ。それより、敵の動静について小耳にしたことがあります。総督が清水谷、参謀が薩摩の黒田了介、および長州の山田市之允《やまだいちのじょう》で、約三千五百名が青森に勢揃《せいぞろ》いしているそうです」

「さすがに島田君は抜け目がないな」

「ただ逃げ帰っただけでは、副長にどやされますからね」

と島田はおどけたようにいった。

不思議に明るい口調だった。

歳三は微笑した。京都以来の隊士としては、島田のほかに、負傷した相馬ら数名になっている。

歳三は、島田から聞いた話を文書にすると、従兵の市村鉄之助を呼んで、榎本のところへ持って行くように命じた。市村は、伏見に移ったときに入隊してきた若者で、大垣藩の出身、そのとき十六歳だった。

市村が出て行くのを見送って、島田がいった。

「叱られそうですが……聞いていいですか」

「何だ？」

「どうして総裁にじかに知らせないのか、ちと解《げ》しかねるものですから」

「そのことか」

歳三は、宮古から帰還したあと、榎本とかわした会話を思い出した。

歳三と荒井から報告を聞いた榎本は、労をねぎらってから、

「惜しむらくは、われらに戦運がなかった。館山を出たときといい、江差沖といい、ことごとく天が味方してくれなかった」

といった。

「それもあるが、それだけでもなかったでしょうな」

と歳三はいった。

宮古へ行く前に、甲賀は三日間欲しいといい、榎本は二日で充分だ、といった。甲賀の計算で決行すれば、十九日に出港し、二十二日には決戦できたはずだった。強風になったのは、二十二日の夜半からなのである。いいかえれば、戦機を逸したのは、榎本の計算違いに起因しているのだ。

榎本はそれを戦運がなかった、の一言で片付けようとしている。

歳三は、甲賀の壮烈な死にざまを、榎本に見せてやりたかった。

「さよう。敵がガットリング砲を備えていたことも、わが方の戦いを不利にした。まことに残念だった」

と榎本はいった。

歳三は、それ以前に原因があったのだ、といいたかったが、あえていうことをしなかった。

歳三の性格としては、ここで一言いっておきたいところである。が、そこには、松平らが同席している。

いまここで総裁の榎本に恥をかかせることは、これから起こす戦いのことを考えると、やはり避けるべきだった。

雪解けとともにやがて来攻するであろう敵は、陸、海両軍の編成になることは、誰の目にもはっきりしている。それを迎撃する側も、陸、海の協力を必要とする。バラバラに戦ったのでは、勝利の望みは万に一つもない。

歳三には、海軍のことがわからない。しかし、陸戦で勝つために、榎本の海軍が必要であった。

「島田君、おれはやるだけのことはやってきた。が、そうではない人もいる」

「怪《け》しからんことではないですか。いったい誰です？」

「それはいい」

「土方さんらしくもないお言葉ですな」

「そうかもしれぬが、だからといって、土方流のやり方を変えるわけじゃない。あとどれほどの月日になるかわからんが、おれの流儀でやるよ」

と歳三はいった。

2

翌日、軍議が開かれた。

敵の来攻にどう備えるか、の評定《ひょうじょう》である。その備えを固めておくためには、敵がどこへ攻撃の主力を向けてくるか、それを予測しなければならない。

榎本軍は、兵力約三千名だった。本営の五稜郭には、総裁の直属軍として約五百名。そして、箱館、松前、江差に各三百名、室蘭《むろらん》に二百五十名、湯ノ川に百名、五稜郭から松前の海岸線に七百名、榎本らが上陸した鷲ノ木に四百名。そのほか、一小隊程度を、乙部、弁天砲台、箱館山などに配備していた。

大鳥圭介は、

「上陸作戦のできる場所というものは、限られたところしかないものである。われらがやったように、鷲ノ木から敵兵は上陸しようとするに違いない。そこを叩《たた》くために、鷲ノ木にはもっと兵力を集中すべきであろう」

といった。

　座長役の松平が、

「ほかにご意見は？」

と見回した。明らかに歳三を意識している。と、このとき、

「僭越《せんえつ》を承知で申し上げたいが、よろしいか」

と進み出たものがあった。

　千代岱《ちよがだい》砲台の守将、中島三郎助《なかじまさぶろうすけ》だった。文政二年の生れだから、幹部のなかでは最年長である。

　中島は、幕末の歴史とともに生きてきたといってよい経歴の持ち主だった。浦賀《うらが》奉行与《よ》力《りき》のとき、来航したペリーと談判し、安政二年に海軍に転じ、同六年に軍艦操練所頭取となった。漢学の素養の上に、洋学の軍事体系を修得し、かつて各藩の藩士たちに教えたこともあった。その弟子の一人に、長州の桂小五郎《かつらこごろう》もいた。

　古武士の風格、という言葉は、中島のためにあるようなものだ、というのが、旧幕臣はもとより、榎本軍の士官たちの一致した評価だった。

「中島さん、どうぞ」

　松平もこの老将には一目置いている。

「拙者は敵が鷲ノ木にくるとは、とうてい思いませぬ。九分九厘、反対の江差か、さらにはもっと北でござろう」

「なぜです？」

「風でござるよ」

「風？」

「われらが上陸した秋とは、逆風でござる。いまの季節、風は東からの日が多い。黒田、山田というのは、薩長においても兵学に通じているものたちでござる。西海岸の方が波静かであることは承知のはず」

「そう決めこむのは危険でしょう」

と大鳥が反論した。

「しからば大鳥殿におたずね申す。鷲ノ木と決めこむのは、危険ではござらぬのか」

「うむ」

大鳥は口ごもった。軍学の常識でも負けているし、物事の道理でも負けている。陸軍奉行と一砲台の守将という位階の開きはあったが、過去の経歴や実績からいって、大鳥も無理押しはきかない。

「土方さん、いかがです？」

と松平が問いかけた。

「中島先生の仰せもごもっともですが、わたしは違う考えをもっている」

と歳三はいった。

「承りたいものですな」

「どこへ上陸してくるにせよ、海岸で防ぐことは難しい。わたしは、中島先生のいうように、西の、おそらく乙部だろうと思うが、いまから兵を送っても、間に合わんでしょう。それより、ここは海軍に出撃してもらいたい」

「海軍に？」

「そうです。回天、蟠竜、千代田形の三艦をもって、青森を発してくる敵船団を襲うのが最良の戦術です」

「土方殿、拙者もそのご意見に賛成でござる」

と中島が嬉《うれ》しそうにいった。

榎本は苦笑していた。

「総裁、いかがです？」

と松平がいった。

「機先を制して敵の出鼻をくじく。いかにも土方さんらしい戦法です。じつをいうと、わたしもそれを考えないではなかったが、陸と違って、海上での戦闘には、中島さんもご承知だろうが、のりこえられない問題がある」

「何でござる」

と中島がいった。海軍のことなら中島もくわしいのだ。

「甲鉄艦の装甲ですよ。至近距離から撃った回天の砲弾をもハネ返した。その甲鉄艦が護衛としてつきそってくることは明らかです。もとより戦いを恐れるものではないが、敵を沈めることはできず、味方の艦は沈められる恐れのある戦闘は、やはり避けねばなりますまい」

「総裁に申し上げたい。死中に活を求めるということもありますぞ」

「中島さん、海軍に全滅を覚悟で洋上決戦をやれと諸君が求めておられるなら、総裁としてわたしも出撃する」

と榎本はいった。

中島は沈黙した。榎本にそういわれては、あえて、

「そうせよ」

とはいえない。

結局、軍議は、青森の敵の動きをさぐり、もう少しそれがつかめてから、行動を開始することになった。

何のことはない、現状のまま様子を見る、ということである。

歳三の部屋は、五稜郭の本営のなかにある。千代岱に戻る前に、中島が寄った。

「土方さん、こうなれば貴殿が頼りです。いざというとき総裁が腰くだけにならぬようにきびしく監視していただきたい」

「腰くだけ？」

「さようです。拙者の思い過しかも知れぬが、総裁には、江戸を発したときのような戦意がござらん。まことに心外であるが、薩長方と取引を考えておるのではないか……」

「まさか！」

「ご本人にその気はないとしても、取巻き連中がよろしくない故、その考えに引っぱりこまれることもないではない。しかし、貴殿がいれば、くだけそうになる腰も立ち直りましょう」

「中島さん、総裁や各奉行がどうあろうと、この土方歳三はこれまでの生き方を変えるつもりはありません」

「それを聞いて安心した。これで武士の意地も立ち申す」

そういって中島は帰って行った。露骨な言い方を避けていたが、本心は、榎本が降伏するかもしれないから、そのときは刀にかけても思いとどまらせてほしいといいたいらしかった。

江戸で勝海舟のいった言葉が思い出されるが、いくら何でもここまできて降伏をいい出すことはあるまい、と歳三は思っている。降伏の機会はいくらもあったのだ。

しかし、官軍の動きは、榎本軍の予想を超えて敏速であった。

四月九日、千五百名が乙部に上陸した。

乙部を守っていたのは、約三十名だった。守っていたというよりも、行政を兼ねて駐屯していた程度である。

官軍の情報活動はしっかりしていたようである。榎本軍の勢力圏内で、そこがもっとも手薄だったのだ。

この報告が届き、榎本は各奉行を集めた。中島は、奉行ではないために、呼ばれなかった。

「敵の上陸を迎えたいま、ああすればよかった、こうすればよかったといっても、致し方のないことである。責任はすべてこの榎本にある。かくなる上は、全力を挙げて敵に対するのみ」

と榎本はいった。

歳三は腕を組んで黙って聞いている。

いまさらとやかくいっても仕方がない、というのは正しい。まさにその通りなのだ。にもかかわらず、榎本はこうして演説している。こんなふうに喋《しゃべ》っているより、早く迎撃態勢をととのえるべきではないのか。

「総裁」

と歳三は声をかけた。

榎本は歳三を見てにこりと笑い、

「土方君、わかっている。配備についてはこれからいう。その前に、諸君にわたしの気持を知っておいて欲しかったのだが……」

「承りましょう」

「それはもういい。では、迎撃態勢について指示します。大鳥君は木古内へ行き、周辺の諸隊を掌握し、南岸の警備、松前への中継、二股口との連絡にあたる。土方君は、本営の予備のなかから二大隊をもって二股口を固めてもらう。敵は乙部から江差を攻め、そのあと、二股口へくるか松前を経て南岸へ出んとするか、二つに一つ。いや、場合によっては二手に分かれて、互いに先を競わせるかもしれぬ」

「総裁、二大隊は必要ない。二股口は天険です。一大隊でよろしいが、弾薬は三大隊分をもらいたい」

と歳三はいった。

榎本軍の編成は、一小隊五十人、四小隊をもって一大隊としていた。榎本が四百人を連れて行けというのに、人員は半分でいいが、弾薬だけはたっぷりよこせというのだ。

「本当に一大隊でよろしいか」

と榎本は念を押した。

それでなくとも、兵員の数が足りないのである。一大隊でよいという申し出は、渡りに船だったが、あとで援軍をくれといわれても困るのである。

「本当です。くどいようだが、弾薬だけは三大隊分」

「大砲はどうなさる？」

と松平が聞いた。

「あればいいが、二股口の険しい道を持ち上げていると、時間がかかる。いまは急場です。なくても差し支えない」

と歳三はいった。

その席にいた大半のものが、この答えを聞いて、土方は死ぬつもりでいるのではないか、と思ったであろう。

戦闘に、大砲が必要なことは、もはや常識となっていた。一年半前の鳥羽伏見の戦いのころに比べると、大きな違いである。大砲のない部隊が大砲のある部隊に勝つことはない、とされている。

とすれば、どうせ死ぬなら、人員も少なくていいし、大砲もいらぬ、といっているのではないか。

歳三はそれを察して、

「総裁、出発する前に、外国商館で買いものを致したいが……むろん私用ではなく、戦闘に必要な装備品です。どうしてもなければ困るというものではないが、あると戦いやすい」

といった。

「どんな物です？」

松平が質問したが、歳三は無言で微笑している。謎ときを楽しんでいるふうでもあった。

3

歳三は箱館の市中へ出ると、プロシア人の経営している商館へ行った。前に巡察したときに立ち寄ったことのある店だった。そこで野営用の天幕と毛布を見つけ、その用途を聞いたのだ。

それまでの日本人同士の大きな戦いで、雪の中で何日もの間、激しい野戦をくりひろげたことは、ほとんどなかった。北国では、冬になれば、自然に戦闘は中断された。近代戦に耐える装備をもっていなかったといってもいい。

鳥羽伏見の戦いは一月だったが、雪はなかった。もしあのときに大雪が降っていたならば、戦闘はなかったであろう。

また、政府軍がこの時期まで進攻してこなかったのも、最大の理由は、きびしい寒さにあった。

春の訪れと共に、かれらはやってきた。じじつ、市中に雪はない。

しかし、歳三がこれから行く二股口は、まだ残雪があるし、夜ともなればきびしく冷えこむはずである。

火をたいて煖《だん》をとることはできるとしても、それでは敵にこちらの所在地を教えることになる。天幕と毛布は、その点じつに便利なものであった。

歳三は、二百名分を買い求めた。

それを人夫に運ばせ、さらに、一カ月分の食糧も荷駄として馬にひかせることにした。

一カ月もちこたえれば、敵は補給が続かない。

その夜のうちに土方隊は出発した。木古内に一泊し、翌早朝、二股口へ登った。ここは江差と箱館を結ぶ間道《かんどう》が通っているところで、標高は約五百メートルである。左右に袴《はかま》腰岳《こしだけ》と桂岳《かつらだけ》がそびえており、人一人が通れるくらいの細い道である。

歳三は、この間道に、三段構えの堡塁《ほうるい》を築いた。また、買い入れた天幕と毛布を各人に支給した。四月といっても、標高があるから、寒さはきびしい。夜間、戎衣《じゆうい》に外套《がいとう》だけでは、凍死する恐れもあるのだ。

歳三がとくに選んで参謀として連れてきた島田が、

「これはぐあいのいいもんですね」

と感心した。歳三は、

「外国人というのは、武器にしろこういう物にしろ、じつに熱心にくふうするものだ。われわれは、三百年もの間、先込めの銃を用いてきた。そんな手間のかかる銃よりも、刀や槍《やり》の方が役に立った。だから、その技をみがくことにみんなが心をこめた。ところが、どうだ。かれらは、元込め銃をつくり、連発式にし、ついにはガットリングをつくった。また短銃にしても、五発も六発も撃てるものにした上、命中率も高い。大砲や軍艦に至っては、これはもう沙汰の限りだな」

「天然理心流も北辰一刀流も、きのう銃の扱いを覚えた農兵にやられる……そんな日がこようとは夢にも思いませんでした」

「そうだな」

歳三は同感だった。骨身に滲《し》みる寒さに耐え、あるいは汗にまみれて剣の稽古にいそしんだ遠い日々のことが、自然に胸中に甦《よみがえ》ってくる。

それが一発の銃弾に敵し得なくなったというのは、たしかに心外なことになったものである。

とはいっても、若いころの苦しかった修行の日々が無駄だったとは思わない。いや、あの日々があったからこそ、新選組副長としての土方歳三があったのだ。もし、あの修行がなければ、どこかの商家の入り婿になっているか、女のヒモになってやくざな暮しをしているかだったであろう。あるいは、女のことで争いを起こし、簀巻《すま》きにされて多摩川あたりに投げこまれていたか。

（そういえば……）

歳三は、一年前に江戸を発《た》ってから、女体にふれていないことを、不思議な思いで意識した。

北関東でも会津でも仙台でも、その機会がないわけではなかった。陣を張った宿場には必ず娼妓《しょうぎ》がいたし、兵も士官も先を争って行った。仙台のような大きなところでは、藩のもてなしもあった。

（色好みのおれとしたことが……）

歳三は何やらおかしかった。この禁欲ぶりはどうしたことであろう。

箱館にもむろん娼家はあった。奉行のなかには落籍《ひか》して囲っているものもいる。

前年十二月に箱館に臨時政府を樹立したときは、独立国として何とか維持できるのではないかという楽観的な気分が、人びとの間に生じた。総裁の榎本がそれを暗に認めるようなことを口に出したせいもあった。また、外国の商館も、税金を払うという形で、独立国なみに扱った。さらに、ガルトネルという貿易商に七重村を中心に三百万坪を九十九年貸しつける契約を結び、ヨーロッパ式の果樹園を造成させた。

しかし、財政的には火の車だった。兵員に対する給与も月に一両だった。これでは少ないというので一分増額された。しかし、一両一分では苦しいことに変りなかった。ただ、旧藩時代に高禄《こうろく》を食《は》んでいたものや高官だったものは、やはり余裕があった。

歳三にしても、江戸を出るときに、用意できる限りの金を持って出ていた。

その気があれば、女を囲うくらいの金はあった。

器量好みの歳三の目にかなう女がいなかった、というわけではなかった。だが、歳三は手を出さなかった。

なぜかは、本人にもわからない。

歳三の胸中の思いがそんなところへ飛んでいるとは、島田にはわからない。

「あすから、最後の正念場がはじまりますね。土方さんといっしょにそれを迎えられるというのは欣快《きんかい》至極です」

「島田君、おれも思う存分戦ってみせるよ」

歳三は島田に手をさしのべた。榎本軍に加わっているフランス人顧問たちからひろまったしぐさである。海外に留学した榎本やフランス人から教育された松平、大鳥らは、この握手の習慣を知っていたから、全軍にひろまるのを歓迎した。

一方、乙部に上陸した政府軍は、その日のうちに江差を攻めてこれを攻略した。奉行の松岡四郎次郎は、守りやすい松前へ撤退し、松前奉行の人見勝太郎の軍と合同する作戦を選んだのだ。

政府軍はここで二手に分かれ、一隊は松前攻めに向かい、他の一隊が二股口をめざした。この峠を突破すれば木古内の背後に出ることができる。箱館と松前を分断するから、松前にこもっている隊は、立ち枯れになる。

指揮官は、長州の駒井政五郎《こまいまさごろう》である。駒井は御楯隊《みたてたい》の出身で、第二次幕長戦争に出陣して以来、ほとんどの戦争に参加してきた歴戦の士だった。

さすがに戦い慣れており、一気に登ってくることはせずに、十一日は宿営して斥候を出し、十二日の朝から攻撃を開始した。

守る側の堡塁は三段構えになっている。駒井は、大砲を運び上げ、第一堡塁を砲撃した。それを簡単につぶしたあと、

「小休止」

と駒井はいった。

榎本軍の第一堡塁が大砲で反撃してこなかったことで、駒井はやや安心した。

すでに戦闘は砲撃戦をもってはじまるのが常識になっている。だから、政府軍は兵員の数よりも大砲を揃えることに重点を置いて、この作戦に臨んだ。

榎本軍も同じように準備しているだろう、と駒井は考えていた。榎本が外国帰りである

からには、それを怠るはずがなかった。

しかし、第一堡塁から一発も反撃してこなかったところをみると、大砲の数に余裕がないらしい。おそらく、第三堡塁にしか用意できないのであろう。そして、第二堡塁をめざして前へ出てくる政府軍に照準を合わせているのだ。

いずれにしても、火力において榎本軍は劣っている、と駒井は見なした。だが、歳三が一門も持っていないとは、夢にも思わなかった。

駒井はこのとき、敵の指揮官が誰であるかを知らなかった。

江差を攻略したさいに捕えた兵士から、二股口には備えがないことを聞いていた。しかし、政府軍上陸の報を聞いても、何も備えをしないとは考えられない。急遽《きゅうきょ》、箱館あるいは木古内から兵を送ってくるであろう。

その場合、駒井がもっとも恐れたのは、強力な火砲をもった軍が天険を利用して、麓から攻め上る政府軍に対し砲弾の雨を浴びせてくることだった。そうなると、この線を突破するのは容易ではない。

4

駒井が第一堡塁を攻略したあと小休止を命じて、一気に攻めかからなかったのは、たしかに理にかなっており、賢明であった。そのまま前進したのでは、第三堡塁にあるはずの敵の大砲の餌食になるだけである。

駒井は砲隊を占拠した第一堡塁まで引き揚げた。

そこから敵の第二堡塁まで、登りだが、約五百メートルの距離である。駒井隊のアームストロング砲ならじゅうぶんに届く。ということは、榎本軍からも届くわけだが、一発も撃ってこないのは、やはり第二堡塁には火砲を配備できなかったことを意味する。従って第二堡塁を叩きつぶすことは容易である。

問題は第二堡塁から頂上に近い第三堡塁までの距離である。地表の距離とともに高度差も重要である。

駒井は望遠鏡で観測したが、雪が残っているせいもあって、細部をつかめなかった。

（まだ雪があったとは！）

駒井としては、計算外のことだった。

頂上に近いところで野営せざるをえないような戦いは、回避しなければならない。何しろ主力の長州兵は寒さには弱いのだ。

しかし、第一と第二の堡塁間の距離の短いことで、駒井としては、攻略に自信をもつことができた。ふつうなら距離をとるべきなのだ。それなのに大砲の着弾距離に堡塁を作るとは、頭の悪い、戦争を知らぬやつらだ、と駒井は楽観した。誘いの罠《わな》だとは考えなかった。

その楽観は、第二堡塁を攻めたあと、いっそう増幅された。三十分ほど撃ちまくると、敵兵が逃げ出すのが見えた。

「追え！」

駒井は叫んだ。指揮官の楽観気分はすぐに下へ伝わる。各人が隊伍《たいご》をととのえずに登りはじめた。

歳三は第三堡塁で、こうした動きを眺めている。

敵の大半が第二堡塁を越え、先頭が足もとまできたとき、

「撃て！」

と命令を下し、手にしていた指揮棒を大きく前へ振った。

各隊には、一人一千発の銃弾が支給されていた。

楽観して遠足気分だった政府軍は、第二堡塁まで下った。そこで陣形を立て直し、こんどは慎重に攻めようとする。

とつぜん、左右の山腹から激しい銃声が起こった。逃げたはずの第一、第二堡塁の兵たちが、じつは樹間に身をひそめていたにすぎなかったのだ。

政府軍は命からがら、下まで退却した。

駒井は唇をかみしめた。敵の指揮官は誰だろうか、と思案した。

翌十三日、夕刻近くになってから、政府軍は攻撃を再開した。昼間の攻撃は、高いところから狙い撃ちされる。それなら闇を利用して、ともかく前進しようという作戦だった。

「山道を無視して登れ。山道はむしろ狙い撃ちの目標にされる」

と駒井はいった。

兵たちは道なき道を登った。だが、登りやすいところと、絶壁になって、登れないところとがある。

まして暗闇である。どうしても傾斜のゆるいところに集まってくる。

歳三は前もって、そうした地点を調べておいた。そして、各兵に、明るいうちからその地点に照準を合わせておくように命じた。

目標は密集した形で登ってくる。明るいときよりは精度は落ちたが、それでもよく命中した。

この戦闘は、約十六時間も続いた。

政府軍は再び蹴落された。

記録によると、この日、土方隊の費消した弾丸は約三万五千発である。一人が百七十五発を発射したことになる。

なかには、銃身が熱くなって、持てなくなった兵もあった。

歳三は、北斜面の残雪をかき集め、その雪で冷やさせた。

駒井の報告をうけた山田参謀は、ひとまず松前攻略に専念することにした。

松前を攻めるには、海からの甲鉄艦による砲撃が利用できる。松前の榎本軍は、はじめ心形刀《しんぎょうとう》流の剣客として有名な伊庭《いば》八郎《はちろう》が隊長となって政府軍を攻め、大勝を博した。しかし、海からの砲撃に対しては、反撃することが不可能だった。

十七日、政府軍は、甲鉄艦、春日、朝陽《ちょうよう》、陽春、丁卯《ていぼう》の諸艦を松前沖に集結し、砲撃を加えた。松前城からも撃ち返したが、弾丸はほとんど海へ落ちた。

十九日になって、ようやく回天丸、蟠竜丸が出動してきたが、木古内沖で敵の五隻に出合うと、一戦もまじえずに、箱館湾に戻った。湾口にロープを張り、自軍や自国船のときだけ開くように、榎本の案で工事してあった。政府軍も、強行突破をさけたので、湾内での海戦は起こらなかった。

これよりさき、十六日に、黒田了介は約二千名を率いて江差に上陸し、戦況を聴取すると、

「二股口をさけて、木古内口から進め」

と命令した。

箱館へ行くには、かなり迂回《うかい》する形になるので、駒井は、もっぱら二股口を攻めていたのだ。

「急がば回れ、ということだ」

と黒田はいった。

十七日、政府軍と木古内口の大鳥軍とは激突した。地の利を得ている大鳥軍は善戦した。政府軍はいったんは退却した。

しかし、松前は海上からの砲撃に耐えかねて、守備隊は海岸ぞいに撤退しはじめた。

黒田は松前に入城し、一日休んで十九日に木古内へ向けて進撃した。

木古内の大鳥は、松前から撤退してきた友軍をふくめて、約一千名を指揮している。要

するに、榎本軍の三分の一を占める主力である。

大鳥は、五稜郭の榎本へ使いを出し、

「どうすべきか」

と指示を仰いだ。

榎本にとって、頼りは海軍だったが、残っている三艦のうち、千代田形丸が思わぬ事故によって敵に捕獲されるという不運に見舞われた。

同艦は夜陰に乗じて出港し、政府軍に砲撃を加えるはずだったが、操艦を誤って弁天岬の暗礁に乗り上げてしまった。

艦長の森本弘策《もりもとこうさく》は、このとき冷静さを欠いていた。

数回の離礁操舵《そうだ》をこころみたが、それに失敗すると、あっさり諦めてしまい、

「全員上陸せよ」

と命令した。

「せめて夜があけるまで待ってみたらどうですか」

と進言するものもあったが、森本はそれをハネつけた。

乗組員は上陸した。

森本は五稜郭へきて、榎本に報告した。

ところが、そのころ潮が満ちてきて、千代田形丸はひとりでに離礁し、漂流しはじめた。

榎本は激怒し、森本を解任して一兵員におとした。そして、回天、蟠竜両艦に命じて、

回収しようとしたが、沖合に哨戒《しょうかい》中だった甲鉄艦を主力とする政府海軍がすでに千代田形丸を捕獲してしまっていた。

「何たることか！」

榎本は落胆した。

それでなくても劣勢だった海軍が、いっそう劣勢になったのだ。三艦対八艦だったものが、二艦対九艦になった。

榎本は大鳥に対して、

「五稜郭で全軍が集結し、兵員の損耗を避けて籠城するにつき、ただちに兵をまとめて引き揚げよ」

と命令した。

一言でいえば、榎本はすっかり弱気になっていた。

大鳥は、各隊の隊長を集めて、これを伝えた。

驚いたのは隊長たちだった。

「戦いはまだはじまったばかりじゃありませんか。それに二股口では、土方隊が連戦連勝しております。海軍においては不利かもしれませんが、陸上では五分五分以上に戦っている。五稜郭へ引き揚げろとは、納得できません」

と大鳥に詰め寄った。

「諸君らの気持はよくわかる。しかし、これは総裁の命令である。各人の勝手な行動は許されない」

それは、その通りなのである。各隊長とも承服するしかなかった。

大鳥は兵をまとめると同時に、二股口の土方隊へ使いを出して、榎本の命令を伝達した。

5

木古内に布陣していた大鳥軍が撤退したのは、四月二十二日であった。

その日のうちに、歳三のもとへこの知らせと榎本の指示が届いた。

「何と……」

歳三はわが耳を疑った。

駒井の隊はその後もくりかえし攻撃をしかけてきた。さすがに前のような一本調子のものではなく、猛烈な砲撃を加えたのち、拠点を一歩また一歩というように進めてくる。そして、伏兵のひそんでいそうな岩陰などには現実に伏兵のあるなしに関わりなく、砲火を集中する。弾《たま》が無駄になろうとも、いっこう苦にしないという物量戦法だった。

「あのぶんでは、頂上へくるのに百日はかかりますな」

と島田は冷笑した。

「それはそうだが、放っておくのでは士気にかかわる。何かせねばならない」

と歳三はいった。

「何ぞ妙策はありますか」

「そうだな。正直にいって、こちらに大砲がない以上、妙策というほどのものはない。敵の正攻法に対しては、奇兵をもってするしかないが……」

歳三は、まず刀槍《とうそう》に秀でた兵士を集めた。その数約七十名。それから、第二堡塁と第三堡塁の中間にある岩山の中腹に、伐採した樹木を使い、一夜のうちに砦《とりで》らしきものをこしらえるように命じてから、七十名を率いて峰をこえ、すでに敵に占拠された第一堡塁のやや下方に設けられた弾薬集積所近くの樹林にひそんだ。

夜が明けた。

駒井は新しい砦を見つけると、すぐさま砲撃を命じた。たちまち政府軍の砲火が集中し、砦らしきものは粉砕された。同時に、吹き飛ばされた大小無数の岩石がバラバラと政府軍陣地に落下した。

「してやられたな」

濛々《もうもう》たる砂埃《すなぼこり》のなかで駒井が呟《つぶや》いたとき、下方から大喊声《だいかんせい》が起こった。

「何だ？　誰か見てこい」

駒井は首をかしげた。

歳三はこのとき、刀を抜いて、斬り込んでいた。

「何やつだ？」

「新選組副長土方歳三」

声と同時に、政府軍兵士は血煙を噴いて倒れていた。

政府軍兵士は、浮き足立った。一定の距離を保って射撃戦をくりひろげていたときには味わうことのなかった恐怖にかられた。銃を構えて狙おうとしても、飛鳥《ひちょう》のように疾駆する歳三らを撃つことができず、それどころか、あッと思ったときには血刀をひっさげた敵が眼前に迫っているという始末で、どっと崩れた。

「よし。これくらいでいい」

歳三は兵をまとめると、弾薬集積所に火を放って撤退した。

樹林から峰の尾根にさしかかったころ、大爆発が起こった。

駒井は地団太踏んで悔しがったが、後の祭りであった。

歳三らが、二股口の本陣に戻って間もなく、吉報が入った。

仙台藩の反政府軍派が、見国隊《みくにたい》という義勇軍を編成し、石巻から外国船をやとって箱館に到着した。兵力約四百名である。そのうち約百名が二股口にかけつけた。

要するに、土方隊は負け知らずであり、士気はますます旺盛だった。

そこへ、五稜郭へ引き揚げてこい、という指令なのである。

「これはいったい、どういうことなんですか。勝っているものが退却するなんて、聞いたことがない」

と島田が怒りをあらわにしていった。

「不思議かな？」

「不思議も何も、こんな莫迦《ばか》げたことは聞いたことがない。いったい、大鳥も総裁も何を考えているのか……」

「わかりきったことだ」

歳三は落ち着いた声でいった。

島田は怯《おび》えたように歳三を見てから、

「まさか……」

「そのまさか、だ。降伏を考えているに決っている」

島田はがっくりと腰を落した。

二十三日、榎本から再び使いがきて、撤退をうながした。

「総裁に伝えていただこう。もう一仕事する、とな」

と歳三は追いかえした。

木古内方面の大鳥軍の撤退を知った駒井隊は、この日の夕刻から猛烈に攻めてきた。

土方隊には、木古内にいた兵の一部も加わり約四百名になっていた。戦闘は二十四日、さらに二十五日朝まで続いた。

この二昼夜にわたる戦いで、土方隊は三十余名を失った。いかに政府軍の攻撃が猛烈だったかわかる。

歳三は、

(これが限度であろう)

と判断した。

三大隊分を用意した弾薬も、さすがに残り少なくなっていた。

それだけではない。

江戸を発《た》ったときから、歳三は、人に洩《も》らしたことはなかったが、死所を捜していた、といってもいい。

北関東で、さらに会津で戦ったのは、三十有余年のおのれの生涯を完結する前に、思う存分に戦い、男の意地というか心意気というか、男のあるべき姿を見せたかったからだった。

流山以来、一年。

顧みて思い残すことはなかった。

歳三は、二十五日の夜明け前に、一小隊を残して、他は五稜郭へ引き揚げるように命じた。

多くのものが、残りたい、といった。なかには、死ぬならいっしょに死にたい、とはっきり口に出したものもあった。歳三がここで死のうとしている、と思ったらしい。

「心配するな。一仕事すませたら、必ず五稜郭へ戻る」

と歳三は笑っていった。

夜が明けると、歳三は、一斉射撃を命じたのち、抜刀して斬り込んだ。我ながらおかしかった。鳥羽伏見で敗れたのち、もはや刀槍の時代ではない、といった張本人が、ここぞというとき、刀槍をもって敵の心胆を寒からしめているのだ。

じじつ、政府軍はどっと崩れて、いっせいに逃げ出した。

「とどまれ。敵に後ろを見せるものは、斬ってすてるぞ」

駒井は大いに怒り、小高い丘に立って叱咤《しった》した。

政府軍の兵士たちもさすがに踏みとどまった。駒井がいったことを実行することを知っているからだった。

「あいつが隊長か。敵ながらあっぱれなやつだ」

歳三は微笑した。

敵味方の区別なく、こういう勇猛な男は、歳三の好みにあっている。できることなら、刀を合わせてみたかった。が、それのできる距離ではない。

「許せよ」

歳三は政府軍の兵士が遺棄していった銃をとりあげた。

弾丸は装塡されている。

（皮肉なものだ）

歳三はかすかに躊躇《ちゆうちよ》した。ある意味で、自分の最期を見るような気がしている。

（まア、いい）

構えて、引金をひいた。続けざまに二発。そして二発とも命中し、駒井は転がり落ちた。年二十九歳。

歳三はなおも残り、ようやく二十八日の夜になって、五稜郭へ向けて出発した。

が、政府軍はよほど恐ろしかったのか、二十九日正午に至るまで攻めようとせず、散発的に大砲を堡塁へ撃ちこむだけだった。

すでに、木古内は政府軍に占領されている。歳三は北を迂回して五月一日朝、五稜郭へ帰った。

榎本は硝煙と血のりでまっくろになった歳三を見るなり、

「土方さん、ご苦労をかけた」

と頭を下げた。

「いや、こんなことは苦労でも何でもない。むしろこの旬日の間は楽しかった」

榎本は黙っている。歳三は、

「強がりではない。本心からの言葉ですよ。思う存分に戦うだけ戦った。おそらくほかの人たちも同じでしょう。聞くところによると、伊庭八郎君も木古内で戦死したそうだが、きっとわたしと同じ気持だったに違いない」

伊庭は心形刀流の剣客であった。小田原の戦いで片腕を失ったが、傷がなおると再び戦列に戻って戦いぬいた。箱館にきてからは大鳥の下にあったが、四月十九日に大鳥軍が木古内から撤退するとき殿《しんがり》を引き受け、政府軍の追撃を食い止めているうちに、銃撃を浴びて倒れた。

「伊庭君のことは、わたしも残念に思っている」

「榎本さん」

残念に思う、それだけか、と歳三がいおうとすると、

「わかっている。指揮官に人を得なかったといいたいだろうが、全てはわたしの責任だ」

「それなら、わたしとしては何もいう必要はありません。これでもう思い残すことはない」

「土方さん、まだ終ってはいない。だから、あんたにここへ戻ってもらった」

「もちろん、終ってはいない。しかし、その日に備えておいた方がいい」

「何を？」

「フランス人たちを湾内に停泊している外国船に乗せる方がいい」

と歳三はいった。

ブリュネら七名がまだ残っていた。

榎本は、五月二日、かれらを送り出した。この日、外国船はいっせいに港外に出た。

湾内には、回天丸と蟠竜丸が残っている。

五月四日、甲鉄艦を先頭に、政府軍の艦隊が湾内に入ってきた。回天丸はよく戦い、甲鉄艦のマストを吹きとばした。しかし、蟠竜丸は機関をやられて航行不能となり、弁天砲台の近くに錨《いかり》を下ろして浮き砲台となった。

回天丸の奮戦はじつに見事であった。

政府海軍は、陽春、丁卯の二艦をもって蟠竜丸に向かわせ、残る艦が回天丸一隻を追って撃ちまくった。

砲声は湾内に轟《とどろ》きわたり、砲煙は空を覆った。

回天丸は十三門の砲をもって反撃し、最後には浅瀬に乗り上げてあくまでも抵抗した。回天丸の被弾数は八十数発に及んだが、司令官の荒井以下全員が艦内に居残って砲撃をやめなかった。

蟠竜丸や弁天砲台も砲撃を続けた。幕府海軍の最期をかざるにふさわしい壮烈無比の戦いぶりであった。

やがて夕闇が迫ってきた。

政府海軍はついに攻撃をあきらめて湾外へ去った。

6

この日、古屋作左衛門、星恂太郎ら二百名が七重村の政府軍陣地を襲った。政府軍はたまらずに二里ほど後退した。

七日、政府軍の五隻は再び湾内に入った。

蟠竜丸は動けないので、回天丸だけが奮戦した。その砲弾で、甲鉄艦、春日、朝陽の士官水兵ら七名死亡、二十一名が重傷を負った。しかし回天丸も八十余発を浴び、ついに浅瀬に乗り上げて浮き砲台となり、なおも十三門の砲をもって戦った。

政府軍艦隊はいったん湾外へ退いた。

八日、外国商船が何度か入ってきた。要するに戦争商人たちの傭船《ようせん》である。榎本軍に武器弾薬を売りつけるのだ。

歳三は、従兵の市村を呼んだ。

「お前にやってもらいたいことがある」

「何でしょうか」

「この包みをもって外国船に乗り、多摩へ届けてくれ」

「いやです。最後までお伴したいのです」

「お前いくつだ？」

「十八になります」

「おれの半分だな。まだお前には死んでもらいたくない。それに、ここもあとわずかだが、おれは榎本や大鳥のように生き長らえる気はない。人間、死ねばどうでもいいようなものだが、何も残さず空《くう》に帰し土と化すのも、何だか寂しい気がしてきた。これが未練というやつかもしれん」

「どうか、ほかの者にお命じ下さい」

「お前に命令しているのだ」

歳三の声がかつてないほど優しかった。

市村は泣きながら承諾し、翌日、歳三の手配した外国船に乗った。

この船には、何人かの武士も乗った。元若年寄並、外国奉行塚原昌義らであった。

市村らを乗せた船は横浜へ行き、市村は下船したが、塚原らはそのままアメリカ船に乗りかえ、サンフランシスコへ渡った。塚原は日米通商条約の批准書交換使節の一員として渡米したことがある。塚原はその後、メキシコに入って同地で生涯を終えたらしいが、はっきりしたことはわからない。榎本がのちに外務大臣を経て枢密顧問官になったころ、日本最初のメキシコ移民計画をすすめたが、もしかすると、塚原と連絡があったのかもしれない。

十一日未明、戦闘が再開された。政府軍は海陸合同して五稜郭と箱館をいっきょに攻める作戦をとり、まず甲鉄艦、春日が弁天砲台と浮き砲台の回天丸攻撃に向かい、陽春は大《おお》森《もり》浜、朝陽、丁卯は陸兵を援護するために七重浜に向かった。

榎本軍は、大鳥、本多幸七郎らが七重浜へ向かい、弁天砲台、箱館は、永井尚志らが固めた。

蟠竜丸は機関を修理して、航行できるようになっていた。艦長の松岡磐吉《ばんきち》はよく戦い、朝陽の火薬庫に一弾を命中させてこれを沈めたが、ついに弾丸がつきて弁天砲台近くに乗り上げ、全員上陸して砲台に入った。

歳三は、この日未明、湾内からひびいてくる砲声で目をさました。

それまで彼は夢を見ていた。奇妙な夢だった。どれもこれも出てくるのは女ばかりなのである。呉服屋で働いていたころの女、多摩へ戻ってから川原で交わった女、薬の行商をしていたころ旅先で寝た女、江戸で遊んだ女、どれもこれも名前も覚えていないが、とっかえ引っかえ出てくるのだ。京の女たちも出てきた。島原の妓《おんな》、わずかな期間だったが、休息所に置いた志乃……。

（うるさいぞ。あっちへ行っていろ）

歳三は夢の中でどなっていた。

砲声で現実に戻った歳三は、前年秋に箱館を占領したのちにこしらえたラシャ地の士官服を身につけた。この日、初めて袖を通すのである。

ベルトの代りに兵児帯《へこおび》を巻き、腰に和泉守兼定を差した。京へ上ったときからの愛刀である。

歳三は抜きはなった刀身をしみじみとした思いで眺めた。苦楽を共にした長いつきあいの親しい友といっしょにいるような気分である。一言も口をきかなくても、お互いの心が通じ合うのに似ている。

兄弟同様だった近藤も沖田も、すでにこの世にない。あの世へ行くには、三途《さんず》の川なるものがあって、この世で善《よ》いことをしたものは橋を、軽い罪人は浅瀬を、重い罪を犯したものは流れの強い深い瀬を渡らねばならぬというが、近藤も沖田も、その川原で自分のくるのを待っているような気がするのだ。

そこへ、島田が入ってきた。一目で、歳三の胸中に秘めているものを察し、

「わたしにいっしょにこい、となぜいわれんのですか。いや、わたしだけじゃない。ほかの隊士も気持は同じです」

「好きなようにしたまえ」

歳三はそれだけいって部屋を出た。

本部へ行くと、榎本と松平が何やら相談している。

「総裁、お願いがある。あれは、敵が海陸から箱館の市街を攻めている砲声でしょう。箱館には、永井さんがいるが、守り切れるとは考えられない。二股口からいっしょに帰隊したものたちとわたしは出撃したい」

「土方さん、箱館へはきょうの昼すぎ、わたしが行く。それまで待ってもらいたい」

と松平がいった。

「いや、待てない」

「なぜです？」

「昼すぎでは遅い」

「そうは思わぬが……何をもって遅いといわれるのか」

「死ぬには、ですよ。戦って戦って戦い抜いたものでも、一たび死に遅れると、命が惜しくなるものだ。では、ご免」

歳三はいいすてて、本部を出た。

庭に、島田が声をかけた五十名がいる。

歳三は馬に乗った。ようやく、明るくなりはじめている。

「諸君」

歳三は、すまんな、と声をかけるつもりだったが、声は出なかった。で、しばらくかれらを見てから、低い声で、

「さア、行こう」

といった。

すでに進出していた長州、薩摩、松前藩兵らと戦闘になったのは、一本木《いっぽんぎ》関門付近においてである。

約二時間、両軍は激しく交戦した。敵は砲三門をもっているが、歳三の方にはそれがない。どうしても、じりじりと押されぎみになる。

「よし。撃ち方やめ」

歳三は命じた。

なぜ、というように隊士たちは見た。

歳三は黙っている。

政府軍は不審に思ったのか、これまた砲撃をやめた。

戦場とは思えないような静寂がたれこめた。

歳三は悠然と馬を進めた。平穏な町の中を行くかのようである。敵も味方も気をのまれている。

歳三は敵陣に近寄って行く。

「何者ぞ」

政府軍の士官が声を発した。

「長州兵か」

「いかにも」

「では教えてやろう。土方歳三」

歳三は馬腹を蹴った。

士官は狂ったように、

「撃て！　撃つのだ！」

と絶叫した。

その怒号が途絶えたのは、歳三の振り下ろした兼定の一撃を浴びたからだった。が、一瞬ののちに、歳三の身体《からだ》は銃弾を全身に受け大地に転げ落ちていた。

政府軍の兵士たちは、すでに絶命している歳三めがけてなおも撃ちこんだ。そのたびに歳三の死体は生あるもののように動き、恐怖にかられた長州兵たちは撃ち続けた。


六日後、榎本らは降伏した。

総裁榎本をはじめ、幹部たちは江戸へ送られたが、明治五年には特赦で出獄した。副総裁だった松平太郎を除き、他の五名の幹部は薩長の藩閥政府に出仕した。

榎本は逓信、農商務、文部、外務の各大臣を歴任し、大鳥は工務省から外交官に転じ枢密顧問官、永井は元老院権大書記官、沢太郎左衛門は兵部《ひょうぶ》省から海軍一等教官、荒井郁之助は内務省測量局長から中央気象台の初代台長をつとめた。

かれらは旧幕時代のことや箱館戦争の思い出を語ることはあっても、土方歳三に話題が及ぶと、一様に何かしら苦渋にみちた表情をうかべて声をのんだ。戦って戦って戦い抜いた歳三のことを思いうかべると、生きて、かつての敵に仕えているわが身に羞恥を覚えたのであろう。その持てる才能を新国家のために活用するという名目があったにせよ、この時代に生きたものたちは、男の意地を貫くことに、いまより遥《はる》かに強烈な誇りと美意識を感じていたからである。

あとがき

新選組《しんせんぐみ》をあつかった作品は数多い。げんに筆者にも沖田総司《おきたそうじ》を主人公とした長編がある。それは幕末から明治にかけての、日本の歴史の転換期に存在した新選組という特異な集団の興亡が、作家の創作意欲をかきたて、同時に読者の心を惹《ひ》きつけるからであろう。しかし、昭和二十年までの小説や映画は、どちらかといえば、新選組を悪玉に仕立てたものが多かった。新選組が薩長《さっちょう》政権に対立した存在であったから、皇国史観と相まってそのような善玉・悪玉のパターンにくみこまれたと思われる。

昭和二十年を境として、新選組はそうした呪縛からときはなたれた。それどころか逆に新選組や近藤《こんどう》、土方《ひじかた》、沖田などを美化する作品さえも現われた。この作品は「歴史と旅」昭和五十九年十一月号から六十三年三月号まで連載したもので、筆者は新選組を徒《いたず》らに美化するような立場をとることはしなかった。時代の流れと新選組の運命を重ねあわせるという立場で、最後まで薩長と戦いぬいた土方歳三《としぞう》の生と死を描いた。

正直にいって、土方歳三に関する正確な歴史資料はさほど多くはない。また、永倉新八《ながくらしんぱち》のように明治以後まで生き残った隊士や、戊辰《ぼしん》戦争後に明治政府の大官となった大鳥圭介《おおとりけいすけ》などの回想録にしても、思い違いや誇張が見られる。

それはそれでよい。

歴史小説を書く立場からいうと、史実に反することは書けないとしても、小説はノンフィクションではないから、史実にベッタリの文章を書き連ねる必要もないのである。

土方歳三には、一枚の写真が残っている。ある意味で、この写真は筆者に実に多くのことを示唆してくれた。この写真の主は毎月わたしの書斎を訪ねてきて、数日間滞在し、多くのことを語りかけた。頬をちょっとゆがめて「そんなこともあったかな」「そうだ。そのとおりだ」とか「そいつは、ちょっと違うぜ」とか呟《つぶや》いたりして、筆者に男とは何か、あるいは男はどう生きるべきかを伝えて姿を消した。

小説を書きはじめて二十数年になるが、作品の主人公とこういう関わりあいをもつことはめったにない経験である。筆者には彼の訪れが待ちどおしくもあり、時にはわずらわしくもあったが、今こうして一巻にまとまってみると、歳三から「お前さんにしてはよくやったよ」といわれるのではないかと思っている。その分、近藤やほかの者たちから不満の声があがるかもしれないが、それはいずれ機会をみてうめあわせしたいと考えている。

昭和六十三年二月

三好　徹

解説

細谷正充

三好徹が、土方歳三《ひじかたとしぞう》を主人公にした長篇《ちょうへん》の連載を始めたと知ったときのことだ。もしかしたら土方の〝俺〟という一人称でストーリーが進むのではないかと想像した。というのも、『六月は真紅の薔薇《ばら》　小説沖田総司《おきたそうじ》』（現『沖田総司　六月は真紅の薔薇』）が、沖田総司の〝僕〟という一人称で書かれた歴史小説だったからだ。冒頭の「そのころ僕は、試衛館《しえいかん》を出たいという夢想で日を重ねていた」という一文に驚いたことは、今も忘れられない。凄《すご》いことをする作家だと思ったものである。

三好徹は、一九三一年、東京に生まれる。横浜高等商業学校（現・横浜国立大学）卒業後、読売新聞社に入社して記者として活躍。記者生活の振り出しとなった横浜支局時代に深い思い入れがあり、横浜支局の新聞記者の〝私〟を主人公にした連作「天使」シリーズを発表している。

新聞記者になったときは、小説を書くつもりなどなかったという作者だが、先輩社員の菊村到《きくむらいたる》、同僚の佐野洋《さのよう》、取材先で出会った森敦《もりあつし》の影響を受け、作家を志すようになる。一九五九年、三好漠名義の「遠い声」で、第八回文學界《ぶんがくかい》新人賞の次席を獲得。そして一九六〇年、長篇ミステリー『光と影』を刊行し、作家デビューを果たした。以後、数年間、新聞記者と作家の二足の草鞋《わらじ》を履く。固定収入がなくなることを考えると、なかなか筆一本の生活に入る決心がつかなかったからだ。

だが、松本清張《まつもとせいちょう》が引き起こした、社会派推理小説ブームが作者を後押しした。エッセイ集『旅の夢　異国の空』収録の「『清張以後』の一人として」で、『光と影』はブームのお陰で、一年分の給料以上の印税をもたらしてくれたが、その後に出した現代小説はさっぱり売れなかったといい、

「つまり、勤めをやめても推理小説を書けば何とかなるだろう、とわたしは当てにしたのである。じじつ、その通りになった」

と記している。このような世情の見極めは、ジャーナリストならではのものであろう。専業作家となった作者は、一九六七年、スパイ小説『風塵地帯《ふうじんちたい》』で第二十回日本推理作家協会賞を受賞。翌六八年に『聖少女』で第五十八回直木賞を受賞し、作家の地位を確かなものにした。以後、ミステリーのみならず、歴史小説や人物評伝など、幅広い創作を続けたのである。

早い時期から歴史上の人物や事件に興味を示していた作者が、歴史小説の世界に乗り出したのは当然といっていい。しかしその興味は、現代史と繋《つな》がっている。『旅の夢　異国

の空』収録の「『孤雲去りて』について」の中で、

「わたしの書く歴史小説は、幕末以降に限られている。戦国時代、室町時代、鎌倉時代にまで幅をひろげたらどうか、といわれることがあったが、その気はない。どうしてかというと、わたしの場合、現代史の延長線上にある時代の人物たちがどう生きたか、それを自分の射程距離のなかでとらえて読者に供したい、と思っているからである」

と述べている。後に三国志を題材にした歴史小説も執筆するが、確かに日本を舞台にした作品は幕末以降のものばかりだ。夏目《なつめ》源三郎《げんざぶろう》という架空のヒーローを主人公にした時代小説『源三郎武辺帖《ぶへんちょう》』まで幕末が舞台なのだから、徹底している。

また、『六月は真紅の薔薇』で沖田総司に、六〇年安保における若者たちの想《おも》いを託したように、まさに〝現代史の延長線上〟にある歴史小説にしていたのだ。では、『六月は真紅の薔薇』のほぼ十年後に書かれた本書に、作者は現代の何を託したのであろうか。

『戦士の賦　土方歳三の生と死』は、「歴史と旅」一九八四年十一月号から八八年三月号にかけて『戦士の賦　土方歳三』のタイトルで連載。一九八八年四月に、タイトルを『戦士の賦　土方歳三の生と死』にして、秋田書店から単行本が刊行された。その後、集英社文庫を経て学陽書房の人物文庫に入る際、『土方歳三　戦士の賦』と改題。さらに学研M文庫でも、このタイトルが踏襲されたが、今回、再び集英社文庫として刊行されるに当たって、単行本のタイトルに戻された。

物語は土方歳三の一人称……ではなく、三人称一視点で進行する。時々、作者視点で歴史を俯瞰《ふかん》する場面もあるが、その意味については後述したい。土方歳三を主人公にした物語は無数にあるが、近年は新選組以後の戦いを描いたものが多いように感じられる。しかし本書は、試衛館の面々が浪士新徴に応じて京に向かうところから、五稜郭《ごりょうかく》の戦いで土方が死ぬまでの経緯を綴《つづ》った、オーソドックスな構成になっている。しかしこれが、読み始めたら止《や》められない面白さなのだ。

最初に登場する土方は、三十歳になるのに妻子もなく、俳句を捻《ひね》りながら、試衛館で燻《くすぶ》っている男である。福地源一郎《ふくちげんいちろう》（桜痴《おうち》）の持ち込んできた浪士新徴の話も、鼻で笑っていた。近藤勇《こんどういさみ》や沖田総司たちと共に、京の都に向かうが、唯一の期待は京女《きょうおんな》を抱けることだけだ。しかし京都に着いた彼は、戦国と通じ合う激動の時代の流れに乗ることを決意。藩に相当する組織を作ろうとする。といっても自分が組織のトップになる器でないことも分かっている。近藤を立て、芹沢鴨《せりざわかも》一派を粛清すると、新選組の副長として、行けるところまで行こうとするのであった。

作者が描く土方歳三が、もっとも大切にしているのは「男の志」である。なんとなく試衛館の面々と京に行った土方だが、時流に乗ると決めてから大きく変わっていく。彼にとって重要なのは、激動の時代の中で、自分がどう生きるかということだ。

本書はこのテーマに焦点を合わせ、ぶれることがない。新選組関係の史実を総浚《そうざら》いしたかのように並べながら、個々のエピソードの扱いはフラット。芹沢一派の粛清、池田屋《いけだや》騒動、高台寺《こうだいじ》党始末、鳥羽伏見《とばふしみ》の戦いなど、幾らでも膨らませることが可能なエピソードも、意外なほどあっさりと終わっている。むしろ、そうしたエピソードの表と裏で、土方が何を考え、どう動いたかに力点が置かれているのだ。そこから浮かび上がってくる主人公の肖像が、本書の一番の読みどころといえよう。

また、作者が土方を〝一種の機能主義者〟と捉えている点にも注目したい。「たとえば、食事をとるのは、肉体に滋養を与えてそれを維持するのが第一義であり、味は二の次であった」と書かれているように、まず機能することが肝心なのだ。それは肉体だけではなく、心も同様である。新選組から分裂した伊東甲子太郎《いとうきねたろう》率いる高台寺党を始末した一件を見よ。高台寺党の一員になった、試衛館時代からの仲間の藤堂平助《とうどうへいすけ》を助けたいという近藤の言葉を土方は否定。自分で藤堂を手にかけることを決意する。

このときの土方は、近藤の気持ちがよく理解できていた。また自身も、藤堂に情を感じている。しかし新選組のために、情を殺すのだ。土方は心も、機能主義なのである。だから彼は冷静に、自分の人生を貫いていく。もともと武士ではないから、徳川《とくがわ》家などどうでもいい。しかし、徳川方に付いて前に進んできたので、状況が悪くなったからといって転向や逃亡はしない。新選組がなくなり、近藤が処刑され、沖田が病没しようと、戦うことを止めない。彼が従うのは、己の裡《うち》にある「男の志」だけなのである。鳥羽伏見の戦いの後、江戸にもどった土方は、新選組と縁の深い医師の松本良順《まつもとりようじゆん》に、

「わたしは、生きている限りは、薩長《さつちょう》を相手に戦う気でいるが、それは何も徳川家の御為《おんため》というわけではない。徳川家の浮沈興亡などは、この歳三にとっては、もはやどうでもよいこと……」

という。その言葉を証明するかのように、宇都宮《うつのみや》、仙台、蝦夷《えぞ》の五稜郭と、各地を転戦しながら、最期の瞬間まで戦い抜いたのだ。

そんな土方だけに、自分が作った新選組も、「せいぜい会津《あいづ》藩の傭兵《ようへい》にすぎず、天下を動かす力はない。冷静に見れば、その程度の集団なのだ」と、クールに分析する。実際、池田屋騒動で肥後《ひご》藩の宮部鼎蔵《みやべていぞう》や土佐《とさ》藩の北添佶摩《きたぞえきつま》など、有為の人材を死なせ、歴史の流れに棹差《さおさ》したことはあった。しかし、歴史の流れ自体を変えることはなかったのである。先に触れたが、本書には作者視点で歴史を俯瞰した文章が点在する。それが新選組や土方が、大きな歴史の流れに関わっていないことを証明しているのではないか。つい、そんなふうに思ってしまうのである。

最後に、あらためて作者が土方歳三に何を託したか考えてみたい。本作が連載されたのは、八〇年代の中頃である。六〇年安保は遠く、時代はバブル景気に突入。今から思えば、政治・経済・文化のすべてが浮かれていた。そのような時代の空気を作者は、苦々しく感じていたのではなかろうか。だから大勢に阿《おもね》ることなく、「男の志」を貫いた土方歳三を主人公にした歴史小説を書いたのではなかろうか。安易に時流に乗った八〇年代の日本人に対する異議申し立てを、土方歳三の人生を通じて表現したのである。作者はミステリーのみならず歴史小説でも、常に現代と向き合っていたのだ。そこに三好歴史小説の、尽きせぬ魅力がある。

（ほそや・まさみつ　文芸評論家）

初出誌：「歴史と旅」一九八四年十一月号〜一九八八年三月号

単行本：秋田書店　一九八八年四月刊

本書は一九九三年二月、集英社文庫として刊行されたものを改訂しました。

集英社文庫

戦士《せんし》の賦《ふ》 土方歳三《ひじかたとしぞう》の生《せい》と死《し》 下《げ》

2022年3月25日 第1刷　　定価はカバーに表示してあります。

著　者　三好《みよし》 徹《とおる》

発行者　徳永 真

発行所　株式会社 集英社
東京都千代田区一ツ橋2-5-10 〒101-8050
電話 【編集部】03-3230-6095
【読者係】03-3230-6080
【販売部】03-3230-6393(書店専用)

印　刷　中央精版印刷株式会社　株式会社美松堂

製　本　中央精版印刷株式会社

フォーマットデザイン　アリヤマデザインストア　　マークデザイン　居山浩二

ISBN978-4-08-744368-4 C0193